風神自照

歌吹是揚州

周冠鈞 選編

江蘇大學出版社
JIANGSU UNIVERSITY PRESS
鎮江

圖書在版編目(CIP)數據

風神自照：歌吹是揚州/周冠鈞選編. —鎮江：江蘇大學出版社，2017.10

ISBN 978-7-5684-0618-5

Ⅰ.①風… Ⅱ.①周… Ⅲ.①詩詞－作品集－中國－當代 Ⅳ.①I227

中國版本圖書館 CIP 數據核字(2017)第 261906 號

風神自照：歌吹是揚州

Fengshen Zizhao: Ge Chui Shi Yangzhou

選　　編/周冠鈞
責任編輯/米小鴿　張　冠
出版發行/江蘇大學出版社
地　　址/江蘇省鎮江市夢溪園巷 30 號(郵編：212003)
電　　話/0511-84446464(傳真)
網　　址/http://press.ujs.edu.cn
排　　版/鎮江文苑製版印刷有限責任公司
印　　刷/句容市排印廠
開　　本/890 mm×1 240 mm　1/32
印　　張/13.5
字　　數/280 千字
版　　次/2017 年 10 月第 1 版　2017 年 10 月第 1 次印刷
書　　號/ISBN 978-7-5684-0618-5
定　　價/65.00 元

如有印裝質量問題請與本社營銷部聯繫(電話:0511-84440882)

序

李静鳳

昔廬陵歐陽文忠公知揚州半載，於蜀岡『構廳事於寺之坤隅，江南諸山，拱揖檻前，若可躋攀，名曰平山堂。』（《揚州畫舫録》）一時號召名流，擊鼓傳花，其文事盛貌可想見矣。今有揚州才士慕其風神，於平山起社，并於網上設平山清韵詩詞論壇，羅致才俊，迭倡大雅，歷十餘年之久，而成此二十七人之集，誠乃平山今日之盛事也。

『六一風神』得自史遷。歐公素好《史記》，《藝概·文概》以爲：『太史公文，韓得其雄，歐得其逸。』《宋史·歐陽修傳》曰：『爲文天才自然，豐約中度。其言而明、信而通。引物連類、折於至理，以服人心。』故茅坤《唐宋八大家文鈔》特拈出『風神』一語以狀歐公。而究其本源，『風神』實爲一代大儒、文章巨公人格精神之炳耀。『道純則充於中者實，中充實則發爲文者輝光。』（歐陽修《答祖擇之書》）其爲人忠直，不以一己否泰而歡戚，風度雍容，興懷超邁，俯仰今昔，一唱三嘆，情韵深厚，千古以下恂爲楷式。平山諸子摭拾餘緒，可謂得詩之正法眼藏也。

余讀此集，深感維揚典麗名區、人文淵藪。諸子大抵揚人，筆下每多維揚風物。秀句琅琅，令人如行緑楊城郭明月烟水中，誠有得於風土之化育也。舉凡尊親愛友，宦别思鄉，無不托體高、用情深，存風義於肺腑間，茹之温柔敦厚。關懷天下，感發於中，無耽於一隅之狹，其山水游歷，撫今傷古，披瀝士子情懷，堪任於天下事也。以柔運剛，柔得剛濟，一發乎真性情，乃獨禀淮左竹西之氣者。又兼擅諸體，詩詞并備，古近不拘，嘆爲能者。一社中人皆能如此，或曰才情相當，實乃風習所致，至可寶貴。而其風格面目雖多樣，要之不出『情韵』二字，此正見『六一風神』衣鉢之承續。則平山諸子，其於言必篤行也哉。余舊讀阮元《廣陵詩事》、杜召棠《惜餘春軼事》，深慕維揚往昔風雅，更無論唐之張若虛、杜牧，宋之蘇軾、秦觀、姜夔矣。遷延今日，乃得諸子之集，豈不謂維揚今日正要此詩乎？

詩之一體，爲人擯抑亦久矣。今如元氣初復，甫稍具規模，而種種分别之論，復充塞其間。其最有礙大道者，乃欲摒傳統而從鄙俚之快捷方式，悖棄風雅，亦見染於世俗功利之結弊也，其不足爲詩可知矣。平山諸子，發心正大，取徑端嚴，恪守古典，每出新意，雖駸駸乎網間，却盡掃浮泛習氣，真乃青蓮出水。

『然大抵道勝者文不難而自至也……若道之充焉，雖行乎天地，入於淵泉，無不之也。』（歐陽修《答吴充秀才書》）余讀斯集，珠玉纍纍，終篇圈點不暇。他日維揚文脉之光大，其亦必在斯乎。俟讀者諸君披攬評泊，可以證吾言而會吾心也。

周子清溪擲斯集於余，以序囑余。余本揚産，同氣偏多。今既得先睹之快，雖識見淺陋，亦不辭支離以志其所感云爾。

丁酉清和之月於古棠邑之金陵浦口

李静鳳，字羽閑，别署青鳳、散花精舍主人。金融經濟師。現爲中華詩詞學會常務理事、江蘇省詩詞協會副會長，中國金融戲劇家協會副主席，南京市金陵昆曲學社副社長。著有《散花集》《中國硬筆書法家書羽閑詩詞聯作品集》。

目録

孫成

網名泰然自若，一九五五年八月生。江蘇揚州人。愛好古典文學、音樂等。退休前從事企業行政、工會管理工作。目前負責揚州詩詞網的管理工作。

詩六首

春詩

燕子驚春醒，桃花到眼痴。且同風散步，裊裊是晴絲。

静夜

夜幕青山隱，清江鏡月懸。相思空一水，棹影亂心弦。

秋思

月照黄花瘦，塵心不許猜。相思隨夢老，秋色入簾來。

題瘦西湖一景

弱柳垂絲釣五亭，飛檐翹角漾風鈴。東君著意描春色，一攬湖光入畫屏。

湖光曉色

淺淡波光景欲奇，西湖瘦却幾行詩。晨曦漸破輕紗夢，水墨亭橋入畫時。

霧中舟

浮烟裊裊自横窗，敢向遥天發一腔。朽葦無心風弄影，孤舟有伴槳成雙。

詞三首

清平樂　秋葉寄情

翩翩紅葉。宛若叢間蝶。待得飄瀟風雨歇，滿地相思情結。　無言獨倚西窗，雁聲撩斷愁腸。一曲離觴未了，兩行清泪沾裳。

武陵春　古韵茱萸灣

千里運河傳古韵，碧水繞灣頭。烟雨江南歲月稠，騎鶴上揚州。　待得重陽茱萸插，無處不金秋。青石長街老宅幽，鄉曲醉心柔。

唐多令　何園夢

碧水繞幽軒，鳥鳴庭樹間。步回廊、悠覽何園。六角小亭波影泛，魚戲逐，客調弦。　憑酒倚朱欄，曲柔人意牽，任心馳、飛渡關山。玉綉樓中情寄月，相思渺，夢翩躚。

吴進榮

别署沐燚軒主，一九五六年九月生，江蘇揚州人。揚州市詩詞協會會員，江蘇省楹聯研究會會員。現爲揚州詩詞網管理員、《揚州詩文》季刊編輯。愛好欣賞古典詩詞，并時有創作。

詞二十八首

武陵春 灣頭

些小春同寒竹翠，樓擁玉香盈。壁虎橋邊小棹横，碧水戲凫鳴。　禪寺頹痕碑刻隱，猶問舊時名。老巷窺天一様青，人在畫中行。

山花子 冬游

碧水推波柳雪飛，枯荷沉水亂雲低。欲道溪邊同此景，去年時。　遺夢灘頭啼野鶩，孤杯畫舫憶霞衣。怕見寒風凋落處，幾枝梅。

人月圓 九峰園夜色

紅衣暗退蓮臺老，木葉下清波。蹊邊瓊榭，蛩聲斷續，竹影摩挲。　籠烟閬苑，乘風仙子，星月消磨。扶肩儔侣，閑行曲徑，鬢髪霜多。

菩薩蠻 暮秋登栖靈塔

平山玉筆空虚指，夕陽輕染生元氣。拾級上瓊樓，登高漫品秋。　憑欄京口望，惟見塵烟漲。嶺下碧溪長，風含桂子香。

注 生元氣，李白《秋日登揚州栖靈寺塔》有『頂高元氣合，標出海雲長』句。

留春令 九峰園看落花

暮春天氣，曲蹊流潦，玉英飛墜。水榭扶欄望湖波，叠浮雪、揉新翠。閬苑曾經槐香裏，對蝶蜂相戲。琪樹難遮落花風，直觀得、斯顏碎。

注 流潦，指雨後路面積水。

孤館深沉 石壁流淙

流淙石壁驪珠飛，烟玉漱清奇。恰雨後芙蓉，霽靄若紗，相映林曦。看不盡、帝鄉珍异，漸霧緲芳池。趁風起，水彈絲韵，幾番還濕春衣。

鷓鴣天 觀隋煬帝陵偶感

浮雲環繞石坊孤，小橋清水縠紋塗。風凋碑字墨痕隱，雨洗層階人迹疏。高冢立，帝魂拘，烟花未見草荒蕪。行來欲覓楊英事，野鵲翻飛松幾株。

注 楊英，楊廣，一名楊英。

鷓鴣天 新春

六出紛飛滌舊塵，白霓染樹報新春。野梟相逐冬溪秀，焦尾長彈曲韵真。梅香起，柳枝伸，惹來鳩鵲鬧清晨。桃符一霎紅千宅，醉了憑窗賞景人。

南鄉子 乘高鐵

桂月乘風，北固沉波起玉龍。兩側青霓敷面去，朦朧，一霎如烟已失蹤。　過影千重，人傍流光淺復濃。蓬島散仙渾若是，誰同？輕踏浮雲直向東。

注　北固，北固山，代指鎮江。

南鄉子 閑行邵伯古堤有寄

老柳新枝，漫浸甘棠十里堤。直視幽蹊連古水，高低，邵埭清流亦作奇。　竹樹斜依，幾許殘梅似蝶飛。休惜暗香今夕隱，須知，過後烟花正當時。

南鄉子 中秋

玉璧沉波，半苑香熏桂子多。水榭清風檐鐵動，雲過，漫度長空著碧羅。　歲月如歌，仿佛凡塵亦爛柯。凝視夜光搜字句，吟哦，心係絲弦醉幾何。

浪淘沙令

閣雨柳絲垂，瀑挂珠飛，清清潭上雪蓮低。青鳥徘徊尋覓處，岸芷烟迷。　把酒憶芳菲，深摯難追，落花流水恨春離。雲繞蜀山歸去也，却又相思。

臨江仙 尋春二首

曲徑微風閑步，柳堤緑草頻生。長聽高樹野鳩鳴，緩行驚宿鳥，急去尚留聲。遥望籠烟碧水，浮來畫舸青屏。瞬間雲破曉陽升，虹橋驅霧障，胭色浸蕪城。

溪岸輕波疏影，驛亭殘雪無痕。清香敷面洗凡塵，緑梅懸老樹，東帝點初晨。閬苑姮娥觀色，花壇野鵲喧春。熏風吹得倍精神，曦陽留玉照，淡墨著詞人。

翻香令 春絮

東風還與柳花飛，碧桃又著早鶯啼。輕波起、虹橋倚。執手來、舊迹印春蹊。別時弦語莫聽遲，錦書千里托相思。海桑易、心如許。伴雲歸，何處是依依？

鵲橋仙 七夕

清風扶檻，香醅盈盞，遮莫銀河暗度。未知星漢碧波寒，悵幾個、羽橋爲路。少年稚氣，葡萄青蹤，係得藤邊私語。滄桑牛女又相逢，縱有夢、歸來何處？

踏莎行 荷花節有寄

堤曲烟青，亭高波溢，蝶蜂總把金臺覓。雍容灑錦幾回妍，何人凝視追朝夕？風曳羅衣，光塗湖石，焉忘去歲尋芳迹。光陰一霎傍雲飛，惟添鏡裏千絲白。

㊟ 灑錦，大灑錦，荷花的一品名。

踏莎行 端午詩會舊曲新唱

妙曲輕彈，群燕頻舞，小亭團扇翻飛羽。紅蓮巧綉淡香來，緑裙起伏流波去。青粽絲牽，玉甌茶著，焦琴節拍多情愫。朱臺始識板橋聲，鮮花舊調伊人悟。

踏莎行 影園梅雨

翠竹凝珠，苔堤濕草，石蹊直曲頻流潦。紅橋浮水起漣漪，小亭憑檻鶯聲少。露減蓮香，寒休蟬噪，渾如秋氣隨風繞。飛來落葉自携凉，心思盡在曦陽照。

踏莎行 雨中荷花池

雨洗亭朱，風摇荷緑，柳簾頻起垂珠速。縠紋千點碎浮雲，游魚幾度清波浴。初霽牽衣，殘香濕足，長觀流水飄英續。休嗟時序去無回，須知經歲花盈目。

一剪梅 畫舫小住

暑去新秋歸燕忙，苔石青藤，溪水流光。閑登水榭藕花繁，掬露烹茶，攬翠熏裳。莫羡陶公桃苑香，若步斯地，再著文章。樓臺明潤更飛霞，堪醉芳心，幾度思長。

一剪梅 影園冬色

曉日潛龍摇影長，烟籠半邏，風掃殘墻。頻觀柳葉自翻飛，浮叠溪頭，隱綽流光。擬趁曲蹊尋舊芳，滿目蕭瑟，幾度神傷。悄然回首石橋邊，一樹金珠，些許清香。

蝶戀花　游園有得

斯景

半邐風熙頻叠翠，誰著青花，春苑争柔媚？輕綰鬢絲愉未已，紅鶡敷面惹人醉。牽吾沉夢裏，昨日韶華，一霎成追記。休嘆光陰如逝水，且嘗緑蟻清滋味。

注　半邐，堤岸。青花，青花旗袍。

何滿子　登山兼寄玉蟾生辰

夕照金山古意，緑苔麻石紅桃。倚欄猶瞰西湖瘦，柳烟濃淡虹橋。憶昔波徐琴動，晚風閑坐思遥。　焉道韶華老矣，拾階何懼身勞？茱萸携得君前醉，有香來伴峰腰。堪嘆彩雲依舊，小亭回首松高。

注　金山，瘦西湖小金山。

花心動　閑步長堤春柳

柳眼惺忪，蕙風青，春醒驛亭微雨。霽彩平橋，錦鯉澄波，斜映畫船歸鷺。緑琴聲起千花裏，漫回首、餘音何處？遍尋覓，佳人勝迹，莫如烟去。　記得韶光芳駐，長執手、輕歌一程心路。恨晚相逢，何不同游，依約武陵桃渡。悄然姹紫江南岸，流光又、翻成私語。聽水畔、至今暗香縷縷。

梅子黄時雨　雨洗荷花池偶感

雨凝珠，向幽徑柳飛，苔石熏岸。况野鷺穿蓮，緑繁香散。頹壁榴邊尋勝迹，板橋草裏愁時晚。嗟陳苑，水榭舊巢，猶説新燕。　思亂，層雲移轉。便秋娘起舞，無奈聽管。更碧鏡浮姿，眉長絲短。焉道春光催客老，且知桃李經年見。凉風急，踏波玉舟行遠。

八聲甘州　春游瘦西湖

又長堤風柳織春烟，雍雍鷺於飛。看夭桃媛李，石橋相映，脉脉林曦。錦鯉流金曳影，相與戲朝暉。閑棹漫聞笛，湖左雲西。　九色經年依舊，對鉛華萬古，餘韵珍奇。縱騷人逸興，何以賦新詩。念蜀山、清波遠去，惜光陰、逝者盡如斯。嘆青鏡，江郎易老，鬢白千絲。

八聲甘州　宋夾城觀蘆花

望浮雲連水小橋横，垂穗織初冬。又西風頓起，高低落絮，殘照飛紅。汀渚傳聲野鶩，病荻隱流淙。憑岸觀蕭瑟，思緒千重。　長憶春來翠發，漸秋光著色，倩影從容。惜悄然身倦，一霎化枯蓬。鶴衣退、韶華安在？况如今、屢伐去無蹤。凝眸處，幾根釣竹，三兩蓑翁。

張慶

網名自在自爲，一九五九年九月生，江蘇揚州人。江蘇省作協會員，揚州市詩歌學會副秘書長。自幼喜書文，尤擅詩歌散文，在各級詩刊發表詩歌及散文詩三百餘首，著有《古城情思》（攝影／散文詩集）。設有揚州市文藝家張慶工作室。

詩十六首

對月二首

對月流觴每浩然，此身如傍水雲閑。高情自古誰人識，丹桂風中意更堅。

銀鈎劃破靛藍綢，閃爍星光分外幽。欲看嫦娥身曼妙，心懷一夢待中秋。

甘泉采風有得　選一

蜂蝶蹁躚没樹間，花開萬朵此心連。借來粉彩塗疇碧，一幅清純供倚欄。櫻花盛開

杭集采風　三首選一

懷抱江東滿翠微，新聯小舍故人歸。人家水上波清澈，唯吾心中醉幾回。

江都采風　三首選一

群立蓬撐大道延，紛紛緑葉憶華年。西風不識寒冬至，兀自蒼穹擺盛筵。赴黄金大道尋黄葉未果

游白塔河生態度假莊園

白塔難尋興亦高，長亭宛轉葉逍遥。於今滿目莊園緑，深處風光正未凋。

明咏園

明咏園中福滿門，庭深意遠蕩浮塵。借山一角描新景，臨水千波拂舊痕。

仁豐里印象　三首選一

舊城古巷數仁豐，斑駁悠深各不同。蘊出有門千户足，雲浮無徑萬花紅。

三灣采風　選二

漕運流經此地歧，三灣不斷蕩心扉。柳黄映得香濃趣，五色梅開更翠微。

風起蘆花岸滿堆，秋來烏桕染千回。歌輕意暖撥雲翳，不到微醺已忘歸。

灣頭古鎮記行　三首選一

茱萸正是避風塘，鹽運商胡逝夕陽。邗水緩流千載夢，鐮刀收盡滿衷腸。

注　鐮刀係老街象形而得名。

月下瘦西湖　三首選一

一從秋景隱西湖，幾筆輕揮現美圖。懸月暈開青黛色，臨窗猶眺夜明珠。

櫻花落

邀賞櫻花圃，雲飄雨落無。淡描影一瓣，濃抹樹千株。香去扶桑遠，枝横北郭孚。有風吹不盡，簇葉亦流蘇。

重陽登高有感

逢此重陽日，登高眺遠山。烟波横翠色，霧氣吐青瀾。一瞥松嵐挺，回眸石壁堅。今生猶效仿，未食嗟來鮮。

宋夾城

旗飄風堡已經年，未敢圖謀換大椽。池淺小荷才露角，城深將士欲歸田。古今少見千秋樹，上下難尋不散筵。且看殘垣成踏步，簫聲幻化夢盤旋。

捺山吟

白堊留存此緩坡，稱名靈巧捺山過。聲穿雲澗清泉密，柱立天庭亂石多。五指坑深承撞擊，一龍壁凸耐摩挲。蘆笙戀曲茶園茂，峰頂猶聞遠古歌。

詞五首

江城子 古城一瞥

臨街車水涌文昌，汶河茫，萃園香。仁豐有里，城舊滿新堂。四望亭前橋未見，人不散，酒難藏。

西湖雖瘦有群芳，萬花妝，釣臺長。柳飛十里，曲水劃回廊。白塔五亭依暮色，千萬點，閃流光。

江城子 邵伯三題

銅牛落座運河東，野亭松，喜秋風。北來南往，灩瀲水波中。長使心潮憑浪起，今古事，不相同。斗野亭

且銘御筆作虛銜，畔悠閑，半憑欄。千軍萬馬，瞻首指長鞭。階石橫陳留足迹，無水患，待歌舷。大馬頭

甘棠正欲發新枝，綠苔絲，紫靈芝。青條石盡，影亂舊身姿。壁立三秋多縫隙，門徑熟，幾相知。老街

邵鶴庭

網名春水如藍，一九六六年八月生，揚州人氏，從事於工程建設領域，參加過若干國家及省市重大項目施工，『平山清韵網』發起人之一。業餘多愛閱讀旅游，偶涉書畫丹青。近年及於詩詞一道，於詩兼重元白蘇陸，於詞則喜稼軒小山，濡染熏沐，亦步亦趨，期間并得多方高人賢士提點指教。所作除發表於網絡詩詞論壇、個人博客、微信自媒體以外，也偶見於報紙期刊、詩詞合集。

詩一百〇七首

郴州

羅霄月上明，五嶺雲中暗。欲待寄梅花，郴江流淡淡。

題畫《山有木兮木有枝》

如聞離別歌，似寫相思骨。藝蘲無盡窮，開到芳菲歇。

乙未除夕

古風鄉裏存，微信尊前洽。往事共回眸，光陰誠一霎。

舟曲國家哀悼日

多難興邦信有之，蒼天也應惜元黎。何堪問責罪泥石，哀樂聲中降國旗。

雨中登盤山二首

暮鳥叢飛一去驚，喧喧不見漢家營。千年無極太行雨，變換人間彩色旌。

今夜黯然無月色，此間已不是邊城。回頭仍見山民說，明室消亡有大清。

寄杜月勝君

昨夜雲城風汗漫，擎杯一醉御河干。來年佇望春江上，待與先生解轡鞍。

北京逢李匡法

燈火去年聊對床，山南海北話同行。今朝左岸又相見，海淀正開春海棠。

衡山

年年塞外涼初沁，雁字歸途霜色浸。幸有瀟湘雲水間，此山留得回時枕。

江都留別

翼轉西洲路，水浮南海鰲。折梅行處有，把卷此艙高。暮色長留晚，層雲遠送勞。獅城今夜落，重著舊征袍。

寄楊和民先生

問學書生事，王侯安折腰。相逢感義氣，曠放得逍遙。悟覺皈三寶，明心默聖朝。寧如松柏美，千仞伴狂飆。

容亭

田舍隱花樹，念兹復到春。時來堪賞景，沽罷未歸人。有負鰣魚美，得憐梅子新。明年蛙鼓合，載酒擾芳鄰。

辛卯除夕奉韵桃熟流丹兄

滄桑爲正道，斗轉恰飛蓬。渲染非成就，光陰證不同。周流騁目裏，觀復大川中。何與開先路，揮鞭一驥雄。

呈李茂年先生

里下風光美，江淮雅士多。松烟融淡月，湖筆寫清荷。閑抱野雲趣，無憂霜雪皤。營營非我輩，安足話蹉跎。

讀《船山文集》有記

中古如長夜，晚明傳大鏞。六經須責我，七尺或埋蹤。斧鉞伸成論，知行導塞壅。一壺方脱手，教取雪芙蓉。

贈吴大偉兄

情投中亞熟，經比古人痴。君子惟三立，管錐宜十批。流雲隨日去，小巷固窮栖。徜徉春有待，隴畝抱鎡基。

香山紀行

江南如有約，勝境一相逢。層緑經春秀，夭紅入夏濃。船艫江上過，石坊嶺前封。細看梅花額，當時蘇子蹤。

湘江

堤邊緑草香，江上纖雲巧。潮響捲沙灘，鷗飛留指爪。歸舟將漸無，鄉思忽如絞。猶記出門時，晨星參與昴。

千島湖

圍堰得深湖，嵐光千島舒。憑空驚鳥過，近水看魚無。人淡何多事，興來不負書。年時今已半，豈復念春初。

瞻大夫第

湘流復遠道，莫説君行早。喬木蔭瀏陽，春葩燦麗藻。亭香人不凡，匾重書洵好。天下難爲先，唏嘘老氏寶。

湘江夜雨

浦口入維舟，江樓方欲寢。爲聞風雨聲，起看霓虹錦。有水足秧田，無心酣簟枕。秋來新米香，好取瓊漿飲。

庵村機場

人世幾飄零，故鄉到异地。豈因心性緣，差爲稻粱事。所惜少行修，休言多負累。但願有青雲，適吾往返意。

宏村

太乙蔭梧桐，皖中回夕照。瓦廬著色匀，水圳浮光耀。風已起青蘋，雲將歸北嶠。此間可卜居，遑意須年少。

山村小學

東嶺升初旭，彩霞明水曲。歌中旗幟紅，舍外田疇緑。聖代不遺才，素心將雋玉。尋常山野間，應許起鴻鵠。

合肥

江岸草初生，廬州風已暖。字斟合約長，途次時光短。流火轉秋凉，回眸覺意懶。中歲惜流年，豈意重舒坦。

憶津門友人

三更酣睡到津門，重把濤聲夢裏聞。塔臂擎天轉有影，鋼花落地濺無痕。北洋久别雲雖遠，燕薊重游酒定温。若使明年沽上見，醉扶朋輩待何人。

讀《民國往事》

鈎沉往事説從容，幾樹楝榆幾樹松。筆陣生雲稱大膽，詞鋒卷刃噤寒蛩。聖人唯我求名實，專制無它言路壅。避得小樓温故坊，謾將細節述萍蹤。

題揚州晚博事一則

何恨營營非我身，妨偕仙侶樂凡塵。或隨落月松間客，去看浣花溪上人。梵唄寺中聲入耳，晚風江上酒沾唇。鸞箋若再寫新韵，齏臼多餘説太真。

學步定庵夜坐新浪原創文學有感

百無聊賴對銀屏，閑伴寒蛩吟夜冥。大俠難尋忠義膽，金刀每斷故人情。半瓶道學川中水，一夜風流天上星。滿目長篇叨往事，幾行鉛泪出心靈。

送雨文歸國

此生應嘆學無涯，白眼翻成能幾家。堂上呢喃春雨燕，道旁聒噪晚風鴉。鋏彈還唱需車馬，道失猶浮逐浪花。明日歸鴻如斂翮，也當詩酒度年華。

憫民

打洞鑽心時運籌，忍將溝壑墜驊騮。盤中激瀉小民血，榜上重排豪富頭。罔信熊來偏放膽，終知倉滿頓成囚。印花函谷難關起，還看老君作戲游。

讀葛兆光《中國思想史》

唐虞之上寧無字？殷鑒朦朦應可咨。燧石已經成歷史，青銅終不化塵泥。焉能秉筆求終古，亦與爲文種緑畦。少代老天言哲理，長懷萬物焕陽羲。

岳麓書院

南岳行來七二峰，瀟湘雲水恁從容。千年性道證高士，大麓行藏出猛龍。山晚林中泉石冷，楓香亭上夕暉彤。有才惟楚斯爲盛，一脉源流傳正宗。

觀新民學會舊址

滿清之後復沉淪，完璧難歸華夏身。天下不能安課桌，草廬且坐辯焦唇。止於至善方爲道，殞没群英足可珍。大學而今觀世態，摘花仍拒作潙人。

登赫曦臺

衡雲湘水幾縈徊，且上赫曦將眼開。江映紅霞隨浪去，雨催新葉送春來。山前造像人依舊，天外潮聲事可哀。一部春秋留史筆，你方唱罷我登臺。

屈子祠

史書第一記誰詩，吉甫公劉皆可疑。應念湘流沉國士，還搴辟芷賦江離。懷沙之後君終去，頌橘如今人俱知。春與秋兮其代序，忽焉斗轉又星移。

瞻仰長沙會戰第九戰區指揮部舊址及國軍陣亡烈士墓

澗水溪橋舊碣碑，春山草木又葳蕤。山藏墓穴埋忠骨，史載天爐熾敵麾。舊日功勛名將杳，當時國耻大風吹。今雖天下承平日，忘戰苟安料必危。

謁蔡鍔墓

共和未是罷兵時，先拔滇軍十萬師。締約曾經同制憲，垂裳豈可獨登基。洹上漁夫因鹿死，國中護法賴誰持？將星如斗南天落，空捲長風繞戰旗。

無題

恬然淡泊守愚衷，變色管它龍與蟲。多有插葱充大象，何來廢鐵化青銅。常言實事應求是，莫扯閑篇當拒庸。仰看流星天際過，聽鳴蛙鼓幾稱雄。

過大沽炮臺兼懷先烈羅榮光將軍

高臺岸炮鍍餘暉，鷗鳥翩翩白浪飛。僻地輕車尋迹晚，疏林銅像顧人稀。將軍以死報家國，歲幣終隨出帝闈。百十年過懷此老，須知海上又重圍。

過隋煬帝陵

是日無雲浮上天，望中高冢草相連。雖言酒甸陵偏小，幸識書家墨尚鮮。大業流芳均可紀，花心到底最堪憐。東陂洗盡京杭水，也愧雷塘人面前。

采石磯

赤烏采得石斑斑，水到磯頭寺傍山。草樹春天痕上淺，衣冠海客憶中寒。三人對影應曾酌，六合浮雲不可攀。何以謫仙沉浪底，峨眉夜月落江灣。

舍弟生日感興

將臨聖誕天方雪，街樹疏疏歲暮深。逐項工程頻告急，積年舊賬甚難禁。惟期世界多佳日，再祝親朋有福音。席上皆爲兄弟輩，海河今夜漫相斟。

奉莊夫子原韵賀壽

聖代多閑隱逸身，澄虛抱樸自清真。酣眠最好書當枕，清潔何如雪浣塵。有道大羹純淡水，無弦佳釀不甘醇。老梅影剪南窗上，堪共裁冰直到春。

癸巳正月十四，冰河未開

已過新元十日歸，封冰依舊鎖春池。難爲好句驚人倒，賴是東風拂面遲。兩會寒暄張總監，一年暖待裊晴絲。歸鴻征宇摩天去，萬里遥遥尚可期。

接友人電話

夢醒臨晨岳麓邊，湘雲帶雨滿江天。叮咚檐瓦頻敲鐵，柔軟時光懶弄弦。命裏何能多得福，囊中每是少餘錢。今乘軒翥高飛去，後日臨風自惘然。

入京途中

詩成飽謝天何與，有鋏無魚君自彈。碧海曾隨明月出，長風今送動車還。江南別路三千樹，冀北前頭十萬山。差爲膏粱争搏命，青絲已作鬢斑斑。

聽課

少年夙願本來殊，恍惚中年臨帝都。拘束心猿聽故事，泊來神馬課新徒。執鞭允是真豪士，匣筆如何不壯夫。西域經生言妙論，高升或可執金吾。

五號院復工

沽上風寒添夾衣，故鄉春草正離離。多年袍澤情皆重，廣厦生涯我未移。開市香熏正月裏，慶功期早菊花時。燃鞭祝禱陰霾散，大地光輝萬物熙。

聆鄧麗君《空港》有懷

梅花北地雪中堅，寶島春回阿里巔。隔岸聞歌思舊國，栖霞會友記當年。故人哪得談心事，版築仿同種畎田。三十一年人漸老，或聞網上又風傳。

有記

已是公元三月三，層冰不解海河灣。時來枝上無新葉，餐罷車中繞外環。人與天同增歲月，詩歌政治少憂患。條風真放黄金柳，縷縷絲絲再折攀。

癸巳臘月二十六與華勇君小酌

不計街長與巷深，壺中醪酒已三斟。豈因怕醉違君意，但以興仁爲己任。偏遠窮居宜固守，清狂病發自行吟。新年誰惜陽春景，中有嚴冬寸草心。

癸巳臘月二十四太原傅山碑林公園依韻顧亭林《又酬傅處士次韻》

榆關一綫起悲笳，明季已成末路車。運勢從來天有數，男兒到死國爲家。鴻詞綝白恥濡墨，霜色龕紅忍著花。環顧當時湖海裏，罕同青主共浮槎。

癸巳臘月二十四太原觀汾河冬泳

雪擁管涔不足驚，晉陽凍結也開冰。行人衣比黄雲厚，泳者身同白浪輕。取暖無須燃炭火，引吭未必奏琴箏。汾河慣是多豪士，習與老龍共發聲。

二〇一四年元旦感懷

元日身居潮白濱，物華已感一時新。雖無逸致聽融雪，但得閑餘親造林。北國開春人盼早，上天正道自酬勤。紛紛故事無須説，留待將來仔細吟。

癸巳臘月二十八過蒙陰

又於夜竟過山東，直把身軀類走蓬。鷄唱萊蕪難側耳，橋岐新泰轉成功。嶺上朝陽升冉冉，雲邊荒樹漸蒙蒙。應慚多少今生事，化作蹉跎化作空。

癸巳臘月二十九江都兩岸咖啡約談喀什項目

大賓有約慢開腔，景色相宜座近窗。風裏雪花飄少許，眼前烟霧合成雙。能和存信也存禮，無怨在家如在邦。只怕明年沙漠裏，夢中真個念長江。

訪友

樹木莘莘似隔帷，相逢恰在歲寒時。反光氟碳流星過，一路車燈伴影隨。熱飲接來還燙手，寒暄過後却低眉。從今多有雙城會，春雨春風暫別離。

甲午正月十五午後聆聽母訓

園中有木已扶疏，春雪紛紛春雨酥。成事從來人是本，用心多體物和吾。忠孝勉爲同耿耿，憂勤謹記更劬劬。明宵舉首海河月，應把思親滿地鋪。

甲午正月十六過濱州黄河大橋

水復山重江與淮，車行千里路和牌。眠蟲漸起催人睡，佳景難同放眼偕。地勢自然多轉折，河流無例反成乖。且行且看且珍惜，雲淡天高可釋懷。

甲午正月十七返寧河車間

旬月離津久不回，橱窗几案落塵灰。天車沉寂樓多空，氣罐悄然閥未開。園草隨風同起伏，朝暾如卵莫驚猜。來年老友又重見，相約新春酒一杯。

甲午正月十七周君傳閲燕兒寫車站圖

西出陽關無故人，勞君兀自入邊塵。不言暮雪天山晚，猶送圖文信息頻。新築站臺巢燕子，舊遺聖策析經綸。等來絲路連高鐵，更説亞歐若比鄰。

津城留别

矯矯然然君不群，相從毋獻野人芹。韶光贊語開春賀，老樹梅香碰鼻聞。天冷抱團同取火，時艱鼎力共耕耘。西河别後如相望，興自嶺頭寄白雲。

甲午正月二十二津晋道中感懷并寄友人

上黨回眸望雁門，崇阿一路勢雄渾。老天豈與三秦便，新法自將六國吞。漳河不盡流春色，衣錦榮歸足自尊。慷慨當時多策士，於今難覓古風存。

甲午正月二十三盂津西霞院水庫

一水彎彎岸綫盤，群峰如簇氣清寒。望中雲落西霞院，畫裏天青白鶴灘。高速鐵橋連二廣，中州風景證奇觀。不言晋陝多深谷，到此黄河始伏瀾。

游黄河三峽

王屋中條無數山，因形造景各千般。西天奔涌黄泥浪，大壩攔成碧玉灣。島列青螺舟點點，風扶古木水潺潺。信言鯀禹皆神力，滄海終歸去不還。

瞻奉先寺盧舍那大佛

未到尋春郊野天，洛陽東郭滿風烟。游人稀少枝柯冷，嘆息頗多菩薩憐。賣闕難能存造像，盛唐仿佛見開篇。摩訶未解時光老，我自無由立逝川。

伊河

幾回夢醒立中宵，夢裏伊川亮似綃。閑自熊牛深處出，漫從嵩偃盡頭飄。東山依舊隈河洛，名士當年滿宋朝。總想天津橋上看，今方看罷又揚鑣。

龍門石窟

秦嶺之東尚有崤，龍門更在洛之郊。風烟摇蕩盈川水，石窟瀕臨空燕巢。水火循儒投佛骨，鬼神奉敕毁山包。是非一切皆陳迹，剩得頭顱幾次敲。

賓陽洞讀伊闕石龕碑記

岑文褚筆信爲高，篆額真書壓滔滔。屈鐵而成千字記，摩崖稍間八分挑。存心應是傳寬博，結體無須讓峻豪。唯嘆東鄰藏善拓，欲觀海上起風濤。

得張猛龍碑拓片

墨香猶自似青蘿，折褶輕分實怕多。肇極全無書隸筆，開端別起晉唐歌。牧民善政皆恩禮，指畫豐碑耐琢磨。不待清風明月夜，窗前燈下久婆娑。

夜過小浪底

夜幕悄然垂洛邑，四圍山影更峥嶸。雲浮河漢星明滅，樹掩人家犬送迎。彎道穿行千嶂險，細流横跨一橋平。亥時到得蓬萊閣，入住悠悠不盡醒。

殷墟

松柏丸丸草色青，宅民於此始安寧。思成闕伯銜天命，賚我盤庚到武丁。未必詩歌如信史，從來神話實難經。諸侯同釁今華夏，玄鳥呢喃可動聽。

鳳凰島

涉此長洲半日留，花坊移影晚悠悠。修林無覓鳳凰迹，古渡偏升汽笛愁。老者驚心因歲減，蒙童發足羡時遒。來年若是圓歸夢，長得春江泛釣舟。

生日自題

衫履追凉又一年，他鄉爲客抱林泉。入秋金桂須開放，隨手新詩懶上傳。數雁有思雲外侣，難心好似峽中船。前程牛蟻勞相問，江海餘生付燦然。

岳陽樓

青草赤沙連夢澤，瀟湘雲水滿江潭。千秋過客留書史，一鎮雄樓冠道南。但説文章賢哲遠，難能憂樂士心耽。夜來月照洞庭上，吾與誰歸相對談。

長沙文正書院

空濛岳麓雨廉纖，翠欲行人衣上沾。深處鳥鳴迴曲徑，半空雲霧起重檐。滌生務實唯求闕，執兩持中宜用謙。湘省從來多俊杰，知非教育立尊嚴。

汨羅

迴風峭岸與高岩，江草江花難自緘。可惜修能真國士，終將清白托彭咸。溯源今日流餘韵，從此汨羅少片帆。景色雖如圖畫裏，長吟又怕濕青衫。

次韵桃兄

鏡前鬢色二毛侵，點檢平生許勉任。直處無謀多碰壁，歧途有友尚開襟。移情今把青山愛，遣興閑將況味吟。願得扁舟明月裏，共君持棹弄江心。

仍用前韵，酬竹兄

星遮河漢着凉侵，雨瀝前湖興自任。五載詩文分斗酒，一堂義氣蕩胸襟。今宵且唱鄉間樂，驛路長驅塞上吟。伏櫪休言生也晚，此身難廢是初心。

仍用前韵，續賡竹兄

鬢間霜色幾回侵，半世蹉跎未負任。謾把稻粱稱事業，多將汗泪濕衣襟。子言今歲已天命，吾計明朝仍客吟。莫說相逢無魯叟，浩歌一樣寄鄉心。

春日應天一之請隨文公登文游臺有記

江南看遍烟花景，不及高郵湖萬頃。廟廓崇光自岳神，階前映翠盈丹井。每聞惜字老詩翁，始見憐才横斧郢。别後揚州如有思，還邀重上東山嶺。

董子祠，田園分韵拈得『來』

久仰安人於北柳，今因雅集我方來。團團光景叢秋菊，簇簇風神立古槐。信有方家多作賦，安知詩教少吟才。於斯更讀公羊傳，老大春秋未可哀。

山西河津禹門口

水到河津總，波面若凝汞。持勺舀中流，沉沙將半桶。秦皇枉舉鞭，禹迹錯開孔。今架鐵橋飛，青山仍鬱蓊。匪言低賤者，如蟻還如蠓。

鄉寧

雲上過吕梁，車輪猶曳踵。荒墟少路人，作物長丘隴。回看夕陽下，蒼山如浪涌。側耳聽河汾，怒濤擊禹冢。入夜宿鄉寧，倦眠將被擁。忽聞歌聲起，一曲甚驚悚。披衣復臨窗，山月正新捧。

長沙營盤里瞻辛棄疾銅像

使撫膺王命，馴虎麓山表。大纛迎風張，僅解盗匪擾。惜宋無劉徹，更將單于挑。老子頗堪哀，詩劍餘事了。迄今讀美芹，思同湘雲繞。

沅水

沅水黔東來，清流何淡淡。伫岸思放舟，山陵多可覽。平明天色青，草木應爲感。河面起微風，清凉暢胸膽。應使學靈猿，許我長嘯喊。

感事

人生幾十年，安樂即神仙。事俗難冥絶，意悠得曠然。進行先取正，退養可求全。曲肱倚岩卧，生風枕簟眠。尋才須保主，訪道固求賢。無謀憐豎子，有得忘魚筌。知道未行道，其行必在天。仰天星共語，銀漢鵲相連。既未知乎爲，易地胡不堅。雲起飛黄鶴，春歸啼杜鵑。晚雨飄天末，昏雲來眼前。既蒙邀有約，曷不赴蹁躚。

瞻耀邦故里

溪水隨冲下，山花映竹雅。字凹黄泥墻，苔上青筒瓦。耕讀本家風，少名傳鄉野。世亂把筆投，從戎挽戰馬。及至改東朝，更多饑饉者。聲言盡雌黄，獄滿冤錯假。高論坐垂簾，猫鼠嬉華夏。長安洶輿情，履帶幾人剮。對虎勿謀皮，徒將己身捨。千秋厚黑事，多少苟與且。單純若如公，政壇焉可惹。所幸歷史書，今由民心寫。

斗野亭

三十六陂深，其各萬年久。悠悠淮水連，注之棠湖口。太元適謝公，揚州爲郡守。築堰得圩田，澤惠豈千畝。及宋到熙寧，亭始立於阜。所以命此名，乃野分於斗。北方有女虚，南方列井柳。七曜并三垣，星星之淵藪。其後又千年，帆過人相走。非僅老東坡，名著詩不朽。天人或感應，數運有奇偶。紅蓮一驚眸，江南唸白首。

苗寨

湘邊近川黔，路迴群峰掩。竹海過飛雲，村寨散點點。古來武陵蠻，據此以爲險。部落稱仡熊，蚩尤而迹弇。裹黑又衣藍，炊飲多節儉。瓦蓋覆泥墻，銀飾婦人臉。苞谷種梯田，平疇水光閃。整蠱之邪能，今者少拾撿。正史載九黎，百族不爲忝。風化至於今，些微或有染。鼓舞多歡騰，笙歌伴荏苒。唯愛嶺上月，一出照萬崦。

鳳凰夜色

翙翙其羽，栖於岩巉。雪浪奔涌，汲於江檻。長廊如畫，燈明星黯。晚風其南，可食豆螊。邊城文采，百年不斷。悠游於此，其興難減。

湘中留别

何漂漂而遠逝兮，引而獨去彩鳳。望蘄江之極浦兮，蹇余心之隱痛。憶走昭山之道兮，曾倩明霞以相送。亦覽湘流之如鏡兮，夕觀烟花而聲動。從今月下之高樓兮，誰將簫引而笛弄。知時不可乎驟得兮，生多憂患而樂長空。明朝之九嶷將葉落滿山兮，後日大雪而紛紛雲夢。

陝北　四首選一

涇洛竟誰長，涓涓流清泚。何可掇沿途，采采有芣苡。向晚登高原，風静暮山紫。欣然天地間，行處有大美。安塞鼓如雷，健兒多雄起。一曲信天游，婆姨清如水。坡種青楊林，窗貼紅剪紙。大道歸自然，風光更旖旎。

高樓隧道

晉山多崔嵬，不見首與尾。高速伏其間，俯瞰如蛇虺。風吹清水河，鳴鳥飛蒲葦。浪下柿子灘，平沙遺珠璣。憶昔和璧歸，使者聲名斐。更有王霸篇，篇篇散光煒。姑射雲邈邈，仙蹤留凡幾。上下八千年，先民俱成鬼。今亦逍遥游，徒爲感慨豈。

襄汾

呂梁并太行，汾河流未阻。壟麥望連雲，三晉過秦楚。山影被斜陽，人在天涯旅。隨行止白楊，風中相與語。

絳州

魚鱉阻龍門，關河隔豫魯。三晉兩盆地，中有絳州府。輕雲繞稷山，叢柏擁堯祖。一誦秋風辭，大塊沛然吐。汾陽曾點兵，至今猶聞鼓。名相出河東，魚龍率起舞。賢也多俊士，聖也此風土。

垣曲

驅車過中條，坡多向斜體。林密復雲深，坪上有祖禰。往聖曾躬耕，此間之阪坻。既登何所思，蒼梧與沅澧。

太行挂壁公路

昔民將出山，翻越側如蟹。或問路行人，魄散更心駭。無怪智叟者，所言氣也矮。爾等困其間，世代不能解。太行高入雲，天地棋盤擺。平川起絶壁，風景殊難買。今路挂雲間，穿行八百拐。有誰爲其能，當代愚公鍇。

二里頭

褐陶到黑陶，繩文未着彩。藤竹綁彎弓，青銅鑄甲鎧。王者飾雕龍，車已二輪載。相禪從古來，經禹由啓改。自此百代興，更叠實頻乃。顧問惜生靈，天地誰主宰。耆老笑拈花，桑田本滄海。

伊川謁康節公墓

先生號百源，早歲飢寒忍。學究達性天，和光同塵泯。内聖而外王，經考皇極縝。月窟與天根，數碼今人允。莘店吟紫荆，干陽采雪笋。天子不得臣，民宦多相引。擊壤但長歌，於我有何窘。生樂於九皋，逝安於畦畛。

洛中留别

久爲風景蹇，計把歸程返。爲餞登樓頭，西方色已晚。今我將别離，情意聽中懇。來日多紛繁，還借衆都闔。

甲午

今題甲午年，評點實多赧。枉是少青蚨，幸無多白眼。央調六七規，歐换四零版。看罷此行情，一停一轉産。趁早好還鄉，莫將老泪潸。

天寒招飲平山諸兄分韵得『此』

晚來天將雪，遣興何所指。有酒輒相招，店在新城裏。三站兩轉車，申時方到此。迎面一美男，嫣然柳生仔。相携同登樓，秋生面帶喜。俄頃來西風，風度堪仰止。藥師誠妙人，肅肅整冠履。板凳方下班，落座笑露齒。蔣公停穩車，狀言料定揆。復電催小蘭，相答不等爾。數數已七人，小酒且斟起。球事不管它，山姆老毛子。山事總在心，以和爲宗旨。詩事可多爲，抒發任由彼。書事待詳詢，幾錢能付梓。餘事或驚聞，故人涅盤死。生者亦何歡，樂少憂多已。若然謀壽高，還得賴科技。换盞復推杯，沽酒并添水。爐火尚微紅，肴核已光矣。

醺然欲臥之，除墻無可倚。各位請回家，車行散遐邇。我自也返程，公交站臺俟。珍園格桑花，相鄰祇尺咫。隨攝過站牌，微信報地址。有笑老闆娘，回說不想理。幸好有七刀，紅包發靡靡。邊搶邊回家，嘿然誤站幾。臨眠飲棗茶，茶盅浮枸杞。有韵群中分，且留夢中企。

黃牛峰

久在城中居，僫如洞中匐。因思郊野風，故把飛雲逐。一路天藍藍，有山蒼鬱鬱。高速過平岡，鄉道上場屋。山勢漸嵯峨，仄徑掩花木。盤旋入雲間，溝壑流飛瀑。且往覓蔭涼，暫把體力復。小寐至午間，站起重舉目。來處一女孩，登山何其速。飄然落岩前，其顏紅撲撲。秀美如青桐，清氣自芬馥。遂將情狀詢，凝神聽回復：此處獅古冲，湘鄉只鄰谷。南邊風車坳，峰如黃牛伏。我今年十三，家住舊庵築。每天三十里，從家到村塾。至親原四人，父本漂粵族。抱病至前年，亡故眠山麓。歿前蓋一樓，留供妻子宿。其後約一年，寡母歸於叔。雙雙去打工，身役顏面黷。兩載未回家，平常少信牘。哥哥去湘潭，正把高中讀。僅剩我一人，往來只身獨。自種有菜蔬，鷄犬和家畜。平常吃兩餐，中午不果腹。逢年過節時，接濟方有肉。飢寒猶可挨，所怕入宵夙。上學强歡顏，貧困無親族。幸好有鄰居，三户得相睦。背簍趕墟遲，偶爾得饋粥。放學守山頭，望我歸來孰。一聽心惻然，泪險爲之掬。再聽不忍聞，襟前濕漉漉。皆言三十年，變化天地覆。老當有其養，幼當有其育。失之於小家，責之於大國。兩者都無從，令人爲之哭。平靜若女孩，面色不爲蹙：孤單之如我，鄉間多碌碌。其言如山泉，泠泠洗萬斛。但得多平安，且將余願祝：早起如下山，須防虺蛇縮；暮晚積柴薪，須防風倏倏。重整雙肩包，再結衝鋒服。此别待來年，還當驅輪轂。

讀嚴安弟所書長卷《道德經》

八十一章通釋梵，單言玄妙非關讖。自從老祖出函關，多有書家墨屢蘸。其中松雪與衡山，應屬大名不泛泛。今有嚴生擅楷書，揚州磨得硯凹陷。五千五百字書成，仿佛元常面前站。起處雲烟闔自然，完篇腕力猶雄贍。果然不以苟纖毫，字字光華珠寶嵌。識者開言十萬錢，藏家沽得猶爲賺。生言性淡不爲奴，但食蕨根望君鑒。

鄂皖道中

回想初春草尚淺，勞君遠道接相轉。隨行幾册詩書卷，越湖跨橋登山峴。一路長軸風景展，水浮天去雲盡顯。稍停人歇風還軟，輕車不做吴牛喘。相交之誼確爲鮮，中間醴醽得可免。恐爲讓我病狂狷，不教使君致腼腆。今從寓中翻古典，筆墨聊遣將文衍。設問閑居耽蟲篆，何如脱履江南跣。

詞二十七首

浣溪沙　宏村

西嶺行人來往頻，北溪流急更時新。鄰家水圳洗纖鱗。　生怕無由來晚雨，難將落寞托閑雲。銷愁還是澗邊村。

卜算子　咸亨酒店

池上繫烏篷，檐下拴銅馬。昨夜咸亨入住人，應有無眠者。　老店啜新茶，晨雨淋青瓦。教授於今解範文，已少先生也。

霜天曉角　聆曲，林憶蓮《至少還有你》

弦停歌止，別後人千里。細看鬢間白髮，三秋荻，許如此。　少年堪買醉，今徒嘆老矣。來日溪山常住，忽可曰：真佳耳。

清平樂　聞成難西行有寄

心隨幡動，風雪知何重。萬里關山誰與共，道是孤身入夢。　崑崙頂上星星，鹽湖人影娉婷。還望平安回返，聽傳拉薩經聲。

清平樂 與涵兒視頻

晚間與涵兒視頻，有日不見，愈發討喜，屏前連呼『老爸，家家』，教予歸思萌動。吹笛簪花，何如歸去。

面團粉許，正學呀呀語。愛煞吾家嬌小女，多想回家教汝！眼前却在屏前，喚來真教心憐。稚嫩一聲老爸，家家彈鑷乘肩。

清平樂 香山

雄哉如虎，談笑論今古。幻似登尼而小魯，實乃勾吴風土。虞西直到澄東，三山一苑葱蘢。間有笛聲江上，船兒駛向空濛。

西江月 暮春

春到荼蘼將杳，風來木葉扶疏。鷓鴣聲裏正愁予，怎得留春長駐。故事多耽詩酒，此生別説魚車。溪雲夕照返桑榆，恰是不如歸去。

西江月 沈園

往事隨風已逝，餘情何處堪支。分分合合説相宜，怕是傷心夢碎。愛到深濃轉淡，花開盛極將衰。人生不過百年期，且自看山看水。

鷓鴣天　郭村

踏遍千山做浪游，謂經何事使人愁。長洲已自星沙別，好夢還須吴越留。聽竹韵，賞風流，多將不捨與徽州。餘生厭倦奔波後，當近黄山覓小樓。

鷓鴣天

邂逅匆匆抱手空，疏離難有曼莎紅。流年不解相思苦，歧路何言別緒濃。輕道別，約相逢，蓬山夢裏幾多重。依稀竹馬青梅日，人在春風笑語中。

鷓鴣天

一夢浮生人世間，遽然不覺已蒼顔。求知每誤書中句，覓道何尋天外山。將進酒，遣悠閑，多情應笑泪潸潸。百川匯納終歸海，峽谷無非幾道灣。

鷓鴣天　重回五號院工地

路上河邊柳色同，高樓幾度可聞鐘。驅車先化窗前雪，撲面又成腦後風。枝未翠，萼當紅，開年天氣却成冬。春光草色應須近，莫教朝朝花信空。

鷓鴣天　山居

落日餘暉晚未收，長雲飄過北山頭。鷄奔犬突何堪羡，體健神清瘦便休。耕趟地，上回洲，樂聽溪水繞村流。吾曹只合山中住，一沐一湯且自謳。

鵲橋仙

書兒收了，行囊裝了，更被手機催起。至情至性老人生，只難定、江湖行止。　空中雲捲，心中思捲，幾個紅顔知己？須臾抵達再回頭，人又隔、三千餘里。

臨江仙

既得相逢圖一醉，酡顔應似緋霞。江南塞北盡吾家。慨言天下事，大澤起龍蛇。　快意人生嗟甚老？識來朋輩多嘉。今宵策杖地傾斜。千江明月過，萬里焰飛花。

臨江仙　緑城

且買扁舟湖面坐，魚龍莫訴驚猜。一宵霖雨洗塵埃。天心無皓月，并那彩雲來。　應謝青山橋上女，細言深婉佳哉。而今來路滿蒼苔。時光容勿去，哪得共徘徊。

漁家傲　與金陵那老及諸友分韵太湖得『馬』

王迹三吴原不假，今來微雨清塵灑。四月春光行處惹。時近夏，行中并轡桓司馬。　漫説流星淤變瀉，烟波望去真如畫。多少干戈沉渚下。何爲霸？曾經人與青山化。

行香子　重陽

近日晨昏，數里郊村。正東湖、重染繽紛。風來颯爽，菊放精神。看空間月，人間景，世間塵。　長天映水，美夢流雲。及茱萸、遍插芳鄰。高樓之上，應是銷魂。對箧中書，杯中酒，憶中人。

水調歌頭 邵伯淥洋記游

斗柄截星野，萬斛瀉璉瑚。同來一衆兄弟，未醉毋相扶。借問甘棠老樹，若把蝦須傲吏，何處漆園無？曉色早聞語，且去淥洋湖。　池栽杉，塘種藕，水游鳧。行舟暮色光影，槳楫付漁姑。拔取蘆柴一曲，唱與痴兒幾個，休要嘆今吾。風過傳天籟，更待膾魚鱸。

水調歌頭 借谷歌衛星圖俯瞰家鄉地形

莫道路途阻，坐地可巡空。故園田舍雖遠，欲瞥也匆匆。舟外漳河流急，身上貂裘塵暗，今古幾英雄？蓬篋正當去，萬里起西風。　興亡裏，天下事，孰爲公？貴適階前花下，枰子對渠儂。古卷聖賢章句，老友清風蓮藕，餘事俱無功。入夜邀明月，更待小橋東。

八聲甘州 端陽

值黄梅雨後復斜陽，箬葉散清香。又拂門翠艾，垂絲針綫，幾曲離章。多少沅湘夢去，著我舊行囊。攢久眉間色，還與山長。　有負清風峽影，與遄流白石、嘉樹春陽。嘆匆匆花信，未解作輕狂。待憐取、鏡裏誰似，怕朱顔、褶皺欲成行。如何舉、滿樽醪酒，澆熱肝腸。

滿庭芳 回憶畢業時光

栩從莊周，蘧也蝴蝶，人生有夢千般。玉顏金粟，豈得蠹其間。但願青衿可慕，當投筆，見說張班。長城外，疏星明月，大雪滿邊關。　湮湮，卅載去，鬢髯已白，老大何堪。那枝海棠紅，舊調休彈。真個明朝聚會，怕亦是，各各衰顏。應相問，堂前銀杏，在否彩雲端？

念奴嬌 雨中登黄崖關古長城

太行風雨，又輕輕隱去，舊時關塞。滿峪垂垂青栗子，曾看游人如織。胡騎烟塵，漢家營壘，三北多鳴鏑。西山信是，千年無改顔色。　聞說點將臺前，揮戈馬上，爲校平戎策。歷史從容翻頁後，可惜風流難覓。邊月江花，水關倒影，也只詩中憶。城空人去，響傳多少沉寂。

念奴嬌 賦得與衆友人辭歲

街燈如晝，只匆匆睇過，無眠今夕。此地光陰如上溯，多少先賢遺迹。議事樽邊，論文座上，何得分賓客。梅開時節，嶺前香氣飄溢。　漫說明月揚州，二分長是、當日萇弘碧。自古風流流不盡，豈止江南江北。笑我多情，知君重誼，莫累雙飛翼。餘生應教、酒中詩裏將息。

渡江雲 鄉思

正隆冬季節，倚樓向晚，暮色着鉛描。泊舟人上岸，曷處安宜？酒肆店旗招。茨菇薏米，煮魚蝦，薄酒來澆。渾忘那，寒烟凝處，堤柳落蕭蕭。　寥寥。屏前網上，略遣心情，況時移歲杪。風帶雨，輕敲窗牖，還打芭蕉。河陽妾夢君淄左，却爲誰，人立中霄？將聖誕，鄉關一念迢迢。

沁園春 青春

走遍江南，看遍今春，緑樹繁花。念風柔雨密，沅湘故道；山青水美，浙皖新茶。酒載紅塵，曲聆鴛侶，夢入邊城數里紗。斯時節，恁月圓天上，人在天涯。　欣邀諸友多佳，但繫馬持觴堪盡夸。覽江都此際，初燃燈火；小樓今夜，徹唱清嘉。逾百人生，賢賢能幾，非得營營如蟻蝸。憑誰説，這清凉世界，貧賤豪奢。

賀新郎 七夕

歲歲忍相别。算今宵，金風玉露，鵲橋來結。王母不知離恨苦，故取銀簪斷截。轉頭看、長天分裂。暗把相思和泪織，念良人機杼磨將折。朝與暮，哽音噎。　天琴河鼓長相切。望凡塵，家園萬里，心堅如鐵。落日山梁西風冷，牧笛一聲吹徹。正陂水、秋泠清澈。誰共牽牛迎路上，料應知兒女雙雙挈。情與義，永難絶。

熊作明

字懷玉，號半閑、簪花客，網名廣陵芍藥。一九六七年十二月生，祖籍湖北黄陂，七十年代末遷居江蘇阜寧。江蘇農學院園藝專業畢業并留校任教，定居揚州。現爲揚州大學園林系副教授，碩士生導師。中華詩詞學會會員，揚州平山詩社、平山清韵網創建人之一。性恬淡，喜詩詞，倚聲自娱。創作詩詞作品五百餘首，部分作品被《中華詩人》《中華詩詞》《中國詩詞》《星星詩刊》等刊物約稿刊發。

詩四十七首

甲午三月初五雨中游瘦西湖

細雨籠三月，春光費萬錢。吹簫人不在，空老一湖烟。

甲午齊魯行記

蟬噪林風濕，人歸暮雨籠。紅塵三日遠，非是隱山翁。

昨夜夢老母臨風倚門而望

過雁重陽近，空樓倚望時。蘆花吹鬢雪，風亂兩參差。

乙未皖南行記

半月灘灘雨，高蟬冷似秋。青山憐不厭，引夢下徽州。

無題

君諸當年事，依稀夢裏諳。梅花空有訊，無雪到江南。

乙未冬月廿五咏臘梅兼自壽

蜜脾金小小，野月雪香香。本是霜風物，憐教嫁壽陽。

寄遠

疏桐清韵落琴房，鶴舞追風起畫廊。莫道知音無處覓，吴山夜雨是宫商。

庚寅初夏回故鄉有感兼寄柳社衆兄 二首選一

半生彈指浪天涯，訪藥何曾與問花？慢點行囊情已怯，鄉音重拾好還家。

庚寅中秋夜雨有感

江南夜雨細如絲，燈火闌珊入夢遲。應是姮娥憐客遠，清輝不撒避相思。

辛卯生日偶感

碧水飛花滿荻洲，衡陽舊雁過西樓。少年心事隨風遠，山外斜陽又一秋。

無題

驟風疏雨兩關情，雲影初開半水横。野徑飛花人寂寂，心潮聊共幾蛙聲。

癸巳初秋聞母病重晨起無計

蕭蕭梧葉曉侵寒，無盡烟樓没遠山。寂寞萱堂人不語，秋風秋雨兩相看。

癸巳江南行記之蠡湖

偷閑半日下蠡湖，烟水摩輪對夕烏。竹外浣紗人不見，藕花暗换水葫蘆。

注 ①摩輪指摩天輪。②水葫蘆爲一種水生植物，繁殖極快，已成泛濫。

癸巳江南行記之紅梅公園

牽魂客裏又匆匆，寒影無言漾夕紅。荻首青枝相對晚，君同我隔一春風。

甲午上元節和西方情人節同日有賦

回寒梅瘦抱殘冰，淑氣蹣跚到廣陵。花色今宵五分好，東風一半上春燈。

甲午正月廿九晨醒無緒

春寒無力重簾閉，獨卧高樓聽雨斜。不與東風成一諾，清愁怕惹上梅花。

無題

柳眉初畫染鵝黄，春水柔絲一并長。豆蔻誰家紅欲好，海棠風過客衣香。

甲午穀雨過瘦西湖静香書屋

枕潮竹影半雕窗，舊壁藤蘿漫夕陽。桐院書聲今杳杳，松風翻落逐花香。

甲午四月初一步韵衣香雨後郊外隨興

野橋緑漲杏枝低，山色過江入眼齊。燕子不知春欲盡，落花戲啄到河西。

甲午重陽

重陽風物幾淹留，就菊蟹肥香滿樓。醉裏情懷無處老，斜陽雁引一聲秋。

郊外隨興

甲午初秋鎮日宅家，傍晚郊外漫步隨興。

流金遠樹接雲岡，野水橋分小菊黃。歸鳥不驚林下客，桂花啼落一襟香。

甲午寒露前日獨游瘦西湖歸記

金波芳甸繞隋堤，烟樹歸鴉趁老啼。宜瘦美人猶未改，舊香引過小橋西。

甲午自壽

浮雲過眼遠山遮，照影寒塘有晚霞。點檢生涯七分瘦，三分無奈付梅花。

乙未皖南行記之采石磯

三臺烟閣俯江津，浮翠螺山浣盡塵。細雨連宵天已老，風流捉月待何人？

乙未皖南行記之查濟

白墻黛瓦對山嵐，溪上人家夢未諳。一徑野花隨客發，春風無奈鎖江南。

乙未皖南行記之洞天灣

群山籠翠洞中天，仙乳瑶池莫問年。六月山花春未老，回眸路轉一溪烟。

乙未中原行記之洛陽

高蟬清響對金烏，摺扇輕摇酒一壺。才子江南今未老，詩書十萬向東都。

乙未中原行記之白馬寺

千年古刹鐘聲晚，一樹新蟬恨費津。白馬無言空對望，禪香盡是步蓮人。

乙未中原行記之龍門石窟

人間極樂隔龍門，萬佛千年斑駁身。風雨伊河流不盡，兩山烟翠舊時春。

古梅

《梅譜》云：『苔梅有苔須垂於枝間，或長數寸，風至飄飄，殊爲可玩。』又《癸辛雜識》『梅之早者皆嫩樹，故得春早，樹老則得春遲也』。感此意擬小絶一首。乙未臘月初二。

素靨霜塵侵鬢絲，懷香抱樸意遲遲。春紅欲盡羅浮曉，數點東風到北枝。

無題

乙未年末揚城大寒，久違之雪亦如約而至，一時踏雪賞梅圖刷爆朋友圈，感而賦。

人間幾日朔風横，萬象江山一色平。偶露香容紅數點，梅花摺盡向陽生。

乙未年末回鄉給老父上墳

流車遠樹凍雲平，直下江淮二百程。碑上十年親未老，人間風雨已無聲。

題早春檐頭梅花圖

白白紅紅試比新，晴光流瓦暖無塵。東風不問含章事，未許梅花負一春。

初夏游園河邊石榴花艷然惜乎無香

幽草桐陰一徑長，點朱描翠水中妝。解人風惜傾城色，時遣新蒲幾縷香。

游沈園

并蒂芙蓉理舊妝，槐陰蟬噪晚風長。多情空作釵頭恨，贏得籠紗半壁香。

石桅岩

峭壁紅岩玉一潭，雲林深處作仙耽。天風無事吹桅過，直送三峽到浙南。

注 ①石桅岩形似船桅，清晨唯石桅岩峰頂在雲霧之上，如航船上的桅杆；石桅岩三面環溪，其小三峽景點峭壁危岩、急流深潭，景色清幽迷人。②峽，入聲作平。

教師節與木槿花不期而遇

雨露今朝恩舜華，含嫣朱紫向人奢。相逢應許曾相識，同是秋風一日花。

注 舜華，木槿花別稱，出自《詩經·鄭風》『有女同車，顏如舜華』。

晨練見石榴果落而花開二度

相思空結滿珠宮，零落無人唱老蟲。應是人間情未了，嫁妝重理向秋風。

雨夜鄉思

夜雨昏燈織，鄉思競夢肥。家山初日暖，故陌野芳微。樹潤啼新翠，鳶閑逐落暉。欲言人已醒，窗曉杜鵑飛。

紅葉兼賀杭集詩文社成立十周年

何物最堪憶？流光此羽楓。丹心明落木，青眼向春叢。樸抱十年冷，霜侵一日紅。高情安可仰，開閣揖秋風。

甲午初夏宋夾城體育公園

春去人何惜，新陰亦可憐。羽杉初蔽日，露草正含烟。舞扇香雲起，嚙花野蝶眠。采蘆端午近，歌破水中天。

甲午齊魯行記之泰山

蟬噪梧桐亂，輕衫上岱宗。涓涓溪溜石，翠翠鳥鳴空。天雨開眉黛，雲收走岳蟲。摩崖人不在，松起幾朝風。

乙未端午無題

蒲艾香初發，榴花火欲燃。素心非問俗，老病是忘年。已遠懷沙恨，常安杯酒歡。吹雲山愈亂，過雨卧聽蟬。

棠湖秋興

乙未年秋應曉色雲開之約，集《棠湖秋興》而作。

霜風銷夜酒，趁夢下棠湖。雁引蒹葭白，波涵泠月孤。稻粱秋裏近，山水病中疏。十里隋堤路，津橋愧問漁。

無題

燕聲穿病柳，陌草又茵茵。半院丁香雪，孤燈聽雨人。花開風抱柱，月缺夢逃秦。應許年來瘦，青衫減却春。

丙申北向行記之過項王故里

北行今少駐，西楚古城殊。細雨梧桐巷，清風駱馬湖。功名一朝醉，水月兩輪孤。休道烏江恨，長陵柏在無？

注　①項羽出生於宿城梧桐巷。②長陵爲漢高祖陵寢。

楠溪江

人間何處似？天水滌塵泥。直出仙都外，盤流雁蕩西。排輕分下溜，岸近絶猿啼。兩兩相忘久，雲山共客低。

注 ①楠溪江位於浙江省永嘉縣境內，東與雁蕩山毗鄰，西接縉雲仙都。②排，指漂流的竹排。

詞九十一首

憶江南

瀟瀟雨，點點又黄昏。風惡梧桐沉舊夢，山重秋水漲新痕。誰似去年人？

憶江南

乙未年晚春，風雨庭寂，情緒低落，寄調《憶江南》。

東風惡，病酒最難禁。幾度楊花和夢碎，一蓑烟雨帶愁沉。庭院已深深。

憶江南 乙未九月初五南潯印象二首選一

江南好，最好是南潯。柳岸旗斜閑棹影，月荷香遠醉秋吟。板石夜歸音。

憶江南 雨中謁隋煬帝墓

雷塘恨，荒冢望揚州。一水空憐埋大業，千年長好問迷樓。烟雨幾時休？

相見歡

乙未臘月十四牧蕙芳辰有賀。

催年臘雪花開。玉人來。歲歲春風依舊小梅腮。醉中客，樓頭笛，臥雲臺。夢逐一江明月繞秦淮。

浣溪沙

一夜西風曉夢斜，催寒木色浸窗紗。柳邊沙外幾聲鴉。莫惜金樽新病酒，應憐月桂故人家。轉身從此是天涯。

浣溪沙 乙未皖南行記之南屏

疊翠如屏隔俗塵，浣沙溪水繞前村。杏旗斜捲馬墻門。雨巷賣花聲已遠，綠苔侵壁夢猶温。流光不老畫中人。

浣溪沙

丙申三月既望，珠江月詩社、天華油茶花詩社來揚交流，四社同題，步韵王漁洋《浣溪沙》三首。

綠郭垂虹御水流，衣香人影幾經秋。藤花舊館説揚州。長羡春風留客夢，翻憐詞筆對閑愁。杜鵑聲裏下西樓。

曉雨含烟出客橈，洞簫聲裏過紅橋。小桃流水兩魂消。十里東風愁疊疊，一春花事夢迢迢。别離時節趁新潮。

翠幕風簾十萬家，一湖花氣繞香車。流光水岸浣輕紗。烟柳晚鶯枝上碎，石欄紅藥月邊斜。武陵源裏不簪花。

生查子

君道愛梅花，五歲殷殷種。霜髮對青枝，此意何人懂？錯怨幾東風，無處春箋送。瑞雪忘江南，烟月寒如夢。

生查子

丙申二月初四，時爲公曆植樹節，桃花島同種銀杏兩株，是以記。

二月趁晴光，合種長生樹。非求佛果緣，不意留春住。歲月入年輪，今夢歸安處。扶杖對無言，新痕舊時雨。

點絳唇

泣露迷紅，殿春稍住銷金帳。柳梢眉上，多少輕波漾。曉夢鶯啼，烟草隨風漲。憑誰唱，落花風釀，空醉簪花相。

菩薩蠻 秋居步韵風中飛羽

江南江北斜陽裏，一襟殘酒金風起。蟬噪緑人家，疏籬紫豆花。晚霞流醉目，草没溪橋菊。隔岸焰花飛，秋蛩分月歸。

菩薩蠻

乙未年冬月游園臘梅花開，回想甲午冬月與西風兄瘦西湖賞梅至今一年矣。賦臘梅兼自壽。

流雲吹斷高城雪，江南臘破香塵絶。歲歲守寒時，冰蟾獨抱枝。錯教憐寸寸，翻作多情恨。花訊掌中屏，春風和夢聽。

霜天曉角

關山不阻，一夜春風度。誰念海涯人醉？梢頭月、今休誤。攬雲寒幾許，换君晴好處。明日小桃枝上，病裏聽、江南雨。

采桑子 寫在甲午重陽之前

東君管領年年恨，病酒多情。打馬鳴箏，水月飛花轉夢驚。西風漸老憑欄意，汀雪舟横。籬外秋聲，何似當年醉裏聽。

卜算子

乙未重陽莊周兄招飲於紅石酒樓，限韵『蟹』。

喚酒過重陽，君贈陽澄蟹。香釀金絲一并宜，莫問文章債。　九九懶登高，無恨登高解。道是東籬有菊開，只在紅塵外。

卜算子　粽子

粒粒雪珠光，玉帶青青箬。情定今生一綫牽，綰就玲瓏角。　鄰里過端陽，笑語猶如昨。嘗盡千家百味緣，有夢萱堂剥。

訴衷情

半春風雨暗相傾，花氣濕重城。緑楊烟裏如夢，扶醉意難平。　新鬢影，舊廊亭，水無聲。銷魂何處？柳岸桃花，寒食清明。

減字木蘭花

金風一度，識得橫塘多少路。十指連環，并看斜陽山外山。　白蘆紅蓼，空似當年秋色好。雁去無痕，半醉猶言眼不真。

減字木蘭花

去年端陽前見榴花似火，填一闋《定風波》，今年癸巳五月十六再見榴花，物是人非矣。

送春滋味，輕閉疏簾垂柳外。不意重逢，斷續楊花斷續風。　紅巾似火，我識君來誰識我？醉夢流雲，宿雨初消已隔春。

減字木蘭花

乙未二月廿四，賦迎春花兼寄暢暢。

金英翠蕚，照水臨妝枝上鵲。只嫁春風，殘雪青絲一夢逢。　羅裙比翼，湖月流弦飛柳笛。芳信沖寒，半捲珠簾帶醉看。

清平樂　癸巳七夕

鵲橋飛架。珠泪流星瀉。蒲扇飛螢閑竹馬。多少童謠神話。　金風玉露年年，空隨晨夢三千。負了一彎新月，多情還挂眉邊。

清平樂

甲午初冬，小巒在加拿大意外受傷，音訊杳杳，填此調以寄。

雪飛如絮，亂疊眉山去。一任風沉簾外暮，獨醉新痕梨雨。　無言懶對屏前，挂愁寒月輕烟。故苑金梅依舊，東風香裏猶眠。

注　金梅爲蠟梅別稱。

烏夜啼

簾閉迴風不定，梅開瑞雪難期。西湖應解揚州瘦，烟水使人迷。　柳下流雲照影，橋頭過月牽衣。今年又覓春來早，空寄與君知。

攤破浣溪沙　癸巳冬月十九公曆平安夜有寄

凝月西樓對影殘。重城燈火漸闌珊。花下霜寒總難敵，雁聲寒。　萬里錦書憐塞外，十年心事付梅端。今夜共邀成一醉，兩平安。

攤破浣溪沙

秋霽香殘酒欲醺，西風吹葉暗銷魂。林外寒鴉幾聲老，近黃昏。　半闋舊愁濃未解，十年新夢淡無痕。今夜月明霜草白，不堪真。

攤破浣溪沙

乙未二月初，應零落之邀茱萸灣賞春，歸而有賦。

紫玉簪枝岸草新，林鶯試羽囀無人。花氣今勝去年好，又春分。　夜雨東風成一諾，落紅芽笋兩銷魂。烟水渡頭梢上月，醉黃昏。

眼兒媚

輕寒香裏謝橋東，路轉巧相逢。有緣應在，融融溪月，淡淡春風。　可憐魂夢思量遍，窗曉半山空。一聲嘆息，海棠枝上，杏雨聲中。

眼兒媚

甲午初冬，再游西湖謁蘇小小墓。

携夢西湖柳風斜。寒影漾蘆花。白堤望裏，緑楊深處，何覓蘇家？　慕才亭下埋香玉，千古不須嗟。此生占斷，三山風月，一水烟霞。

眼兒媚　甲午立春後三日作

遲日軒窗鳥啼頻，欹枕夢猶温。杏花雨燕，野橋舟雪，處處銷魂。　賣花聲在東風裏，柳眼暗含春。醉歸應是，一簾疏月，半個閑人。

眼兒媚

聽雨軒中暖雲長，斜雁過寒塘。故人似舊，紅顔羞雪，眉月匀霜。　幾回行立秋風裏，醒醉兩茫茫。四圍桂子，一天風露，獨占衣香。

眼兒媚

丙申冬月廿六餘五十初度，適逢公曆平安夜，邀酒平山兄弟於丹桂苑，席間分韵『桃李春風一杯酒，江湖夜雨十年燈』得『桃』。

林杪眉横凍雲調，庭寂酒旗招。小梅臘破，舊衫春淺，歲歲新桃。　醉來回夢多情老，無語夜如潮。倚窗人在，平安燈火，細雨芭蕉。

西江月 蘆花

岸帶沙回陣陣，風搖雪舞團團。效人飛絮上眉彎。直把秋顏春看。倦眼一江起落，切膚四季温寒。與誰同夢共霜天？明月孤舟斷雁。

西江月

曲岸柳邊烟水，黄昏雨後清明。杏紅桃粉競娉婷，多少衣香人影。葉底黄鸝碎碎，襟前飛絮輕輕。東風老去聽蛙聲，誤了閑愁春病。

武陵春 癸巳梅雨無題

天上人間應有恨，雨陌鬱平湖。掩面山容泪跳珠。簾捲草猶酥。巨斧輕開天地隔，多少念如初。且拾心眉聽碧梧。夢兩個、付槎魚。

人月圓

小梅香破匀殘臘，深巷酒旗家。朱門雪寂，霓虹閣暖，簾影斜斜。踏歌扶醉，依依猶是，人月如花。竹聲窗外，春風十里，燈火天涯。

人月圓

甲午正月十九，晨起見春雪漫飛。

年年春病今來早，簾捲慢烹茶。東風不管，良宵雪暗，上了梨花。舊園重拾，小亭燈在，寒柳驚鴉。八分好月，三分水底，一半天涯。

柳梢青 步韵少游乙未春日有懷

碧水痕沙，江南緑裏，一棹烟斜。柳岸回眸，紅橋香影，春雨梨花。東風過客生涯。有舊識、雲山醉鴉。栖月青桐，銜泥雙燕，夢鎖誰家？

浪淘沙令

甲午九月十二步韵小蠻有寄。

寒霧鎖秋波，醉眼山河。歸舟不識誤吟哦。折翅千回沉蝶夢，不載愁多。舊雁引新歌，明歲其何？轉身心事共消磨。亭外梅花人并雪，待月摩挲。

鷓鴣天

對鏡鈎簾慣不驚，霜毛花事兩無憑。青山夕照三分老，華髮多情并處生。花競放，水飄零。向來春夢一般輕。堪銷穩睡安春外，懶問風聲與雨聲。

鷓鴣天

甲午冬月十三瘦西湖賞臘梅，夜幕四合而歸。

舞袖流金對影殘，浮香猶抱鳥關關。斜陽一抹湖烟老，小月初升柳夢寒。風有信，水無言。梅花心事占春先。陸郎不寄江南意，聊插瓶枝送舊年。

虞美人 癸巳十月廿九小蠻次日將遠赴加拿大臨行有贈

團鐘解苦眠高屋，窗外鷄啼速。黃昏酒後莫憑欄，猶待彩屏晨訊、問眉彎。香衾踏雪終如隔，月是家山白。曉霜金葉落蕭蕭，買斷東風早日、到梅梢。

注 ① 加拿大與北京時差十三小時，國內黃昏彼時正爲清晨。

虞美人

少年不解春何去，愁結丁香雨。三春瘦盡試衣肥，籬外落花如蝶、帶香飛。中年始悟輪回定，空惹多情病。月分新緑晚來風，一樣當時秋影、舊梧桐。

虞美人

甲午閏九月十二應崔武、桃熟流丹等兄之約，謁南唐二主陵懷古。

六朝歌舞溫柔地，銷盡英雄氣。空陵畫壁漫侵苔，依舊當年明月、照秦淮。佳人帝業隨雲緲，千古春江調。遠城燈火漸無涯，十萬參差今又、屬誰家？

虞美人 歲月靜好

詩書半卷黃昏過，柳外空山鎖。無風無雪忘天涯，依舊多情冷月、照梅花。時光轉似行人乙，閑老春風筆。酒闌燈暗掌屏寒，獨抱一庭香氣、兩平安。

虞美人　丙申上元有雨

高城燈火迷千户，淅淅回寒雨。新愁叠叠殢春潮，無奈酒醒欹枕、聽元宵。　長聞蜀岡香塵鎖，梅額東風破。病時休計問花人，怕是殘紅飛雪、易黄昏。

虞美人

丙申三月二十，三江有月兄來揚零落招飲於壺園，分韵『幾度和雲飛去覓歸舟』得『和』。

多情何處春歸早，莫道黄鶯曉。新雛聲裏幾匆匆，依舊落花流水、老東風。　青衫未瘦年年别，閑了揚州月。夜闌聽雨漸清和，十載江湖銷盡、夢婆娑。

踏莎行

題葉朱樓，探花幽徑。窺人月色風不定。馬嘶舟轉水西東，輕分一夜終成病。　宿酒難消，烟花易冷。流光變幻無人省。姮娥不解應時圓，空階立盡梧桐影。

踏莎行

人海擦肩，紅塵一瞥。丁香雨巷千千結。何人簪夢逐飛花？何人題盡西樓葉？　網事如烟，青絲成雪。從來病酒輕言别。梧桐也惜此生緣，至今猶挂當年月。

臨江仙

庚寅三月二十五雅聚於蔣公容亭，興盡醉歸，相約同賦詩詞。今填臨江仙，是以記。

柳拂頭橋歡雀早，容亭一嘯相逢。長歌快意論英雄。酒酣臨日暮，雨細潤疏桐。多少烟雲隨夢了，石階閑滴殘紅。孤燈隱約五更風。落花春已遠，歸燕廣陵東。

臨江仙　七夕平山論壇周年再賦

玉露金蟬瑤佩遠，平山獨占秋聲。人間天上兩深盟。月高呼酒快，風好入懷輕。許我疏狂圖一醉，長歌何計無憑？夕陽夢外説曾經。臨屏梳舊韵，捧卷對新晴。

注　七夕之日，廣陵九子結社平山。

臨江仙

壬辰四月初二，應月明兄之約張家港鳳凰鎮一游，恬莊古街印象深刻，是以記。

黛瓦白墻浮碧水，恬莊古鎮人家。吴歌一棹醉流霞。畫橋香影過，林岸紫桐斜。銷此江南無限好，誰憐過客生涯？柳陰夕照幾聲蛙。千杯宜不醒，再夢踏楊花。

臨江仙

打馬心情花外，流年滋味壺中。眉山雲影漸重重。小池寒鏡碧，霜葉醉顔紅。閑日寂庭鴉懶，長宵昏月樓空。江南江北兩愁濃。拍欄風正急，吹夢海之東。

臨江仙

竹外藤蘿昏棹影，江南烟雨傾城。長堤傘底聽潮生。掌屏花訊早，玉露藕香橫。消暑驚雷分客夢，多情還道無情。如簾夜色一燈輕。惱人檐上雨，閑滴似君聲。

臨江仙

翠竹軒窗閑滴露，秋聲猶勝春聲。新凉好夢與雲平。山低連野碧，水闊共天青。日暮金風傳玉珮，藤花幽草盈盈。鞦韆搖月一燈輕。大江魂不鎖，南北兩傾城。

臨江仙

乙未中秋適逢揚州二千五百年城慶。

十里春風何處？二分明月秦淮。隋花吴草逐年開。題樓孤鶴遠，倚檻冷秋來。邗水落帆流韵，紅橋烟雨侵苔。蕪華幾度賴君裁。承平應一醉，有夢不須猜。

臨江仙　北向行記之三臺山森林公園

六月春光何處覓，三臺緑水花田。鵝黄淡粉紫雲烟。蝶衣香裏醉，山色鏡中眠。夢外清風終是客，回眸湖草芊芊。過林晴雨兩重天。新詞趁宿酒，淺唱忘華年。

注　納田花海、鏡湖均爲三臺山森林公園景點。

蝶戀花

癸巳十月廿二揚中雅聚，三年後再次應約大醉而歸，相約寄調《蝶戀花》，是以記。

醉泊蓮舟迷野樹。霜竹驚寒，夢斷知何處。猶記坐花風自舞，群芳笑我佳時誤。　把盞殷勤誰做主？一似當年，扶首憐吴語。簾捲夜濃消遠路，滿城燈火瀟瀟雨。

破陣子

丙申九月十四夜偶然一夢，不意有塵封久違之人事，醒來百感於胸，半日悵然無語。

枝上窺人蘭月，眉間扶柳春風。飛雪有情回錦字，杏雨無聲引鳳桐。幾回魂夢中。　舊雁怯書何處？秋花霧鎖霜濃。十載塵封心翼翼，不敵寒宵一夢逢。曉來萬事空。

唐多令　癸巳江南行記之黿頭渚

癸巳霜降後日，二十年後故地重游。春秋暗换，悵然於心，寄調唐多令。

神物鎮江流。湖光四十州。笑江山、輕付吴侯。分月坐花猶弄影，人已醉、誤歸舟。　今又上黿頭。蓬山烟水浮。舊濤聲、送却新鷗。載酒情懷渾不似，蘆荻老、不禁秋。

唐多令　寫在壬辰中秋之前

清枕桂香寒。吴山烟夢殘。是誰家、水調重彈？人隔海涯惟一醉，終怕是、又無眠。　桐影濕鞦韆。焰花簪碧天。近中秋、此夕何年？莫笑如鈎今夜月，人不似、月常圓。

定風波 端陽前見石榴花感懷

新病無眠小徑行，紅巾千蹙隙華生。不意東風争春恨，誰信，偏燃寂寞欲傾城。　願借金刀摧一裂，如血，相思百結怕無憑。隱約晨農猶叫賣，蒲艾，才臨端午遠秋聲。

定風波

暗雨飄燈夜似潮，小樓簾影酒初消。曉雀幾聲啼欲破，烟鎖，獨行單曲過吴橋。　北國舊盟今未到，誰老？拒霜花冷著紅袍。回夢江南惟嘆息，如滴，偷將心事捲芭蕉。

蘇幕遮《默》

柳金銷，寒食近。草色回波，魚没桃花汛。年少情懷君莫問。孤筆連環，扣結相思陣。　夢諳諳，眉寸寸。抱獨三生，不作天人恨。逆旅洋流寒未損。海角無聲，再覓天涯信。

注《默》爲那英版流行歌曲。

釵頭鳳

丙申初秋，漫步古渡公園，一輪明月照人依舊。時感物華之輪换，人世之無常，歸後賦寄調《釵頭鳳》。

東風軟，梅花滿。半亭殘雪春波短。天涯隔，藍屏尺。太湖烟雨，竹蹊花宅。憶。憶。憶。　流雲散，鳴蛩亂。夢回蕉葉檐聲斷。山空碧，水無迹。庭月依依，照人如一。惜。惜。惜。

行香子 薔薇

承露葳蕤，偷粉斜支。曉風輕宿醉殘時。春根鶯倦，蝶院香吹。念前塵事、今生意、此中機。　閑情碎碎，午夢依依。慰當年流水堪追。疏籬自放，人去人回。惜酒扶頭，藤搖影，月牽衣。

殢人嬌 候雪

瘦影扶寒，香徑高樓畫苑。舊時路、草連天遠。軒窗笛滑，任暮雲吹斷。終又是、千呼萬呼不見。　白首常期，紅塵難算。莫輕負、小爐金盞。應天憐我，鎖玉塵仙館。縱雪好、與誰梅前同看？

殢人嬌

甲午端午前又見似火榴花，感懷再賦。

送却春風，老了柳庭鶯燕。牽衣客、向亭空綰。紅巾泪蹙，對故顔長看。猶解語、榴花照人醉眼。　翠玉憐青，二毛搔短。吴山夢、水流雲散。應無舊恨，是情深緣淺。收拾去、一池新蛙聲晚。

風入松

載花載酒夢中身。自詡護花人。貪歡過客春誰管，枉多情、空卧桃門。孑影落紅深徑，夕陽流水烟村。玉鈎斜上又黄昏。依舊麗人春。解人風裏吴王靠，暫收拾、醉眼迷魂。夜趁故時蘭月，幽階再覓香痕。

注 ①玉鈎斜指揚州蜀岡西峰。傳説隋煬帝下揚州，三千宫女累死，葬於蜀岡西峰，曰『美人斜』。後人建玉鈎亭以記之，玉鈎亭因此也稱玉鈎斜。②吴王靠又名美人靠，古建築中一種帶靠欄的長椅。

風入松

自鎮江水晶宫之約，平山雅集，時已四年，感而賦。甲午六月廿二。

小亭荷露淡香風。桐影重重。水晶舫外鷗應在，戲大江、輕點山翁。扶醉玉堂階冷，倚聲梨雪梅紅。　落花流水自匆匆。曉夢猶濃。莫言烟雨江南事，看山色、過絮雲空。幾樹高蟬流韵，一池凉月飛櫳。

水龍吟

甲午九月閏九月初三游玉龍花苑有寄。

玉龍盤隱朱門，苑中别有神仙地。通幽曲徑，洞天湖石，丹楓金蕊。千竹邀風，半亭聽雨，一池秋碎。漸游思證夢，檐頭挂月，吴王靠、簫聲裏。　幾夢匆匆若此？剩年年、山山心事。摩挲劍冷，啼寒鶯老，歸舟怕識。廊下簪花，橋邊照影，强成閑味。待重來、并手尋梅踏雪，解相思意。

長亭怨慢

落紅盡、枝頭風惡。緑閉重門，鳥驚深户。曲徑啼鶯，畫橋香影向何處？晚雲猶急，渾不似、當年雨。獨自莫游園，空惹得、殘春情緒。不語。念芭蕉底事，翻起、庭烟縷。檐鈴碎玉，伴幾點、惹人飛絮。好在是、尚有青梅，待携酒、容亭堪煮。趁流水多情，且放閑愁歸去。

八聲甘州

年年歲歲别相似，歲歲年年人不同！六月，注定有點傷感，填八聲甘州以記，庚寅四月廿九。

挾一簾烟雨過江南，行色盡匆匆。怕誰家新笛，吹成舊調，還惹殘紅。多少離人背影，水墨化空濛。惟聽長亭竹，無語隨風。　此去江湖零落，悵故園渺渺，身寄飛蓬。恨經年難夢，何苦念江東。倚西樓、閑看歸燕，把吴山、剪了幾重重。軒窗外、梧桐初染，緑似愁濃。

八聲甘州　乙未中原行記之雲台山

趁晨風寶馬出東都，玉蟬試新聲。漸塵銷紫陌，重巒流翠，雲走眉平。絶谷紅岩千尺，飛瀑萬珠傾。蒼壁苔衣重，風帶秋生。　拾級登高冲雨，向茱萸隱處，并手同行。望回峰迷亂，天簫醉中聽。算洪荒、山川無語，有丹心、任水浣無形。香車外、蝶閑花落，幾夢烟輕。

滿庭芳

辛卯八月二十八，應約高郵，半日暢游。感主人盛情，酒酣之際相約同填此調，是以記。

江左盂城，淮堧名勝，風流何覓秦郎？湖天欲覽，雲水共蒼蒼。此處幽臺静閣，曾多少、雲抹文章。漫回首，茱萸暗結，不覺近重陽。　浮生終一夢。蕉心未展，荻鬢飛霜。趁金約，樽前莫負新黄。但得高朋喚酒，且聊發，老病疏狂。憐誰在，嗔愁恨醉，和月倚西窗？

滿庭芳

鶯碎柔金，簾收霏霧，小池新漲三分。情人佳節，孤盞夜微醺。燕子算來應笑，花間客、早閉愁門。寄多少，江南梅萼，不是舊時人。　當年雲信約，香車寶馬，勝却王孫。怎消得，玉鈎此日黄昏？荒陌野橋悵立，强携酒、紅藥無痕。猶相識，疏烟淡柳，林遠隱孤村。

注　玉鈎：指玉鈎斜，即現揚州蜀岡西峰。傳説隋煬帝下揚州，三千宫女累死，葬於蜀岡西峰，曰『美人斜』。後人建玉鈎亭以記之，玉鈎亭因此也稱玉鈎斜。現蜀岡西峰遍植梅花。

滿庭芳　甲午齊魯行記之大明湖

四面荷風，三邊柳色，半城買斷明湖。憑欄猶記，多少夢之初。過雨羅裙香亘，玉筝起、流水沉魚。有山月，七橋在否，波漾一輪孤。　浮生偷幾日，鐘鳴蛙静，風捲雲舒。更憐我，樽前舊雨新梧。若得今宵共此，輕舟好、但醉何如？無情是，江南過客，荷泪瀉千珠。

注 七橋風月、鐘鳴蛙静均爲大明湖十六景之一。

高陽臺 再聚張家港有記

辛卯十月初四沙洲與月明兄再聚，酒酣時相約同填此調。

霜浸蘆黄，風欺蓼赤，素香簾捲清秋。小雁斜書，天青舊客新樓。殷勤吴語人猶醉，酒功名、怕説從頭。趁微醺，老樹沙邊，慢點輕鷗。從來聚散隨緣定，任狼山寒淺，一夢沙洲。過客生涯，誰知誰爲誰留？梧桐葉落翻如蝶，恁多情、終是沉浮。待何時，能把塵心，盡付閑舟？

高陽臺

乙未十月十七高郵湖濕地公園游，約填《高陽臺》，歸後記。

波翠揉藍，飛霜問雪，珠湖浣盡浮塵。駐馬收帆，葦風四面烟村。鴛禽未許沙洲冷，戲幾聲、彼岸伊人。恁流連，十里蒹葭，一水黄昏。持螯擊缶今須記，况團香試酒，羞月遮雲。怯露高臺，曲橋無語銷魂。掌屏空設時鐘老，病情懷、難聚難分。待歸來，梅放東風，重認啼痕。

燕山亭

擬陳與義『客子光陰詩卷裏，杏花消息雨聲中』詩意。

老柳生烟，新燕剪寒，小閣朱簾深户。眉葉乍開，粉底輕勻，人面杏花春雨。傘下廊邊，有鶯舌、聲聲如許。晴暮。潜一夕東風，軟香凝露。　紅燭夢淺更闌，挾三世叮嚀，一舟孤旅。清館卷殘，巧擔花稀，韶光幾時偷負？斷雁無痕，偏又是、滿汀飛絮。無語。看月下、鞦韆影去。

西子妝慢

甲午二月初五，詠梨花兼寄梨雪。

飛絮迷城，乳鶯失路，又到清明時節。小樓深院掩重門，倚湖山、一株晴雪。寒香自鬱。寂寞冷、瑶臺玉蝶。怕多情，惹了黄昏雨，羞同人説。　閑愁疊。過客春光，一半流水别。柳眉青眼媚東風，向謝橋、海棠花悦。笙歌響徹。誤多少、人間清絶。解相思，檐角當年素月。

永遇樂

甲午初冬，再次過客江南，游蠡園觀太湖，歸來有賦。

石出荷殘，舟閑沙冷，美人何處？日落寒波，雲收遠木，寂寞憑烟渚。浣紗溪外，館娃宫裏，一笑傾城無數。算重來、吴王何恨，英雄大抵如許。　緣情可解，知音難覓，空羨太湖仙侶。碧水微茫，秋山零落，過客横塘路。此心如月，江梅似夢，賺得年年回顧。再斟滿、憑誰也問，老態醉否？

花心動

乙未二月十三，步梅溪韵寄梨花兼賀梨雪芳辰。

簾捲江南，柳堤邊、紅橋杏花烟雨。瘦石倚雲，朱鈿斜簪，幽自雪衣輕舞。十年心事深深閉，任墻外、蝶來蜂去。近寒食，燈闌夜静，美人安否？　玉鏡依懸舊處，緣怕是、前生月宫仙樹。小院鎖香，素影翻弦，誰解女兒心緒。夢中長恨東風軟，載無力、半春言語。曉笛裏、柔絲綰人縷縷。

金縷曲

丙申五月十六晨二兄因病去世，享年五十九歲。時距家父過世十一年、母過世僅半年矣。余幼家貧，多仗兄姊照應方有今日。五十年來兄弟情深，兒時點點歷歷在目……今晨聞此噩耗，心緒如堵，愴然泪下。

風雨催何急！恨無眠、寒鴉又送，九泉消息。吹盡殘花隨流水，一夢紅塵過客。泪眼外、千巒重碧。往事如烟人不語，痛無聲、點點芭蕉濕。兄記否，牧牛笛？　層田叠翠花阡陌。堰連天、圓荷扣頂，并魚三尺。薑被家貧應多幸，誰信轉頭空覓。想怕是、雙親孤寂。

趁此月明新墳酒，欲焚箋、再囑離魂魄。提不動，斷腸筆。

掃花游 桂花

月寒瘦損，正泣露迷烟，七分秋氣。暗香十里。看黄雲葉翦，滿頭金碎。早約芳心，報與梅蘭開未。自難比，妒藥兔杵寒，聲落仙子。　今古多少事，甚天上人間，舊芽新蕊。故園可識？漸天風夜染，入懷如水。一解經年，玉砌年年空寄。動枝意，趁鞦韆、并人慵倚。

玲瓏四犯

鴛瓦流霜，正竹徑衣輕，檐挂蟾月。鬢影浮香，閬苑小梅初發。憔悴曉鏡多情，老病醉、夢醒難説。對滿汀亂絮時節，休道海天空闊。　夜深吹盡梨花雪。不吹開、泪簾眉睫。江南已隔千山遠，山外無啼鴂。誰記杏雨聲寒，人海裏、當年一瞥。過畫橋别院，新緑蔭，青梅結。

芰荷香

丙申夏南下浙江永嘉，林坑木樓錯落，群山環繞，有千頃翠竹，一灣溪水。流連一日，恍如置身世外桃源也。

小桃源。看青靄四合，流水潺潺。吊樓依翠，錯落緑轉溪灣。千竿過雨，滴不盡、響露金盤。更喜一潭清泉，瑤池溜玉，凉沁眉間。　此景依稀似曾識，共尋幽竹裏，懷月花前。

美人靠上，還聽蛙鼓郎邊。清風散暑，伴幾陣、夢外鳴蟬。妙處只與君安，歸巢燕子，照客嬋娟。

綺羅香

丙申十月初六，與零落、柳生、春水、聽竹、西風、菊隱、御春、君心一行瘦西湖賞菊，分韵『落日綉簾捲，亭下水連空』得『水』。

雨退平湖，香穿畫舫，暈染和融秋氣。載酒情懷，忘却雁回心事。烟波上、玉帶輕舒，竹籬外、茜裙重理。斂蛾眉、何似陶家，蝶來蝶去蕊深閉。　登高還怕望遠，空負江天一色，斜陽孤倚。設夢如今，難放問安滋味。君子約、同結梅蘭，白首歸、各由塵水。感前諸、長拜金風，掬杯相識泪。

一萼紅

丙申十月廿八，平山諸子應落草堂主、沙鷗兄之約同游采石磯，興盡而歸，調寄《一萼紅》。

碧螺浮。看江山何恙？依舊楚江悠。雪意初消，霜林漸老，牛渚今日重游。笑驚蝶、草堂别苑，倚石檻、輕浪起沙鷗。捉月臺邊，燃犀亭下，還覓風流。　曾記去年臨此，正孤烟翠雨，無語凝眸。晴雨雲心，繁蕪季相，千載多少閑愁。謝公遠、興亡幾歇，謫仙去，一水自春秋。夜趁歸來未醒，殘醉登樓。

黃魏屹

網名秋瞳，女，一九六八年九月生，祖籍重慶，生於新疆，客居揚州。在中石化系統工作。現爲珠江月詩社副社長，高校大學生特邀指導老師。詩詞散文小説皆有涉獵，在《詩刊》等刊物多有發表作品。

詩二十二首

真州

柳陌蓮塘景舊諳，銅山雨後起烟嵐。圍桌正話鱸魚美，窗外鶯呼似酒酣。

注 儀征别名真州。

登蜀岡新居有感

家在蜀岡三里外，樓前濕地翠烟深，登高可見西湖瘦，聽笛應非昨日心。

代咏隋煬帝

自别揚州去，春江日夜流。銀盤猶半缺，塵事已全休。史墨千宗罪，雷塘一畝丘。隋堤雖我築，不忍望行舟。

秋日閑吟

望月吴霜冷，聽蟬木葉紛。游仙應在野，衡雁復穿雲。求米唯三斗，塗鴉不一文。秋聲時遠近，客子莫相聞。

再游瘦西湖

鶯堤緑映紅，隋柳憶青驄。依舊三分月，曾經兩岸風。常聞千載事，罕見百年翁。橋下回回過，湖光飲幾盅。

聽大提琴《殤》有感

憶昔君懷袖，西窗未覺寒。焚心猶勝火，化蝶半成嘆。良夜催人醒，清輝忍泪看。盈盈河漢水，點點似瘡瘢。

司空山夢話

一叩山門開紫府，天峰十二似棋枰。乘由謝屐飛來去，結與鷗盟共坐行。洗藥奚言經劫夢，觀鐘但覺似龍鳴。司空憐我凡塵客，擾亂三清意不驚。

游園驚夢

曉日曈曨欲破紗，燕身無羈羨飛斜。松邊拳脚疑猫步，石下霜苔惜紫花。過客尚餘三宿戀，游園驚破一聲鴉。此身難脱烟霞外，久坐香林亦太賒。

秋雨湖畔獨行

雨織烟青看未真，踟行湖畔似幽人。柳風滿徑曾執手，梧葉千聲竟入神。擎傘舊游唯郢客，觀魚徒羨是吾身。如何留得清涼境，十里長堤絕暗塵。

祭奠南京大屠殺

望處秦淮逢劫後，歌臺舞榭樂升平。雨花石裏猶涸血，燕子磯頭耻論兵。引盜焉關懷璧罪，屠城妄假大和名。蒼天亦共人神憤，壁上龍泉不夜鳴。

咏嶺南大儒陳白

春陽臺下誤芳菲，鑿壁十年窺曙暉。悟道鴻儒辟心學，投門弟子亂荆扉。辭官愧有文園病，食檗豈無鷗鷺機。已隔青雲千萬里，南風拂我薜蘿衣。

賀儀征紅迷會年會

恐是天書已絕倫，婆娑世界欲還真。無邊風月曾消日，殊路雲泥共劫塵。芹夢軒中腰帶瘦，石頭記裏筆痕新。真州夜色凉如水，堪惜紅樓未醒人。

清明

趁取清芬向野田，春波無忌正軒然。數叢新火撩蒿草，一片風花妒子鵑。已薄宦情塵眼外，休添愁緒酒樽前。幾回客裏尋芳翠，剩有詩心漱玉泉。

回鄉有記

近鄉猶覺意蕭然，萬里歸心一綫懸。我再來時身已老，君將迎處病猶痊？還家入抱原非夢，把酒行歌竟似癲。多少杯中懷底事，白雲與爾共成烟。

子夜聞歌

久向涓塵棄此身，緣何往事憶真真。花中本是原鄉客，杯底渾如買醉人。豈必相逢成陌路，可堪回首問前因。匆匆便覺揚州夢，子夜聞歌欲頓淪。

秋月有感

心似琉璃月正秋，琴樽伴醉曲江頭。可憐雛菊摇芳徑，未肯新錢費酒樓。東武閑吟真有恨，野人胸迹已無憂。歸來陶令今安在，亂入蘆花一釣舟。

寄知青老父母

雪染天山似白頭，長烟大漠數回眸。無情歲月添襟韵，有限青春墾緑洲。落葉歸根雖稱意，邊關論事總牽愁。清風兩袖何所怨？尚有三千家國憂。

野游

天生自愛湖光冷，可耐門前少竹筍。别院因思茅店客，入山豈作卧游人。桂花滿袖能賒酒，老木横枝好伐薪。願得一廛能閉户，生來不獨爲謀身。

交河魅影

獨有豪雄唱大風，未銷壘土御窮攻。壓城雲幕吞宫邸，决眦飛鴻劃野空。天地玄黄生死已，鬼神静默道途逢。碉樓佛寺痕猶在，飲馬交河幻碧穹。

綺懷

塵海微茫一葉輕，虛窗問月爲誰明。餘花倦鳥堪解意，彤管清徽豈溺情。任許輕狂枝易損，未經磨礪玉難成。幽懷已共曲江水，三十六陂聽鶴聲。

注 過年小病有作。

荷

草佩雲裳風正舉，烟波水巷匿前身。傾懷詎得樽邊客，隔岸偏多裙下臣。身即天涯難自醒，人如過鯽莫相詢。爲君倚遍西湖柳，蛙鼓聲中惜笑顰。

霜降有寄

未覺袷衣薄，白露已成霜。蟄伏秋草隱，楓成劫後妝。西陸鴻聲徹，聲聲入酒腸。林花亦委地，教我意惶惶。欲向長亭去，家山不可望。寄與商聲賦，一句一回傷。七哀知底事，十載夢黄粱。春花與秋月，唯有拂雲長。

詞十首

浣溪沙 草原之夜

碧草拂襟花墊香，康巴漢子做情郎。相思可有遠山長？一水天星窺醉眼，半坡松露落霓裳。馬頭琴裏野茫茫。

浣溪沙 野塘

柳態荷姿盡可陳。清波不意起漪紋。池塘秋色似回春。水墨三分才入望，閑蟬一語莫分神。於無聲處最消魂。

清平樂 納凉

柳條風杳，漸退羅衣少。欲共紅鱗栖水草，幾處蟬聲知了。枕流淡看雲涯，納凉好似僧家。到此游人止步，蜻蜓待立荷花。

清平樂 立夏鄉間散步

星輝如注，灑落心田住。遠近蛙聲頻相顧，盡入農家小户。螢蟲老樹奚言，鏡花水月難看。剩許清風無賴，幾番與我糾纏。

鷓鴣天 憶元夕

恍入天街十二樓，吴娃楚女掌燈游。紅蓮照眼天河爍，車馬駢闐螢火流。黄昏後，柳梢頭。墜歡重拾曲難求。樽前未肯邀元月，争使伊人兩鬢秋。

蝶戀花 不眠

紫陌紅塵皆蜃景，暗把韶光，付與花前徑。月下蟲吟猶可聽，世間閑語難清净。夜漸深沉風漸冷，誰念橋頭，兀自開桃杏。惋葉惜芳非雅興，應知香謝同人病。

唐多令　與君說

光景暗消磨，江湖聞劍戈。一聲聲，都付南柯。流水桃花應識我，整日裏，做吟哦。有夢入烟蘿，無言逐橫波。等閑身，世道嫌多。唯有四橋橋上月，留一半，與蹉跎。

唐多令　贈閨友

聚首待何時，當初輕別離。二十年，鬢染塵泥。折得梅花當愧我，懶托寄，道相知。歧路亦低迷，無謬似可悲。到如今，不做愁眉。記得與君曾有約，一路往，廣陵西。

唐多令　水鄉古鎮

滿屋過堂風，射湖尤夢中。一千年，慣看烏篷。兩岸春光渾不待，還幾個？打漁翁。古鎮漸龍鍾，當時說蘊隆。項伯侯，堪做人雄？欲問鄉音何所見，夕照落，老街空。

注　射陽湖亦稱射湖。

漢宮春　寄人

古巷幽情，記當年乘興，携醉游廬。華車歌扇如舊，流水街衢。蕭郎已去，恨韶光，失了東隅。留念處，吴娃楚女，向人盡獻歡娱。　幾未回眸詩贈，怕拾人舊句，强作唏噓。香沉風住心緒，豈紙能書。金柔火老，辜負他，鬧雀歡凫。渾忘了，春秋幾度，桃花開到芙蕖。

欒碧軍

筆名一木。一九六八年十月生，揚州市江都區人。中華詩詞學會會員，江都區詩協副主席，揚州市作協會員。長期從事新聞和副刊編輯工作。詩詞、隨筆散見於報紙雜志。著有隨筆詩詞集《川上屑談》，散文合集《七弦集》及二集、三集。主持編校《雪松》紀念集、朱江學術專著、徐道隆小説等。

詩二十八首

感賦四首

袖手裁詩問海棠，金波一轉溯流光。良宵耐得清風起，每把他鄉作故鄉。

曼殊鹿夢入袈裟，寅恪湘累感歲華。曾有驚濤傾巨浪，斷鴻聲裏話桑麻。

坐卧書城成一統，雕蟲摘句且沉吟。蠅頭堪笑輕飛絮，人自飄瀟月自明。

吾儕筆墨信難辭，劍膽琴心入酒卮。或問痴情何所寄？芸窗初上月華時。

呈慈光聖因兩法師三首

烟波明滅有無中，鐘磬敲燈聽不窮。滿目蒼溟藏法眼，心持一鏡萬緣空。

上師傳道笑談間，應世隨緣若等閑。却話雪松師範處，一燈如豆月如環。

未磨古鏡更如何？相照無言一笑呵。堪破肉身非本我，行藏在水在山阿。

初冬茶飲酬炎陽秋村四絶句

雁翼流星奔越馬，鷄窗望月喘吴牛。岳陽聞道風光好，吐氣何妨一上樓。
申報能教樓市漲，百年故紙是奇兵。真經一本江湖譜，游刃於心在篤行。
面壁常懷高爾泰，如聞松壑海潮聲。問余忙裏營何事，閑話南都讀北征。
竹影松梅一脉牽，依稀風景似從前。燕談猛憶前朝句，共箇莊周説劍篇。

夜讀戴求之微信文字有評知堂念樓谷林止庵句相與點贊以俟晤談

年來唯好静，往復似參商。報館謀餐飯，精魂每積傷。老晴頻覓影，新雨正敲窗。訪戴山陰夜，擁書走大荒。

奉和菊隱兄賦得清夏與友登萬福大橋塔樓

江淮居鎖鑰，天地似穹廬。掣電長虹景，浮波淺葦圖。心追陶令菊，情注戴公壺。列坐邀茶飲，相期泛舳艫。

次韵杜明甫詩長題韋鶴琴《敝廬詩存》

先哲遺風渡早春，撫琴放鶴在漁村。河山沉陸懷青鳥，臨澤行吟賦玉箴。秉燭五更擒虎計，詩人一脉卧龍身。敝廬低岸芊芊草，俱是韋公筆墨魂。

注 韋子廉，字鶴琴，爲汪曾祺的老師。

重九引江行

歲序流沙已爛柯，托身人境更如何？詩餘三疊沉吟久，歌放千秋嘯傲多。恥寄華章謀果腹，幸無風月爲登科。不辭長作蘭亭客，耿耿丹心永不磨。

初春有懷滄縝

誰從浮世忘天機，一葦輕航訪剡溪。夢裏分燈問朱子，閑來打坐證菩提。芝蘭有味添樽酒，鴻爪無痕踏雪泥。此去江南風景好，與君參得爛柯棋。

師友四咏

年來底事墮紅塵，兼日追懷雪上人。但覺熏香消塊壘，恍聞謦欬話甘辛。辯才點石遺巴蜀，淵默如雷隱水濱。無我無常無所住，法身雖逝意氤氳。雪松上人

莊生曉夢迷蝴蝶，羽化千年幻此身。太監國中描鬼魅，瓜洲渡畔辨迷津。劇談時弊成知友，商略詩心若比鄰。何不傾杯消永晝，重温野草倍相親。莊生曉明

狂歌長嘯少年時，煮酒青梅盡一卮。四座蝸名塵與土，半篇芹論瀾還滋。精鋼百煉瞻由暢，鑄石三生管鮑怡。寄意塤篪山水趣，梵音劍氣兩相宜。曹橋炎陽

燕談耳食馬風牛，野渡橫波對海鷗。説部綢繆空手道，狼毫落墨信天游。經年置酒簪花影，竟夕煎茶潤客喉。莫道此間無正果，草蛇灰綫細搜求。看山秋村

雪松法師年譜編後

奔四流年羽翼收，閑從川上看浮漚。三巡酒暢張胸膽，百部書耽豁眼眸。披卷壁間觀壁虎，爬梳蝸角效蝸牛。未知儔侶平章過，遥望春暉有感不。

重九懷遠兼呈曉明秋村

無涯歲月有涯身，一枕江流洗劫塵。顧我陶尊斟酌慣，感他嚴卜指歸真。微沾朝霧期晴午，深染初霜接曉晨。最是吾曹尋樂處，一鈎新月待來人。

五一與陽浩二兄化市小飲閑談近事

化市歸歟緑滿襟，江風流韵伯牙琴。因陀羅網團欒意，春夢婆茶百合心。眼底頻多烟火氣，筆端漸少海潮音。漫吟别調張弦外，付與金樽仔細斟。

出關自嘲詩

不作仙家作灑家，非衫非履勝袈裟。園邊馬甲驚鷗鷺，掌上魚書走蚓蛇。銜命争難聽運斧，緘愁偏愛看抽麻。龍川波蕩斜陽下，慰我勞生酒後茶。

觀博弈容與小言

紋枰坐對起干戈，漫憶前朝將相和。損罐由他思孟敏，過江泥我笑東坡。三緘弭謗諳聾啞，一局闌珊爛斧柯。擁彗臨屏除芥蒂，菜園茶飲意如何？

初秋有迹

心耽故紙粘地絮，耳食瑶琴不繫舟。霧鎖桃源紅豆路，波連錦瑟白萍洲。雪鴻空覓離地半，青果滿枝繞指柔。底事前塵泥雨巷，丁香有迹待綢繆。

冬日邀游小盤谷遣興

丁家灣裏小盤谷，鍵盤敲出曰盤古。我欲因之思翩翩，湘累九歌繞鑾楚。太行之陽水之湄，北木南草出機杼。日神漸離肉身游，酒神移魂返靈府。春秋代序一長嗟，滄浪清濁憶蘭渚。一九八四書猶在，二零一二景先睹。山寨雷人欺實馬，脆樓釣魚飽碩鼠。蟬翼爲重千鈞輕，德賽棄之若糞土。蝸名八九不離十，蠅利二一添作五。英特全民争偷菜，斯世大略應如許。司空只道是尋常，盛世長袖善歌舞。頹波難挽胡爲泥，把臂入林忘寒暑。漫待新柳孕初芽，遥知飛鳥征逆旅。清流檐角夢漁樵，石柱瀟湘聽夜雨。風輕日暖花清香，池魚逐戲或可數。桐韵雅集素琴齋，雲巢怡養元胎圃。茶餘客話太匆匆，行止往來無常處。心燈一念安此鄉，暫别相期金蘭譜。不辭長係江雪意，堪笑平生愚也魯。回首青天寄塵寰，枯枝凛冽振鴉鼓。

炎陽道兄南行歌詩以餞

君行千里雲水寬，我心寂寞我心安。一輪明月照川上，静流如洗潤肺肝。正是金秋景色酣，多情能不憶江南？廣陵潮接錢江浪，長風浩蕩起雲帆。采編生涯八九載，含毫抽緒衆弗逮。

倥傯歲月沉雄過，滿目青綠超物外。乘除見慣太極推，樊籠不羈天縱才。林中空地林中路，鴻泥照影歸去來。一管生花龍蛇舞，華枝搖曳出機杼。龍騰川行驚四厢，滿城争説機關語。天下滔滔泛舳艫，利心難辨有與無。妍媸我相對鏡照，城北徐公有醍醐。長安弈棋較錙銖，何如扁舟快一呼。感世漸知流水意，無弦琴操藏玉壺。蓊鬱喬木照幽篁，乘槎原非計黄粱。一溪澄碧冲萬壑，風流何須問用藏。南渡壯游自周行，蘋花飄瀟憶洲汀。相視去留共一笑，長亭歸罷眼誰青？

詞九首

減字木蘭花 歲暮炎陽招飲適逢網事月餘兼贈江南新雨

有時趺坐，漫話新涼澆岸左。語近桑麻，自許柴門下里巴。　争如食蛤，舊雨敲窗賒贈答。底事關心，賦我非詩送好音。

滿船星火，非我賦詩詩賦我。何物療飢，聽雪三更又聽鸝。　天涯浪迹，倚醉佯狂身是客。於意云何，百轉愁腸一笑呵。

減字木蘭花

與張徐諸君往浦口參訪林散之蕭嫻高二適胡小石紀念館欣晤青鳳女史宴言前番雙花夜語唱和之約夜宿栖霞山次日午得一闋至夕復得一闋因以詩餘二叠賡續前約

云何通識？疏密持允難二適。江上詩翁，散耳狂歌大呂鐘。　淵精蜩屋，化育胡門桃李篤。衛管重來，筆墨淋灕漸次開。

秋聲晴好，求雨山巔懷四老。勒史俞緣，門野簪花照羽閑。　前身明月，昆韵流觴紅葉闋。密筱修篁，一段詩情緑滿窗。

注　勒史俞，分指勒中煜、史兆伸、俞律諸先生。

菩薩蠻　與漫波史明鹽阜道中

晴川雨後輕車過，翩翩蝶舞邀人和。行旅太匆匆，臨窗一念中。　同心聞道久，托夢當携手。靈塔幾徘徊，祥雲裊裊回。

鷓鴣天　元日偶作

綽約仙風何處尋？晚來好景返雲林。風中蘆葦迎風意，雪裏芭蕉傲雪心。　空月照，滿山吟，西風繞指自清音。等閑相守拈花笑，何必消磨撫素琴。

行香子

富貴浮雲，大款盈盈。紙迷處，散盡千金。試看豎子，誰掌乾坤？欒大哥大、中發白、石榴裙。　布衣陋室，舉案勞形。效鯤鵬，滿目南溟。管錐天地，澡雪其身。賞西江月、赤壁賦、伯牙琴。

青玉案 奉和杜明甫吟長原玉

芒鞋踏破南山路，去留意，知難駐。襟袖生風須幾度。四厢花影，漫天飛絮，夢裏身何處？弦歌一曲添愁緒，五斗男兒拜金女，贏得浮生輕幾許？危欄休倚，數峰無語，幽素蘭亭侶。

賀新郎 夜讀蔣竹山賀新郎見『有殷勤六字君聽取：節飲食，慎言語』句因念子非魚兮依韵以寄

網事經年矣。數平生，愴然何恨，慨然難去。折却纖毫投鐵筆，碧血燃犀燭鬼。夢醒處，俄然莊子。回首韶華春在否，倚修篁，弦索悄然裏。弄散髮，瑣窗簷。道情檀板驚流水。泛清槎，染香眠雨，緑蔭深處。金谷飛觴歌永夜，養得拿雲意氣。争忍去，空痕留此。陶令知堂篇未了，倩何人、爲我金針取。忽然醉，不能語。

吴天白

網名萬葉千聲，一九六九年七月生，江蘇揚州人。自由職業者，愛好廣泛。寂寞的時候寫點詩歌；無聊的時候塗點小説；幻想的時候玩點股票。人生總是從習慣到不習慣，再從不習慣到習慣，如此而已。

詩十一首

無題

夕照長堤柳，流霞戲水邊。欲知湖底事，可否問蒼天。

感懷

日下江河暗，庭前鞍馬稀。流光浮水緑，不見彩雲飛。

園中園即景

麗水漾春波，庭園紫氣多。魚雲流不盡，人在翠微歌。

黄金海灘

航人趕海鷄鳴後，紅日初升水蔚藍。何處共君方養眼，黄金灘上且停驂。

南山竹海

風語南山竹海縈，静湖遠水漾空明。斜陽一抹開鐘磬，小鳥天堂逐晚晴。

端午感懷

鴻雁無方下夜臺，每逢端午汨羅哀。江花縱有相思句，一念懷沙濁浪開。

過甘泉山

甘泉打馬踏青歸，已是斜陽坐日暉。陌道紫雲吹不散，野花香上素羅衣。

過櫻花園

裊烟十里絮飛楊，飽水新生綠滿塘。策杖尋春風過處，櫻花香夾野花香。

春光曲

一抹斜陽鎖暮天，桃花紅雨短籬前。東風滿徑無人語，底事翻勞自打旋。

過谷林堂

六一遺風滿蜀岡，谷林明月照山堂。嶺雲不放鐘聲渡，漫野松花近廟房。

畫境

幽岸長堤柳夢單，晚風吹送棹聲寒。莫嫌翁老輕舟小，可載春愁分外寬。

詞二首

浣溪沙　紅橋漫步有感

已是黃昏月上梢。晚風偶送一聲簫。花間底事涌紅橋。

情轉深時隨瘦水，夢浮高處漲新潮。誰堆香冢又今宵。

卜算子　暮秋步韵泰然先生

嶺上野花凋，澗水生凉氣。落葉西風雁影飛，古樹添寒意。

山路暮鴉凄，石徑幽人幾？一抹荒烟鎖夕陽，廢興流雲寄。

周愛東

網名大夢無人。一九六九年十二月生。就職於揚州大學，弟子三千，半是庖厨。居揚州，臨邗水，有茶舍名羽林郎，自題聯曰：『竹里分茶酬陸羽，衡門顧曲倩周郎』。好琴、棋、書、印、詩、酒、茶，才止中人；著《茶藝賞析》《揚州飲食史話》。爲學不求甚解，爲人不求聞達，爲師則弟子不識，時賢所棄，然意自適，亦無懷氏之民也。

詩四十二首

早春看花

幾回驚春早，偶爾作花痴。海棠新帶雨，紅似去年時。

訪小盤谷主人不遇

主人何處去，出游未還家。霜街行幾度，深院鎖梅花。

絶句

花飛桃葉渡，風過晚晴樓。誰勸行人醉，秋波動客愁。

夜獨

清茶梧葉雨，明月桂花風。夜静無些事，弦調五藴空。

打吴清源譜

梅落空山冷，茶烹斗室香。無人分一碗，對弈是吴郎。

揚子津秋晚，等車中

西風吹木葉，萬里感秋氛。野水蒹葭老，孤鴻不忍聞。

下課晚歸過藤花館

茶散人聲杳，深林透遠燈。香風何處起，輕露濕銀藤。

秋夕

秋晚來風雨，東樓寂寞聽。幽情憐落葉，不肯掃空庭。

無題

庭樹飛寒葉，浮生亦已秋。哪堪來晚雨，夢濕海西頭。

無題

冷雨凍梅香隱隱，枯燈敝屋倦歸人。年來白髮空留鏡，不敢安排又一春。

五月二日夜，大風雨，次日清晨上班途中吟得

昨夜春隨風雨盡，更無枝上一花愁。小池晨看清波漲，菡萏尖尖欲出頭。

不可言説的情緒

見佛恰逢茶事了，著文正遇筆花生。十年夢裏心閑處，總是九皋聽鶴鳴。

編書眼倦，看陽臺秋色有感

風捲寒雲歲又殘，人隨秋色老江南。冥鴻惜羽無歸處，聲斷衡陽十二欄。

計劃去茶山，見舊照暢想一下

擬入青山覓雨前，江南花亂向誰邊？行舟且任清溪引，轉過桃林是麥田。

晨起聽琴

重簾深閉夢中人，蝶變憑誰斷假真。却將焦桐辜負了，蹉跎又是一年春。

早春

二月殘冬未肯消，雪霜時凍小河橋。温情自是封難久，一點春心出柳梢。

午餐

紫苔細撿烹咸肉，鷄子嫩煎配韭芽。家釀三杯春日暖，曚曨窗外粉桃花。

爲浦先生藏十五年前舊作簽名有感

素不相識的浦先生來電話，囑我爲十五年前出版的《揚州食話》一書簽名，遂登門拜訪。承告，他是從許少飛老先生處找到我的聯繫方式的。繼而拿出十五年前初版。想當年青絲今日華髮，感慨不已。

落拓江湖十五春，誰於舊著識風神。龍蛇走筆匆匆別，依是紅塵風裏人。

端陽

桃符未褪新春色，蒲艾已熏初夏香。此際無心懷屈賈，餦餭角黍待蒸嘗。

桃三月二十九日，今春最末一日，凑句送之

雨過重樓烟樹緲，無聊碧草漫天涯。東風不忍春心死，一路徘徊送落花。

題合歡扇

素手金針綉月圓，沉香暗度漢宮烟。芭蕉誤送三秋雨，閑與蕭娘憶少年。

秋興

蒹葭老對大江流，暮色看回萬里舟。燕雀在堂鴻在野，共聽天外一聲秋。

茶友一籽自杭州來，饋我桂花龍井，今晨於冬雨濛濛時泡了一杯

三春茶配九秋花，雅韵隨緣到俗家。我有玉盤接寒露，小庭獨坐細雨斜。

冬至日在宋夾城與友數九染梅

行人何處携香露，新踏平山舊館苔。自是江南春信早，故城風暖點梅開。

春日下厨偶記

久不作郇厨，伊彭技未疏。無閑呈至味，得意治新菹。茗飲當春酒，吴音戲相如。求凰生婉曲，餘樂有琴書。

重陽　四首選三

風雨重陽近，秋心上幾樓？紅花凋檻外，白髮老揚州。有酒招誰飲，無情伴月游。五湖烟水緲，隨處放扁舟。

天涯何處是，蜀嶺問西風。雁陣雲高遠，蘆花日落紅。朗吟聲欲上，婉轉調忽窮。蕭瑟人歸後，遺愁與醉翁。

三三探野花，九九望雲涯。輕易紅塵老，蒙矓青眼加。鵬程迷過雁，海路接平沙。自問何能爾，趙州且吃茶。

丁酉孟春有感

飛雪隨春到，江南倦客愁。幾番玄鳥誤，一夢冷香幽。歧路悲楊子，漁燈老葉舟。此情何足道，緲緲亦無由。

中午做了蘆蒿炒臭千

新春尋淡味，意不屬河豚。江岸蘆蒿滿，素門豆腐尊。臭香能共豆，青白亦同根。更有宜粗飯，杯中臘酒渾。

捺山早行

山中何所有，春早見初芽。翠竹凝珠露，清流透細沙。穿林新燕子，侵路野蘭花。空谷無人到，臨窗一盞茶。

登邵伯船閘

大澤曠秋風，千年幾處同。新航通帝所，故水接隋宮。翠減繁華後，人閑盛世中。暮靄歸程暗，清談兩謝公。

天氣晴好，坐茗笈茶舍待客中

敢問君何有，所持似握沙。小庭容曬日，虚室可分茶。金紙摹王字，銀刀剪草花。心閑無用處，釋卷夢邊斜。

炎夏偶感用白居易消暑詩首句起

何以消煩暑，樹蔭一盞茶。紋枰重對弈，白紙待塗鴉。古畫污寒具，新詞擬浣紗。微風聽渌水，不覺夕陽斜。

丙申冬，赴茶會早行瘦西湖

我來天正曙，凛凛一空園。野徑憐霜草，平湖泊畫船。紅橋絲柳後，白塔寒雲前。竹裏琴聲罷，風過散茗烟。

雅聚小盤谷和西風韵

絲桐常欲弄花前，怕引花神錯識年。不信東風吹舊草，原來深谷起新烟。寒潭轉過山中影，小徑迎來洞外仙。雪乳綸音香滿座，可期後會再操弦。

畢業季送曾經教過的學生

眼見毛桃緑轉紅，一年一度别春風。憐君四載學多僞，愧我兩期教更懵。此去應能占鰲觸，重來或不識周公。擦肩驚問疑人熟，老眼生花耳漸聾。

甲午閏九月重陽前聽雨作

多病浮生人易老，那堪一歲兩重陽。江雲帶雨前程暗，野桂隨風隔院香。土酒思招陶令飲，陳茶羞薦羽仙嘗。閑愁莫擾窗臺蟋，夢入蓬山夜正凉。

自壽 二首選一

十萬高樓看日沉，江灘冷處獨垂針。當年曾慕釣鰲客，此際空餘放鶴心。大夢千回迷海路，悲風一縷入瑶琴。驚雷凍徹凝徽外，欲待青鸞寂寞尋。

見十年前舊照有感

舊影何堪醉眼横，十年無事廢功名。久疏湖海扁舟老，長累客心羈夢驚。携酒窮途酬阮籍，炊粱趙館別盧生。前程更與誰人説，燈火繁華凍滿城。

藥師熊作明先生五十壽誕，兼以自題生辰

諸友飲於丹桂苑，以『桃李春風一杯酒，江湖夜雨十年燈』分韵得『杯』。

蘭皋鳴鶴朔風回，清唳凌雲遏電雷。前路應愁揮霧散，南山可喜任花堆。得無一地栽椿樹，幸共群賢傾玉杯。莫謂出山成小草，滿頭華髮不堪催。

丁酉人日立春，在茗笈茶室與邗溝釣徒品鳳凰茶，歸來有作

久慕邗溝釣雨風，茶邀風雨翠園東。人言茶客追奇品，南嶺携來鴨屎樅。大雅幾分似大俗，素顔不借粉妝紅。松聲三沸南零水，蘭韵九回青鳥宫。清氣蕩開狂楚臆，江湖指點辨龍蟲。別時暮色兼風雨，明日黄粱各窮通。

詞十首

長相思

花忘憂，草忘憂。不覺浮生已半休，頹顔鏡裏羞。　琴聲收，雨聲收。一任芭蕉向晚愁，臨風上小樓。

减字木蘭花　漫步武陵源十里畫廊

游武陵十里畫廊，見溪水乾涸，導游説是旱景。溪中偶見有鋼筋水泥的水利設施，可供

想象當年土家族、苗族或漢族農民的勞作身影。是我們這些游客將他們趕出了世代棲息的桃花源嗎？

桃源何處，書裏青山雲外路。斷壁殘垣，偶見斜陽荒草間。　漁夫歸去，出賣秦人猶自許。車往車來，久入紅塵尋不回。

減字木蘭花　中秋

雲閑江浦，暫歇鴻途愁日暮。又是中秋，今歲韶華已半休。　塵篋偶檢，多少青春情未變。自放南山，黃葉黃花瑟瑟寒。

減字木蘭花　讀書

孤燈冷雨，寂寞和琴香一縷。開卷得閑，欣會古人夢醒間。　才堪何用，好與妻兒常戲弄。誤了功名，路出邯鄲少客行。

減字木蘭花

粉櫻花重，些許春風吹不動。油菜花黃，緑野蜂忙蝶也忙。　山園茶綻，可比野芳新爛漫。恰遇人閑，摘取蘭芽即刻煎。

鷓鴣天　夜飲

曼舞霓裳醉影斜，小詞低唱和胡笳。一池月色寒秋雨，滿院清風馥桂花。　重煮酒，再烹茶，人生難有此清嘉。漢南樹下重相見，莫指衰翁白髮嗟。

蝶戀花

年少情懷嘗自許，萬里封侯，不作花間語。一劍磨成寒夜舞，紛割月色飛金雨。　四十年來如夢旅。白髮書生，空老凌雲羽。即是鋒芒無所取，何時却向江湖去。

一剪梅

輕解垂楊放遠舟，夢也中流，醒也中流。雲帆萬里一回眸，緑滿汀洲，花滿汀洲。　鏡裏烟花憶舊游，鬢髮霜稠，野鶴鳴愁。桐音欲響意還休，風過東樓，雨過東樓。

一剪梅　步前韻

誰向雲邊指葉舟，來處清流，歸處清流。餘些好景待青眸，花在江洲，酒在瀛洲。　歲歲韶華與夢游，種柳生愁，折柳分愁。一春又見意難休，月上東樓，月下西樓。

青玉案

韶華期上青雲路，真個向，雲中去。湖海茫茫誰與度。遠山衰草、隱園荒户，人在飄搖處。　桂亭倚看秋江暮，孤雁何啼斷腸句。同飲消愁卿應許，眼前花落，眼前飛絮，一夜流香雨。

徐學帥

字秉憲，齋號知常，祖籍江蘇阜寧，風月堂徐氏，一九七〇年七月生，客居邗上經年，職業法官。『平山清韵綱』發起人之一。仰慕板橋鄭燮之處事、爲人，其詩『衙齋卧聽蕭蕭竹，疑是民間疾苦聲。些小吾曹州縣吏，一枝一葉總關情。』尤深愛之，誠爲座右之銘。喜讀史籍，略習詩詞，常以聽竹（軒）主人爲網名，文字多散見於網絡，偶爾見諸期刊、合集等紙媒。

詩八十六首

歸 二首選一

姨母身故，歸以吊。伊待余如親母，總覺老人家慈容如昨，揮之不去。

偶歸人似客，疑雨起三更。風過白楊去，村鷄斷續聲。

隨感

眼前得耶失，身後是還非。今日隋堤上，秋風減翠微。

拜年

碧瓦紅墻紫竹斜，橋横溪水是吾家。詩心今又放歌去，社鼓龍燈動地花。

童年筝事

閑花野草鬥芳菲，春色迷離蜂蝶追。小兒不識文章好，詩稿糊成紙鷂飛。

秋意

人間寂寞數秋凉，一派繁華消白霜。還羨農家多有事，紛紛父老種收忙。

野梅

草莽平生本疏淡，任由寂寞共栖鴉。一朝朔信胡風起，獨我清芬鬥雪花。

紫砂壺

混沌生成共凡土，焚身始得掌中輕。紫氣虚懷容冷暖，一壺終必歆清名。

山鄉夏日

空山野樹緑蔭長，曲徑幽人衣帶香。間有鳴禽枝上逐，一聲杜宇到天凉。

秋日寄遠

何處相逢總偶然，人生三萬六千天。别來無恙但相問，不負黄花又一年。

夢遇故人吟留别

昨夜，夢遇故人，别時口占。醒而記。

送君千里寧無别，舉手勞勞憑夢分。此去經年重寂寞，誰人與我更相親？

咏梅感懷

李易安云：『世人作梅詞，下筆便俗。』信矣。

久客江南夸竹枝，水龍吟罷喟然遲。多情莫作咏梅調，一瓣梅花一瓣痴。

工餘，開窗小瞰，見菜田中已有幾朵黄花摇曳，燦若稀星

公案勞心片刻安，南窗乍啓透清寒。春色何曾將我棄，菜花幾點向人看。

村居

螺絲蜆子剪春韭，新筍老鴨大麥醪。一地花黄迷彩蝶，數聲布穀月兒高。

悼堂兄學柳

轉頭半步是無常，孰爲生忙爲死忙。相對妻兒愁未已，忍看白髮送兒郎。

辦公樓窗下田野的小草醒了

别是幽愁一樣經，漫天草色眼中醒。須無借處丹青手，好取春風作翠屏。

甲午落燈日後有雪

願君惜取眼前景，無怨清寒作弄人。昨夜千燈花又落，如今白雪亦懷春。

感水哥過長平古戰場有占

長河千載怨難平，豈爲當年哭一坑？百萬頭顱敲作土，可憐紙上笑談兵。

傍晚過阮元祠口占

太傅祠堂深巷中，當年語録映階紅。東風仍許催征鼓，夕照何由吊阮公。

晚雨過八怪紀念館

作怪呼嗔不亦痴，標新立异豈堪奇。風流多少憑吹去，都是當時未合宜。

朝過汪魯門

青磚黛瓦門光鮮，百萬冥思疑忘筌。正點忽聞遲到了，繁華都在想當然。

向晚過唐槐

千年遺夢笑南柯，不改痴人世上多。試問階前往來者，幾時能少利名磨？

秋雨有寄

經年雁影轉伶仃，能許重陽寄一翎？憐取天涯嘘冷暖，朝來秋雨隔簾聽。

泉下幽壑

吾友佘君明祥以《飛泉下幽壑》圖爲題，有之。

欲上晴雲深處雨，漫隨古道入葱籠。驀然回首向流響，玉簾飛在半天中。

感於崔武兄《游張居正故居》

商君自裂謝車輪，安石曾經亦佞臣。改革從來如殉道，善終若始待何人。

步行東圈門得句再送雨季

沾衣欲濕憶伊時，宛似丁香飄一支。而我又從深巷過，悵然唯有雨如斯。

今日處暑次韵釣徒

暑氣將消酒未消，兩腮紅淺勝春潮。一枝應手芭蕉扇，隨月摇過小石橋。

館驛前後街舊爲皇華亭

驛外老梅疏幾家，街前佇立想皇華。轔轔不是長安馬，小巷聲聲烤地瓜。

石塔寺舊爲惠照寺木蘭院

飯後鐘聲世已奢，游人來往只看花。書生未入老僧眼，石塔何由照碧紗。

小苎蘿村

傾城傾國費消磨，豆蔻春風小苧蘿。一種清甜呼小調，半宵遐想喚南柯。

小秦淮河

波光如鏡近香齋，雲鬢當窗試寶釵。爲有清風真態度，迢迢漫過小秦淮。

賀金陵詩社立社有寄

臺城烟柳玉闌干，金粉凋殘不足看。江山自有後來者，更發新聲浮汗漫。

立春日藥師奔母喪哀寄

一年景象此蘇生，哀子勞勞兼路程。漸近鄉關但相見，殘陽衰草北風聲。

次韵潇灑烟雨

不悉機心與險灘，春秋太半付輕彈。人生安得重來過，只把湖山青眼看。

讀八卦掌付《聞時下大師輩出》

土蛙王井亦非奇，聞道夜郎曾有之。却看人前摇舌者，如今誰不是宣尼。

長春旅邸夜宿

偏無睡意强還睡，長夜難明月倍明。今夕更知君可愛，無聲相伴在寬城。

初冬飲事

有朋招我飲，戴月近村莊。霜重行人少，風疏白夜長。閑情多勝酒，小酌略同狂。指點竹西路，可曾似故鄉？

龍年新春回鄉有書

輾轉江南多年，沾染吴音而不自知。不獨故人應驚，主人之驚更甚。

未入鄉關道，先聞鷄犬鳴。停車敬烟火，持手問營生。半宿看歌舞，一宵聽竹聲。天明拜親友，吴語故人驚。

江津獨步日暮秋風

偶因公事畢，獨步走江津。明月秋望近，游思日暮新。此身羈冗甚，山水少相親。鐘鼓鷄聲外，云何得最真。

重陽有記

無言老吾老，昨日又登高。暝色迷青眼，天風侵二毛。江山長倚望，人事久飄騷。生若藍田石，如何不中刀。

與邗上一子、七子冬夜坐而論道，中宵歸而有作

中宵邗上賓，十載望迷津。問道何聞道，求仁焉得仁。點睛真季子，灌頂有明君。還復吃茶去，清光又一身。

注　一子季淮，真季子也。七子佘明祥，豈非明君乎！

生日與春水、曉色、一滴水、柳生游甘棠古街自寄二首

細雨隨人意，新凉好個秋。從游謝公埭，指看古揚州。天險江淮設，洪波於此收。憑虛唯浩蕩，渾欲共潮流。

甘棠尋勝迹，時節正新秋。水調三千里，人文第一州。邗溝兮不返，淮海者誰收。百舸今重看，爭相赴激流。

長假隨感

歸鄉慣車堵，訪舊揖荒荊。長假七天事，明知累亦行。多情徒有恨，百感係無名。昨夜連江

雨，紛紛到古城。

上班第一日，適逢立春，案頭小花已開，欣然有寄

春從今日立，物自此方蘇。微雨懷嘉夜，名花着紫朱。知常徐學帥，秉憲漫吹竽。既策逍遥馬，無爲用的盧。

普陀山

慧日照崔嵬，普陀秀海隈。長天青欲净，白浪化如來。萬類蹈空相，一身非我猜。潮音皆佛號，作甚逐塵埃。

三月

三月春將暮，樓臺雨又勤。喁喁變私語，滴滴入微醺。卿事多漂白，卿書久未聞。坐中人近朽，還記緑蘿裙。

杭集新聯水上人家

城中虛立夏，江畔正春滋。好竹青於野，林花蝶也奇。蒹葭迷遠近，水棧響參差。偶爾一鷗起，翩翩有所思。

丙申秋日携妻登西郊白羊山

秋日步西郊，浮雲干碧霄。白龍慚空廟，黄雀勝聞韶。覓道循羊矢，回車過野寮。村童更無

賴，正唱外婆橋。

采石記游

牛渚半山之上乃太白衣冠冢，階下有懷謝亭焉。

采采江邊石，騎鯨與絶塵。江流石宜老，人去事逾神。未到雲深處，慚言氣不匀。拊膺階下者，正憶謝將軍。

冬赴達州

冬月之西府，征程指達州。曾聞古巴國，在望鳳凰樓。孤枕嘉陵迫，虚窗山鬼浮。思心在仙女，續咏月如鈎。

注 當斯時也，邵兄鶴庭宴美人於仙女，製新月如鐮、如眉、如弓、如舟四咏，發諸微信圈。余戲爲『如鈎』一咏附和。須臾，聞邵兄言，恰席上美人相問，『新月如鈎』呢，余即已續焉。余之製誠爲續貂，然蘇子謂『千里共嬋娟』者，豈非如此耶！

雪訪峨眉

巴蜀多深秀，峨眉獨令名。危峰裁翡翠，萬佛化峥嶸。踏雪迷幽徑，尋蹤訝石精。豁然流霧散，誤入白雲城。

草堂朝聖

入草堂南門爲大雅堂。堂前矗立甫翁落木臨江之塑像。登堂乃見，卧舟赤壁之蘇子，舉杯邀月之太白，懷沙汨羅之屈子，荷鋤戴月之靖節，愴然涕下之陳生，騎驢劍門之放翁，以及白樂天、李義山、李易安、黄山谷等數子。老杜一生所念，致君堯舜、再淳風俗、入閣麒麟。想數子者俱運筆如椽、盡領一代風騷，雖居廟堂之高時寡，處江湖之遠者多，然皆苦心孤詣、立言立德、兀兀窮年，或不用於當時，已光照於千秋，今於浣花溪畔，一朝云集，豈云後人之穿鑿附會，蓋因世事代謝、人心如秤，江湖之中更築真麒麟閣者，今日之草堂也。

浣花聲已杳，橘柚草堂新。此刻觀光者，志心朝聖人。拾遺因絶響，捉月貴天真。擬把秋風號，誰爲一解巾。

錦里謁祠

諸葛瞻八歲，武侯書《誡子書》以予之，誡曰：『非淡泊無以明志，非寧静無以致遠。』嗚呼斯言！後世懸此兩句於座右者濫矣，大抵邀名耳！

懷罷杜工部，來朝丞相祠。堂前參古柏，階下禮新墀。尚饗同昭烈，論功悲出師。知兵非好戰，淡泊以當時。

寬窄巷子

走進寬窄巷子，德門仁里、花間、隔壁子、小龍翻大江、三只㪷、思賢廬，等等。老門樓子上的匾額寫着過去、透着紫氣，熙來攘往的人却不見擁堵。時有鑼鼓喧闐，那是買賣人家在招攬過客。有家自釀的青梅酒可以試嘗，看着已然養眼，喝起來更爽心。最是街旁屋檐下的做活掏耳的顯著安逸，倘再細心看過去，竟還有大嬸們做此營生的。對了，走出街口，那家粱記的肥腸粉和牛肉鍋魁尤其讓人回味。

人沐德仁里，行來紫氣融。花間梅子酒，檐下扒耳翁。隔壁通寬窄，大江翻小龍。引車賣漿者，誰可辨重瞳。

讀八卦掌付《歲末感時》摘句

平安夜，酒酣人散，余送柳生之康樂，稍坐，飲茶杯許，暢然歸卧，中宵而寤，披衣憑欄，庭樹婆娑，雲徑俱黑，冷雨欲侵，口占『歲杪』二聯。記起日間讀八卦掌付《歲末感時》跟帖，尋章摘句，凑有『故國』四句，將之來略合一律。於此更謝八卦兄。

歲杪少長寐，披衣奈夜何。看雲忽花眼，聽樹老春波。故國殘梅早，東湖濁酒多。晴時乘快雪，歧路幾人哦。

零八年秋的那一場酒事

相別久時常惦念，清秋一晌酒家逢。未曾落座噓寒暖，及至開懷論飲雄。但有聖賢通大道，胡爲班馬哭途窮。夜闌多謝西窗月，仍自殷勤照醉翁。

蜀岡之春

江上春來半是雨，城中二月感時涼。一朝雲散吹金羽，陌巷花飛動緑楊。蜀岡田家多薺麥，玉鈎欄外起笙簧。山梅爛漫未如我，踏遍清蕪人最狂。

無題二首依無住《生日自題》韵

江流有幸識瀟湘，相聚焉須論短長。詩意浮生小才氣，性情兄弟大文章。且將歡會消長悶，莫笑中宵多酒狂。明日陽關何處問，風雲散發又洪荒。

經年行色轉飄蓬，是是非非一笑中。幸福人家都盡似，開懷你我略相同。幾番春水送花月，萬類霜天沐曉風。息息生生由造化，慣看蝸角決雌雄。

習詩

習詩十載忽生悲，老臉黄花難自持。每向天工求造化，更於險僻奪窮奇。雕蟲未怕聱牙冷，崇古終成剔骨危。待到一吟雙泪斷，焉能知道我誰誰！

初夏日遣興

花銷日暖覺天長，每遇閑休着甚忙。酒已蕭疏誠可戒，情同荒廢怎宜狂。紅塵有數那般惱，風雨初來只此凉。懶得相思無所寄，還同妻子曬衣裳。

古韵汶河之南門遺址

落寞雄關何處尋，灑金橋底碧沙深。三重城闕催兵火，六水灣環消暮砧。十日何堪漂血杵，丈夫足以敵人心。倩君試向殘磚聽，猶自錚錚嘯鐵音。

遣興次陳三立韵

一世於生多了然，無非三萬六千天。十年寒室練窮達，半腹詩書遠聖賢。放眼斜暉生紫霧，何時江海棹歸船。堂前忽過白頭鳥，未識新霜却自憐。

玉都灣頭古鎮

邗江脉脉水清平，時聽漁師欸乃聲。岸上人家新軟語，街前石板舊時精。消沉水殿徒泡影，競起明樓振玉英。已自笙簫引鸞鳳，逢人不用問蓬瀛。

注　軟語吴儂。揚州舊屬勾吴，今人雖不操吴語，然他方之人乍聽，仍涵軟糯之江南餘韵，是謂之新軟語也。

中年自況次黄山谷《寄黄幾復》韵

應笑老夫渾不是，狷狂聊發有何能？家齊升斗謀糧策，人富三高示赤燈。久已清蕭捐兩袖，未曾練達折千肱。緑楊市裏慣風俗，也傍屠酤學鄭滕。

歲末自寄次韵二首兼爲莊夫子壽

四十五年憂陸沉，書生多事卧氈針。一朝臣子致堯舜，舉國良民各用心。錦上添花宜拍馬，尊前烹鶴喜焚琴。蠟梅已擅瓶中貴，不必凌寒踏雪尋。

漸覺風霜損青鬢，生涯彈指過中年。開心始解知盈足，大夢應如走盛筵。揚子波平頌明月，平山雨歇唱清圓。分茶吾愛莊夫子，徽外坐聽三兩弦。

注 大夢無人周君愛東，精茶道，擅調琴，工詩詞，骨子裏風雅的那種。

整理舊作有感

新年稍閑，得空整理近十年的文字，見連篇累牘，竟不忍卒讀，方『悟已往之不諫，知來者之可追；實迷途其未遠，覺今是而昨非』，感慨係之。

公家事了幸餘暇，忙里偷閑忽似奢。未及新情重賦歲，檢尋敝帚轉噓嗟。略無詞組青人眼，唯見浮浪塗墨鴉。十載經營難得意，一時風起嘆恒沙。

一五年五月七日夜與柳生燒烤於大轉盤

是夜飲至小暢，言及青春往事，柳生忽萌編纂個人文集之意，問余以集名，余信口以『瓜田李下』戲對。曰：何以解？對曰：古人云『瓜田不納履，李下不正冠』，然我輩風雲際會、任性隨心，又何曾着意避過甚嫌疑哉！汝這一路走來，多少旖旎風光，豈非瓜田之錯、李下之盟乎？

無邊夜色指迷津，忽約烤魚撩摸人。一味閑言真落寞，幾番換盞小青春。瓜田納履都隨性，李下正冠只爲親。遥想二三十年後，誰從你我問前因。

前湖雅集慶平山五年兼爲鶴庭兄壽二首選一次韵桃熟流丹

乙未七夕，平山五年，慶於仙女鎮之前湖。又二日，鶴庭兄五十華誕，金陵桃熟流丹兄寄詩賀之。鶴庭兄次韵有答。冠鈞兄再次韵兼賀二者。余亦兄弟，能不有寄？

前湖乞巧雨微侵，兄弟擎杯且自任。五歲光陰馳白驥，一城紫氣染青襟。平山非獨身前事，長鋏今同足下吟。夜市攤邊呼小字，當年如許已開心。

邗上秋來

未從提筆怯新絲，邗上秋來人不支。經歲相思侵入骨，幾回酒債例償詩。園花半做籬邊土，歸雁頻多夜雨嗤。明日天高雲又淡，風前誰與望嚴慈。

戲擬歸園田

山深泉水洌，歸田情何切！飲酒東籬上，采茶南山側。晨起披霞耘，暮歸携素月。相知有阿誰？梅竹同心結。執手不問年，共枕嶺上雪。

入梅遣懷

昨夜入黄梅，卧聽雨若梭。紛紜徒竹外，床簀遠江河。花畔詩書馨，壺中日月多。饑吟塞下曲，飽唱大風歌。攬鏡閲餘霜，對妻咏爛柯。男兒三十六，霜刃自消磨。

早春行

北風仍料峭，不辭春來早。日夕有餘暇，欣然登遠道。幾處雪痕輕，荒徑行人少。疏林鳴鶯雀，浮雲飄落照。青山郭外合，碧水人家繞。波連衰草岸，緑上舊枝條。猶憶携兒女，尋芳渡小橋。

春日遣懷兼寄妻

奔波爲生計，哪得無別離。君去南海北，我立長江磯。廣陵二月初，楊柳正其時。熏風從南來，日日動青絲。

歸

下班離庶務，大道向晴空。落日臨烟渚，秋凉正晚風。開懷當此際，何事有不公？信步知歸去，妻兒守望中。

續夢自題

夢中行吟，醒時唯餘『空山歸倦鳥，疏竹野人居』之句可辨，循其意自題。

空山歸倦鳥，疏竹野人居。土地二三畝，朝夕供耕鋤。滌塵汲老泉，炊飲自樵蘇。濁酒沽遠寨，新茗唤村姑。何有此幽僻，百年托微軀？我來天地間，一晃四十年。無術致堯舜，幸可守平凡。辛勤爲衣食，流光樂半閑。吟嘯有詩朋，放歌聽竹軒。樂哉盡人倫，快意每一天。

花局里次韵晚晴

狂歌花局里，衆目爲之側。大笑彌四方，滿城驚顔色。縱横懸天河，庸辭不須駁。佳人同鯨吸，誰可恃强弱。才下七二城，義氣雲天薄。昔赴瓊林宴，今作盂蘭約。宇宙惟稊米，開卷識大略。但爲飲中仙，千杯未曾却。浮生演空濛，匹夫何懷質。清濁皆聖賢，安將大道失。信馬書萬言，小試生花筆。夜半各還家，身外餘蕭瑟。晚潮起征鼓，催我錚錚骨。明日看流觴，還酹一江月。

題容亭

零落兄賦容亭有『信丘壑、過江始化龍』句，用其意。

南國生丘壑，過江即化龍。風姿輕白馬，刀筆小雕蟲。卓爾少人匹，飄然不世同。閑亭結烟渚，別圃納清風。幽草迷青靄，名花重曉紅。觀魚緣曲水，聽竹倚疏桐。落眼春秋色，經軒斷續鴻。分茶消永晝，把盞喚詩翁。滴水涵千象，恒沙兆億空。浮名多所累，草莽一時雄。萬歲曾誰見，扁舟欲我從。湖山足雲樂，相與共從容！

陌上行

昨夜北風舉，吹寒到西圃。花落無人擷，飄轉入荒土。繁華憶青春，新紅未嫁娶。暄妍凌衆芳，蜂蝶誰曾顧！一日爲君婦，輕言不相負。游子好遠征，陌上連朝露。萬里覓封侯，獨憐小兒女？風舉知歲暮，花落同宿土。游子終不歸，空有相如賦。

玉龍引

百萬銀甲飛，玉龍起天末。汗漫久馳騁，誰能相頏頡。國士愛清嘉，將軍惜白髮。當思在塵俗，廣陵隱奇闕。朱門迷村野，深庭丘壑列。廊回四季風，池引揚子雪。撲簌花影動，間關鶯語滑。聽蕉半山雨，待霜一簾月。撫琴償流水，吐納共高節。

水哥以屈李喻柳生、竹子，戲以答之

冉冉孤生竹，依依惜楊柳。金玉厭何足，將相割如韭。天地雖造化，未云曾不朽。情興但所至，無心唯有口。醒能同其樂，醉後伏壟畝。青藤結兩屋，相與爲走狗。

代悲白頭翁夜讀三言《窗外》

幾日苦寒雨，朝暉送和融。窗外青枝上，一禽鳴春風。白髮覆其額，纖柔細羽豐，雀躍復宛轉，飲啄更從容。有客當窗立，代悲白頭翁：昨日入森林，草木頗葱蘢。鳥獸相盤桓，清泉自淙淙。忽然人迹多，伐木拓土築新城。明朝見城市，鋼筋水泥爲林叢。嗟夫，斯鳥！少小頭白不足悲，但悲來日何處爾身容？鳥若有所覺，悠然視客，仿佛窗内客身在樊籠；須臾振羽翼，飛去杳無蹤。

胡塗先生板凳歌

平生常醉不常醒，四十三年如坐井。千河每日逍遥看，巡天未覺板凳冷。春雨輕狂生顏色，夏蟬吹徹星河耿。秋籬黃花宜青鬢，冬爐烹雪將閑等。傾杯每向三五子，長歌繚亂月下影。人生得意歡宜盡，名繮利鎖庸一哂。萬户難封飛將老，渭水不見垂綸隱。更笑高陽酒厭足，何勞芒碭揖隆準。

雨中謁平山隋煬帝陵

雷塘丘土百丈高，古柏森然雜新蒿。塘下未必真龍骨，千載平山如太牢。少年文采世應希，武皇事功污征袍。謚人以煬始作俑，隋家大業一夢遥。功過閑評信已倦，匹夫壯歲懼二毛。我來但謁好頭顱，夙夜君王弄彎刀。

注 隋謚陳後主叔寶爲煬公，唐謚楊廣爲煬帝，史亦頑笑邪？仲尼曰：始作俑者，其無後乎。

丹桂小苑記飲分韻得『一』

藥師置酒平安夜，主人側帽招吾食。瓊漿金波琥珀盞，樽前狂覷唯怪客：麻姑殷勤捧玉盅，生水純蓮呼天一；零落淺嘗兒女子，持巾拭面疑吐核；由此能不重晚晴，小蘭吹氣須避席；菊隱牛眼細論文，柳生斗卮追太白；莊周逢人説蝴蝶，皇皇聖裔難勝力；萬里西風一杯酒，略展平生二三策；捕風攬月逼似債，只向青藤門下立；自斟自飲亦自在；元星未染涎欲滴；擎杯鶴庭更宜茶；聽竹軒中徐學帥。聞道聖賢皆寂寞，飲中無由分仲伯。塵世彈指逾千載，其中幾個幸相識。詩酒快意足矣哉，吾心安可爲形役。江湖風雨憶十年，一時韵分黃魯直。深宵揚手散寒星，朔氣滿城空蕭索。

詞二十首

如夢令　紅蜻蜓

春草池塘水面，玉翼臨風巡看。倩問小娉婷，誰遣一身火焰？輕點，輕點。點破春愁何限！

如夢令　二首步東坡韵

千古誰人解語？萬里家園底處？拭目覽江山，何是通天之路？歸去，歸去，恰似一蓑烟雨。

三月春風桃李，過盡繁花皆子。風雨虐當時，既去烟塵同寂。居士，居士，身後一江流水。

生查子　秋詞

檐前雙畫眉，未怕癯枝冷。細語復天真，竟日相交頸。燈前雙畫眉，却怕燈前影。繚亂似青絲，欲語誰還省。

浣溪紗　烟雨瘦西湖

夾岸桃風吹短蓬，波光摇曳數青峰。緑楊深處笑相逢。三月烟花迷楚雨，一陂春水帶吴儂。宛如西子浣紗中。

浣溪沙　丙申小寒，適逢臘八

雨細風微力小寒，吾家臘八煮紅蓮。老妻舉案勝從前。一歲沐猴看欲過，明朝畫酉笑争先。忽聞又祝太平年。

菩薩蠻　獨步將軍山（二首選二）

於金陵之將軍山短訓中。晚飯餘，小步於山間小徑。間或三兩同學一旁飄過，楚聲、吴語隱約。風中時有縷縷桂花香。

行來尚恐秋山草，秋山見我開懷抱。曲徑似柔腸，松風下夕陽。　亭林人綽約，吴語疑黄雀。今夜不還家，冥思上桂花。

西江月　乙未春暮

莫道每回春暮，小紅總是堪憐。壯心猶不減當年，已自雲紋額面。　調寄西江招隱，推杯換盞當前。由它往事去如烟，仍記初心一片。

西江月　乙未中秋之望月

天上一輪明月，小名唤做嬋娟。每逢三五便團圓，懷念不如相見。　心上一輪明月，小名唤做鄉關。每逢此夜更無眠，相見總如初戀。

人月圓

庚寅臘月廿四夜，薄雪輕颺，平山兄弟聚於舊城福臨門，爲柳生、小蘭壽。月影桐聲自在，春水潛流海隅。飲酣，相約同賦《人月圓》。

客人莫訶今年瘦，猶勝去年癯。郎君陌上，毛頭膝下，哪計眉餘。　與君白璧，到頭誰望，還我明珠。窗前疏影，一回又是，梅報春蘇。

鷓鴣天 漫步仁豐里

河畔青絲燕子斜，小街深巷走龍蛇。鐘鳴尋寺仁豐里，舊苑傳書太傅家。 天欲暮，漫思茶。閑雲指引格桑花。一杯渾似穹廬下，忘却吾生也有涯。

臨江仙 山居

家在城西三十里，柴門掩映青巒。放羊小道盡蜿蜒，幾端雲霧裏，幾處向村前。 應是山中無甲子，民風樸拙刁頑。樵歌聲裏聽松泉，不知興與替，却道識陶潛。

臨江仙 庚寅孟秋南徐夜飲即事

坐鎮江南非鐵鎖，縱横一脉文章。秋風萬里逐帆檣。當年曹孟德，欲濟嘆無梁。 莽莽平山都到眼，沙鷗幾點清江。憑軒對酒試滄浪。投鞭空自詡，擊楫問周郎。

鵲橋仙 與牛渚地瓜、北極狼獾諸兄飲於八分飽分韵得『氣』

江南江北，廣陵城上，未識元龍豪氣。座中擊節與簫歌，哪消説、洛陽紙貴。 千杯未却，八分猶飽，休道人生如寄。一聲醉也去如飛，須明日、抱琴相會。

定風波 近重陽放懷

已是蟹青菊緑時，持螯開圃就新醅。擊節傳花三十里。笑指，當年六一又重來。 約下重陽雲外路，隨遇。見年世事復如棋。我負春光渾不計。明歲，春光仍到竹枝西。

注 六一詩翁謫守廣陵時，常宴飲諸人於平山堂上，更差人取三十里外邵伯湖上鮮蕊數枝，麗姬擊鼓，席上傳花，吟咏不絶，風月無邊，爲一時佳話。

行香子　廣陵春早

不道江南，烟雨揚州。盡春風、消耗吴鈎。長堤弄柳，玉帶盈波。共簫還吹、橋還在、語還羞。解懷時節，尋梅心事，問餘芳、誰種誰收？聚沙爲塔，蓄泪成湫。更幾人懂、幾回醉、幾番休。

滿江紅　宋夾城懷古

烟柳盈盈，波光裏、游人如織。聽人説、金戈鐵馬，山河半壁。紅藥青絲春不勝，廢池喬木映佳迹。或斜陽，幾個牧童兒，吹蘆笛。　興和廢，空相憶。風與月，誰家的？及時須行樂，只争朝夕。兩耳羞聞身外事，一壺酒易平戎策。莫猶疑，回首百年兮，駒過隙。

水調歌頭　謁李白墓

余亦愛高咏，久仰大青山。騎鯨人向斯處，休説已長眠。采石磯頭明月，姑孰溪邊契闊，流水更娟娟。本是謫仙者，飄逸在花間。　數塵事，須把盞，誦名篇。後來小子，何事虚語作寒暄。多少能人名器，更著文章倡義，大道不相干。未似岑夫子，安得醉吾前。

醉翁操

紛然，人寰，如烟。望南山，青巒，悠悠此心勝桃源。任他塵事循環，因與緣。逝水去無還，縱萬金怎銷鬢斑。　我歌聖代，邦興民安。我居草莽，聽慣漁舟唱晚。朝共明霞盤桓，夜共清輝流連，風雲談笑間。傳花金樽前，嘯咏比前賢。幾回吟罷意猶酣。

沁園春　致青春爲鶴庭兄長壽

龍川邵公鶴庭兄長，春水如藍、雲山千叠其號也。致實業，博學、工詩，浮商海於南洋、國内多年。曾自駕自山海關，出長城，走大漠，越崑崙，登世脊，抵拉薩，更由川湘回籍里，萬里獨行，壯哉！乙未春暮，五十華誕，招飲於龍川雄都之松花江廳，相約同賦此闋。其新製《西江月》有句『溪雲夕照返桑榆，恰是不如歸去』。又，庚寅孟秋，諸子九人嘗飲於南徐之春江潮，首議平山，擊節臨江，豪氣干雲，其事如昨也。

知命何如，五十春秋，子亦曰過。看庭前楊柳，新綿正起；樓頭滿月，寶鏡重磨。鬢上輕霜，眼邊魚尾，須是今年添又多。近來事，漸酒還尚淺，人已微酡。　此番不唱銅駝，似擊節臨江笑一蓑。信馮唐雖老，高情仍在；太公白髮，猶釣清波。心駐南山，身行萬里，還聽龍川春水歌。更歲歲，有弟兄如許，吟嘯東坡。

周冠鈞

又名周冠軍，字逸安，自號耿介生、清溪生，網名零落一身秋、零落秋聲，祖籍安徽含山清溪，一九七〇年生。現居揚州，公務員，從事文史檔案工作。任廣陵區緑楊詩社秘書長，平山清韵網站管理員和年刊主編。詩詞入選《當代青年網絡詩詞選》《二十世紀詩詞文獻匯編》《當代律詩鈔》等。詩喜唐音浩蕩，也多閱宋人格局。詞喜唐、五代、北宋諸家，南宋喜辛、姜、張等。觸網一十五年，得詩詞一千五百餘篇。曾獲「中國夢愛國心」「最美南通」「風采無爲」等多個全國詩詞大賽一等獎。

詩四十一首

晨雨後信步

曉晴春氣鬱，珠露動微凉。風曳柳邊影，花餘雨後香。輕萍浮緑水，怪石簇疏篁。漫説園林外，何堪作楚狂。

春晚古運河邊

春波過畫舫，石岸没痕深。漲柳裊烟碧，凉亭漫夕陰。人情多聚集，歌吹到而今。無限東風裏，繁華若可尋。

瓊花

素蕊簇枝緑，花逢八朵身。清高瑶室種，標質廣陵春。業舉千年後，城開萬古新。迷樓空不在，漫説假和真。

歲末

悄然年欲近，臘味大寒中。雲氣浮天白，山茶鬥雪紅。情疏難畫鵠，性執獨雕蟲。聞説調薪事，萬家祈福同。

賦懷古運河

一水貫南北，千年毀譽中。斯人紛已去，大業獨誰雄？舟過浪犁雪，雲行柳帶風。樓臺相望處，不是舊隋宮。

過鳳凰島渡口

翠擁長堤外，浮烟氣象新。風媒翻白浪，鷗翼掠青蘋。不渡往來客，安知今古塵。鳳凰飛去後，此處獨留春。

過重慶

二水初交匯，高城雲霧過。車穿樓閣遠，山擁翠微多。麻辣能知味，世風猶逐波。年來巴蜀事，曾説唱紅歌。

午間太陽雪倏忽不見

白日穿雲隙，北風寒色侵。寄情歸寸土，負志没疏林。晴羽或難借，絨花不可尋。飄然如夢過，消息自天心。

辛卯十一月之望

皎皎漸東上，清泠不染塵。關情星做夢，寄語月看人。仍對千秋物，安能百歲身？此心迢遞裏，落葉忽相親。

會於二分明月樓

春風深巷裏，綠意自嵯峨。有客藏丘壑，無塵上薜蘿。枇杷猶結果，樓閣暗含波。攬盡揚州月，斯懷不復多。

秋雨

慣於木葉發鏗鏘，已傍秋來婉轉長。一陣玉珠敲到冷，十分綠影浣成蒼。痴人窗下聽消息，老雀檐邊啄晚涼。載我平生金石志，飄瀟飛上菊花黃。

步穎廬先生韵有寄

吴山越水自重重，秋到江南始一逢。心傍停雲花外醉，詩承高士酒邊空。瓊枝微探無雙客，泉脉堪尋第五蹤。十里長街留夢過，而今好寄綠楊風。

辛卯除夕夜守歲

悄然中夜不能寐，烟火紛流照眼明。心底芳痕連舊歲，耳邊春訊接新聲。遣懷得句何妨拙，守道由人暫且鳴。獨飲深寒梅傍我，一經風雪便縱橫。

晚歸春雨飄瀟春寒料峭

一霎瀟瀟動晚寒，隨心遠近或相安。約來風語才堪聽，没入街燈不復看。春尚悄然偏入夢，身唯壯歲莫憑欄。關情又到明朝後，潤物無聲花影攢。

過孔廟

高匾雄題可絕倫，朱墻黄瓦簇松筠。漫看花草生階砌，敢笑君王拜聖人。有術尊儒非克己，崇文爲化只安民。倏然百代如過客，多少游情肯向貧。

歲末即興次寤堂韵

慚愧風懷懶未禁，背陽雪色没痕深。鳥多啄籽憐衰草，歲頗知寒怕苦吟。世味輕狂非獨我，稻粱態度不由心。冷香先遣梅花着，便有斯人漫指尋。

聽蛩

恐是秋聲碎作花，庭前墻角自無邪。乍開簾影依風入，不老琴心與歲賒。呼我良人堪静好，仰誰襟抱獨清嘉。拾來斷續春痕似，一夢飄然到水涯。

咏雪夜

黛瓦清燈各自經，北風吹夢下天庭。粉雕檐角才成畫，玉没街聲已忘形。萬點飛花春印象，三分醉眼夜娉婷。推窗拾得素心句，爲報人間此後青。

賦容亭并寄一滴水兄四十歲生日

容亭清坐思無涯，水漾春風到汝家。始待精微能辨物，不辭高潔欲餐霞。兩三竿竹通人性，一二寸魚知歲華。驀地雲垂江海動，蚊雷草語證龍蛇。

脚折不得出夜聞古運河上畫舫聲過有所思也

雜沓塵消夜半深，分涼秋氣欲傾心。船從楊柳風中過，歌向霓虹影外尋。洗耳生懷牽舊夢，摶雲無翅起微吟。窗前拄杖遥相望，多少繁華卧古今。

元旦寫意

冬陽染上一年心，不覺風號入耳沉。掃葉寒波猶澌凛，看花情緒已微深。水根粉白清倚石，梅朵新黄秀出林。裊裊香痕春尚遠，狸奴曬日過墻陰。

步韵文政先生有寄

十年網事憶相親，倚馬江湖稱絶倫。且看東風知舊好，漫聽夜語怯心貧。清懷猶及瀟瀟雨，大雅翻憐漠漠春。病體勞君牽念久，緑楊城郭正含顰。

自感

秋半凄迷轉眼輕，風烟雲樹任縱横。桂華鬱鬱留香影，蛩語紛紛學雁聲。事到無期終可愧，詩非應製不能成。近來白眼翻難得，已向人前戒酒名。

秋懷

一天爽籟清秋發，徹地西風兀自涼。老子飽看雲變化，斯時劇愛桂芬芳。石根草際蛩聲密，樹下樓前日影長。莫道澄懷無挂礙，紛紛菊盞近重陽。

舟過高郵湖蘆蕩

疾舟分影亂雲行，蕩滌心塵物漸清。鋪水野菱如結網，簇烟遠樹欲侵城。白鷗上下隨風曳，緑葦高低夾壟生。信有人間真善境，紅蓮無語自多情。

賦竹

緑影疏閑不老春，時憑高節遠囂塵。歲深更與寒爲友，風過猶能葉動人。照閣繁花争嫵媚，當窗勁骨起嶙峋。虛心或有參禪意，守得琴邊獨忘身。

董子祠雅集田園小聚分韻得『鳴』

桂花謝罷菊花清，一任蟲吟學鳳鳴。心仰秋風吹不息，琴宜緑綺撫而輕。屏前詩例留新韵，堂上人多是舊盟。小飲歸來深夜静，老懷正喜弄啼嬰。

祝揚州詩文創刊

遥迢春氣暗青紗，一任東風燕子斜。拈得詩傾紅杏雨，分來文著碧桃花。小樓烟水迷幽境，曲巷園林傍舊家。賦罷緑楊城郭好，鄉情每逐醉中賒。

暮春至杭集夾江采風

江聲排沓破空來，信是凉波拍雪堆。一片風隨青葦動，幾絲雨趁白鷗回。劇憐春事何衰矣，浪得閑情且快哉。指點野花隨處發，長圩不盡自徘徊。

謁隋煬帝陵

梅風溽雨下雷塘，墓色蕭然草正長。大業千秋惟戲説，瓊花一夢衹孤芳。何堪征伐刀兵怨，自撫頭顱鬢髪凉。一水縱連南北界，人心不管管興亡。

丙申端午前夕參加『竹西雅集』瘦西湖詩會

湖天一例覆重雲，團緑流青不可分。叠影鱗波空已碎，驚風檐馬自先聞。詩涵香草多捫腹，天遣深情獨祭君。待得歌吟歸去後，滿城烟雨正氤氲。

丙申端午即興步韵文丞相《己卯十月一日至燕越五日罹狴犴有感而賦》

年年空自誤簪纓，老眼燈前酒欲横。蒲劍能懸惟一夢，榴花獨抱恰三更。懷沙事在情猶慣，逐水魚回恨已輕。風雨但從簾外過，落紅明日許重生。

綺懷步東坡韵

風捲雲霓噪暮鴉，紛紛飛絮暗隨車。乍憐春急驚流水，不悔情深掃落花。蕉葉空題偏厭雨，燕聲少定已還家。閉門且傍清燈坐，杯酒無言手自叉。

寒露

秋入深涼半作寒，曉來承露菊花團。豈堪鴻雁成相憶，未了雲風許獨看。抱影何慚新面目，寓懷每愛舊衣冠。一從梧葉蕭蕭下，霜打芙蓉共酒闌。

燒餅歌

人言燒餅酥，我道燒餅香。豈關素食客，更愛芝麻黃。饑可入餐飲，飽作點心嘗。外焦裏復嫩，滋味動肝腸。大小頗適中，甜咸看圓方。原味或夾心，斟酌皆尋常。曰之草鞋底，食之憶流光。曰之草爐者，純樸思舊鄉。曰之黃橋也，酥軟似膏粱。曰之火燒耳，葱油瀉汪洋。大者一元許，不使羞阮囊。小者三四角，妙哉佐羹湯。不入名店鋪，但向深街藏。生是平凡物，所須惟面糧。碱水油微施，芝麻巧點裝。配料隨所願，花式自琳琅。置身爐火内，片刻色蒼蒼。香氣繞左右，須臾口舌忙。至味在其簡，道氣久低昂。我亦平凡者，偶爾發清狂。聽我燒餅歌，戀此平凡長。

吾友廣陵芍藥性直行事堅毅丙申冬天命之年壽之

人生如遠行，在半堪爲慶。譬之臘梅花，被寒能獨競。我友直且諒，風雨知天命。大衍及萬物，窮達長相敬。自愛花間辭，疏狂頗一盛。人居大江側，登樓時養性。偶然白髮生，脱帽凌霜鏡。有約八九子，推杯語諍諍。東山拂不已，青山或可令。應許明春來，簪花非爲病。

『會元春』素菜館小聚分韵得『助』

隨緣一逢耳，生也若飄絮。堪憐新舊雨，襟懷貴可覷。無以詩論人，應是性相與。此間五六子，不學傲箕踞。陽光飛上身，春向會元著。楓紅雜梧黄，如花秋作署。束我饕餮心，至味在簡庶。縱我耳目娱，琳琅頻執箸。殷勤頗自知，禪機得所處。更看飽食者，快然來或去。譬之在好詩，風流不足譽。但能養其真，淡泊成其助。下筆和光塵，所獲爲忠恕。也有放鶴情，容止由飛翥。我今偶食素，率意詩無慮。

六一兒童節致吾兒益

老夫欲徙倚，小兒漸婆娑。小兒如白璧，老夫一陀螺。但知世上路，風雨慣奔波。子當聲清澈，我獨念無頗。爲汝滌塵土，爲汝伐荆柯。飲食長用心，冷暖日撫摩。一朝爲汝父，不辭苦樂多。時讀童話書，復唱摇籃歌。青蛙或黑猫，小鴨兼白鵝。我擬物之態，光陰若穿梭。恨無半畝地，種花滿田坡。也無三尺池，可以植新荷。我居即汝養，惟以身不訛。榴火正團團，小兒笑呵呵。願得生氣滿，他年自嵯峨。

有月

有月有月來千里，舉目蒼蒼涼似水。桂花開遍萬年枝，山影冥蒙烟波裏。明河澹蕩夜何其，但使秋聲時拂耳。問道吴剛可伐桂，緣何花事繁如此。可是嫦娥飛舉聲，何用天宫縛仙子。徒將冷月伴無眠，不若人間有生死。明月照我長相知，夜夜月從天涯始。縱教圓缺或陰晴，往往心上頻相倚。我憐明月君憐我，共此清光不自已。

反桃源歌

秦人避亂走武陵，桃花夾岸逐風翻。停舟且入林中去，栖身不復向塵喧。遂成隱者千古話，更嘆樂土終無借。賺得多少痴情子，寸功何益東流水。桃源在心不在物，空教爾曹愁難拂。東家犬咬西家鷄，南村水漫北村堤。子孫多矣何所居，蠻觸之争正紛如。彼時理想之豐滿，不及人間之歲短。老病來臨惟嘆息，桃花只作眼前黑。可憐桃源社裏人，已爲四季愁衣食。世上惟見氤氲意，不知浮華皆若餌。我所樂兮在我心，我所歌兮在我土。不學世人逐桃源，一室足可避風雨。

紫琅歌

請作琅山游，復作紫琅歌。蒼蒼欣所遇，側耳聽江波。五山列珠枕江風，紫琅山居第一峰。

草木葱蘢山光婉，烟雲若接江聲遠。畫圖推開千年境，江潮日夜流不返。鳥歌人影自來去，巉崖幽閣知何處。法乳堂前一徘徊，低眉俯首休相催。幻公塔畔英雄迹，往往世事如驚雷。山寺在眼佛在心，但與長江説古今。憑高一望渺空闊，大江南北景如潑。曲流長帶清泠泠，丘壑隨意仁者情。散懷別有濠梁樂，縈華住滿紫琅城。臨江傍海黄金岸，商賈熙熙意縱横。扁舟已逐漁隱過，巨輪還覆載夢多。君不見嗇公去後天下變，國運何當成淹蹇；君不見悠悠百年中國夢，手把紅旗今朝弄。拭目看盡紫琅春，羡他做個紫琅人。

注 此詩獲二〇一五年『最美南通』全國詩詞大賽一等奬。

詞九十八首

生查子 平安夜

北風侵歲深，又到平安夜。燈火没長街，城在寒雲下。　隔窗人半醒，呵氣成圖畫。畫個出塵心，珠露須臾化。

生查子 壬辰九月半遇雨望月不得次日將遠游

雨色半侵秋，窗映霓虹迹。守着夜深凉，夢與人消得。　月已到團圓，縱使雲山隔。自在我心中，一片玲瓏白。

生查子 秋夜有思

蟲是枕邊琴，人似蘆花白。抱影惜同心，一任秋風夕。窗隔月空明，夜涌凉幽寂。起卧或深思，有夢來無迹。

生查子 午後客至

杖在椅邊橫，腰向屏前折。有客忽登門，笑我須和髮。汝且自斟茶，瓜果盤中設。相對漫言秋，坐到斜陽没。

生查子 春懷

春在柳梢青，春在桃花萼。眉眼正盈盈，特地東風掠。燕子帶塵新，烟雨催紅落。一段舊情懷，幾度翻成各。

生查子 二〇一五年平安夜

不生虚妄心，不作浮華想。窗户隔寒深，燈火連成網。小嬰痴未眠，吮指咿呀響。暖暖世間歌，只爲平安唱。

清平樂 仁豐里古巷游

流光似水。曲折深街裏。烏瓦灰檐風不止。欲雨凉凉天氣。　墻頭有個人家，紫藤清淺開花。燕子飛來春晚，鐘聲漫過窗紗。

清平樂　老街紫楝花開

花開淺紫。莫説春歸矣。簌簌摇香風不止。光影與人同醉。　老街一角紅燈，玻璃映上簾青。且向磴前小坐，落花猶似繁星。

清平樂　偶感

我行我住。醉裏狂無數。敲着杯兒吟舊句。管甚人間今古。　忽然一陣清寒，花香欲破深眠。許得東風一諾，醒來已是春天。

清平樂

深懷誰惜。綺夢歸岑寂。别有心腸空未易。望斷天南天北。　春風恁自多情，春花無計飄零。爲問别來春月，如何照得分明。

清平樂　七月月圓之夜

玻璃窗上。我與伊相望。眸子深藏千萬丈。恍惚清蟬晚唱。　凉風一陣吹來，秋聲隨意人猜。光影悠悠經過，此心一片花開。

减字木蘭花　正月十八雪夜

春聲知我，先遣玉花飄婀娜。飛上寒枝，守着疏香到水湄。　清燈静影，此際茫茫心獨醒。與夢同來，或有新紅一夜開。

減字木蘭花　有所思

迷離光影，漸與雀兒相與醒。窗外春天，拂着枝芽帶露看。　爲誰心動，除却新詞都是夢。等到花開，隔水輕寒已不來。

朝中措　晚眺春感

輕鷗掠眼暮風涼，烟水欲凝光。花發夭桃枝下，人行柳綫兒長。　看雲飛盡，看魚游過，如此迷茫。歸去二三燈火，車聲漫起斜陽。

菩薩蠻　過便益門橋見柳芽微漲

烟絲裊裊風中颺，初陽微抱芽先漲。拂水有雲知，草根融雪泥。　悄然春乍動，一霎春來夢。相望到春深，人間別樣心。

菩薩蠻　桂子謝而復開

秋深恍覺初寒動，殘香猶抱枝頭重。花不負人痴，隔窗清影遲。　偶然塵世外，冥想心何待。日色拂墻過，雀聲聽漸多。

菩薩蠻　聖誕夜

街燈漸滅人歸矣，小星睡向深寒裏。去歲似修鱗，北風吹凍雲。　和衣偎枕上，心思輕游蕩。所願不須多，長宵浮夢過。

菩薩蠻　午後雨有賦

雲推烟漲輕雷起，無邊雨色東風裏。染緑到枝頭，飄然春水流。傘花開次第，車影驚凉細。濕了海棠紅，有人心事濃。

菩薩蠻　夜深有思

城上幽光侵遠户，隱約車聲來又去。人與夜相逢，纖纖簾外風。琴歌隨意聽，聽到心兒静。微雨自清新，小蟲留一痕。

菩薩蠻　有所思

嬌紅粉白春明裏，柳絲輕拂烟波起。隱約小亭臺，畫簾猶半開。誰家新夢覺，不負東風約。我獨在高樓，心如芳草柔。

菩薩蠻　梅雪

梅花萼上春痕淺，梅花雪過春紅點。梅雪自相知，春風千萬絲。更將今夜夢，偏向琴邊弄。一片月飛來，窺人花半開。

菩薩蠻　春雪

年年春事尋梅早，今年春雪憐人好。小醉不曾賒，瓊枝綴玉葩。疏紅輕叩緑，待與盈盈掬。幾縷舊東風，欲來新夢中。

菩薩蠻

那年春夢翩然至，桃花人面曾相似。月漾草蟲鳴，風吹鬢影輕。綺懷翻作喟，夜色紛如醉。點檢竟何由，烟雲二十秋。

菩薩蠻

片時好夢風中瘦，此心已是飄零又。生是惜花人，惜花能幾分。掬來窗外月，照我情如雪。簾影拂涼衾，不知秋已深。

菩薩蠻　秋夜

一輪月舞秋波亂，一江燈逐秋聲遠。楊柳繞亭臺，芙蓉深淺開。相逢人欲醉，醉倚秋涼細。歸去復歸來，夢中花滿階。

注　二〇〇八年深秋，余至厦門公幹，途經福州，晚散步閩江畔，其時月色融融，芙蓉嬌艷，美景怡人，歸而賦之。

菩薩蠻　古運河邊榴花紅遍

桃深柳暗春風老，夏聲初着榴花小。臨水照芳姿，玲瓏應有時。殷勤人去後，如火開清晝。蜂蝶不同心，暖香時欲侵。

菩薩蠻 七夕薄暮游宋夾城

蟬聲唱徹人來晚，碧荷老柳湖光軟。野緑自侵心，雲霓紅欲深。如鐮城上月，爾汝時相約。不必問雙星，今宵憐夢輕。

菩薩蠻 閑題

蒼梧高柳濃陰繼，亭前尋個清涼地。小雀二三飛，風蟬正抱枝。看雲如淺絮，自向天邊去。榴火漸成枯，榴心仍似初。

好事近 五一夜月圓

我有萬千言，下筆忽然蕭瑟。坐看南窗燈火，共一天素月。人間悲喜漫因循，事事成糾葛。多少青春老去，問此生如蝶。

綉帶兒 賦小盤谷

幽窈隔深扉，隱者自棲遲。一片玲瓏之境，疏密任風知。水石染烟迷，傍草樹、猶愛秋時。窗前蕉影，花間月意，與夢同痴。

注 此作獲二〇一六年揚州園林詩詞大賽詩詞一等奬。

西江月 庚寅戲自壽

涼雨一番偏瘦，吾生四十而肥。乍分秋色與人知，休問菊花開未。長笑詩懷漸老，微添醉語緣誰。小窗竹影挂松枝，都被西風吹碎。

西江月 敲舊小説戲題

夜與墨痕深暗，燈如紙色微黄。縱知省略舊時光，不過青春一悵。古道桃花落盡，初心淮水流長。人前每欲説清狂，故事無非那樣。

西江月 中秋望月

月出一輪冰玉，風來幾度秋聲。蛩音斷續動清聽，如夢如花烟景。漫説團圓今夜，相逢隱約曾經。吾心更比月兒明，寫得一枝梧影。

西江月 連日雨脚折不得出

榻上消磨日漸，書中醉倒方纔。幾回夢裏暗徘徊，坐聽雨聲無礙。雨色不禁秋色，情懷略似幽懷。應知菊桂此時開，净洗迷人姿態。

南歌子 傍晚古運河邊散步

水似琉璃鏡，燈如絢爛花。飛檐勾勒夕陽斜，無數街光春影到人家。望月還依舊，聽風已不嗟。縱教心事有些些，看取海棠枝上綴紅芽。

南歌子 儀征訪捺山

野莢高粱穗，疏籬扁豆花。墻頭轉過柳風斜，只見山青不見舊人家。擇路分幽草，尋泉訪斷崖。或堪晚翠采秋茶。那個誰誰怯怯怕言蛇。

迎春樂 早春有思

小春已向心頭住，才寫得、二三句。便捎來、幾日烟和雨。浸陌上、芽初吐。休怪道、薄寒正苦。有人在、傾聽花語。一陣東風吹過，鈿靨鵝黄舞。

賣花聲 早春有思

况味不能平，烟雨都醒。峭寒風裏欲相聽。聽到深更收拾盡，有夢如燈。花氣或娉婷，先占春聲。再教柳色着青青。依舊去年花下客，一樣忘情。

鷓鴣天 元宵夜

四望虹霓悄欲燃，蕭疏春意過千山。恍如風裏才聽雪，便向燈中已不眠。身兩處，歲相連，更將心思付琴弦。此情猶比團圓月，合着梅花仔細看。

鷓鴣天 秋晚有思

檐角燈痕透桂枝，雀聲塵意到歸時。老歌獨在屏間唱，翠影相交葉上垂。秋半過，歲堪追，而今有夢與人知。更看消息殷勤語，暮色花香一并痴。

鷓鴣天 重陽有賦

簡淡秋風掃桂香，雁聲迢遞過重陽。何堪木葉摇心動，可愛雲山到眼長。蛩語細，酒花涼，紫萸新佩怎相忘。江湖豈是當年夢，許個行人莫斷腸。

鷓鴣天 暮秋晚雨

葉捲殘秋細雨涼，滿街人影亂流光。霓虹漸吐如花綻，夜色初升若卷長。　來去裏，二三行，高樓望處盡蒼蒼。耳邊深淺車聲過，路與歸心一樣忙。

鷓鴣天 秋夜

足病新寒衹獨知，隔簾燈火正迷離。但將舊語拼來夢，欲把幽懷計入杯。　秋易瘦，菊堪遲，惜花憔悴痛如絲。吾心翻作盈盈月，應許當時一片痴。

鷓鴣天 張愛玲説『我們都回不去了』

鏡裏菱花淡不真，窗前月度舊雲痕。於今星語如燈滅，過後風華似物新。　拼一醉，爲何人，情知此意轉成塵。花難解語焉憐我，忘却當時自在春。

鷓鴣天 爺去世夜偶夢之

夢裏無由染泪痕，阿爺顔色竟成真。漫驚去後温情細，恍若生前迹屢頻。　牽手鬧，捉衣尋，少時滋味漸紛紛。故鄉縱使千般好，一歲清明一斷魂。

南鄉一剪梅 夜有思

蛩語趁新涼。且共西風醉一場。遠看虹霓深淺過，秋在南窗，夜在南窗。　心事若沉香。

許個阿儂入夢長。驀地輕雷低喚雨，天勿相忘，人勿相忘。

南鄉子 庚寅九月十四夜

燈火夜紛如，別有車聲遠不孤。又是團團秋月滿，吾廬，一片清懷恍若初。亦擬效狂夫，菊影殷勤也莫扶。已慣由人青白眼，江湖，吹得西風葉上無。

南鄉子 閑題

檐角雀聲忙。暑氣迢遥過小窗。老桂疏篁摇曳處。流光。或有南風拂影凉。榴火漸茫茫。花自由人論短長。莫笑多情開後謝。思量。我亦塵寰走一場。

蝶戀花 春暮

點檢華年隨物化。容易東風，高樹晴絲挂。無數雀聲飛上下，黄昏漫過雲低亞。春不由人歸去也。烟雨來時，花影闌珊罷。心事一場空入夏，窗前立定誰如畫。

蝶戀花 夜思

葉捲微霜寒不定。掃緑摧黄，吹徹秋風勁。憔悴梧桐枝下影，夜來和月迷離冷。城上虹霓明耿耿。百味生涯，大半成烟景。或有痴懷如舊病，高樓人傍車聲醒。

蝶戀花 薔薇花開

籬畔紅雲香霧重。無限東風，別惹花枝動。緑葉紛披青影弄，明朝烟雨如輕夢。富貴繁華都不用。小蝶飛來，宛轉情堪共。拼却春殘成一痛，個中百味曾深種。

蝶戀花　重陽遣懷

看月看花秋欲盡。怕到重陽，都是登高恨。山外白雲空記認，翩翩過雁辭音信。　翻覺多情如一瞬。木葉紛飛，偏向西風聽。老去不堪持酒問，惟將寂寞撕成寸。

蝶戀花　有寄

別後光陰唯暗記。應是依依，應是傷無寐。半吐榴花燈下麗，笑吾書遍伊名字。　梅雨敲窗聲過耳。誰遣南風，遥遞深深意。一刻思量從未止，而今欲寄何由寄。

蝶戀花　乙未中秋望月

臥看南窗風月上。秋半深濃，滿耳蟲聲唱。葉底疏燈時一漾，桂花香動如潮漲。　世事已消塵外想。遠水遥山，寫入流年樣。雲渺蒼冥千萬丈，團圞今夜無相忘。

踏莎行　早春

對酒雲停，探花風早。湖山淡淡春容小。柳絲先占一分新，二分吩咐梅英好。　雨逗輕寒，琴添微惱。擾人竟是春多少。呼晴檐雀不成歡，看將行處芳痕渺。

踏莎行　有懷

疏柳摇風，修篁分月。小秦淮水波生雪。若行若遠影依依，蟲音細語堪重疊。　徑起幽深，燈隨明滅。莫因花絮傷離別。今年花已謝東風，明年花事如君曆。

踏莎行　乙未重陽食蟹有賦

世味投閑，烟波含黛。斯懷衹合清塵拜。桂花香老菊花新，可憐滿耳秋風在。醋鉢輕斟，薑絲稍帶。詩情剝取重陽蟹。人生百味縱須臾，也應料理丘山愛。

虞美人　清明風雨大作

海棠枝上清明雨，春意憐何許。小寒微動碧桃紅，一任樓前流水和烟濃。人間或有傷情事，怕見流光碎。聽風半已掃花沉，到底不堪孤負壯年心。

虞美人　暮雨

敲窗雨濕迷離狀，圈點心頭樣。宛如琴語又叮冬，印象之花一剎到眸中。此情許作相逢後，漫把春憐够。天知我意正思誰，霧籠長街薄暮有人歸。

虞美人　春寒

一番小雨三分緑，驀地寒烟逐。柳絲乍吐又含顰，容易梅花開後海棠春。行吟久不關情事，拼得風前醉。可憐芳草漸痕深，辜負平生幾度少年心。

虞美人　春去

街聲微亂風和雨，恍惚春將去。無情緑影漸深深，剩有殘香幾許暗侵心。惜花人在高樓上，塵意翩回放。霓虹漫點欲成痴，應許琴歌聽到夜涼時。

臨江仙 秋夜深

涼夜沉沉如水浸，南窗漫過秋聲。燈花遠近綻分明。月華空不見，桂影自多情。敢笑大千真世界，容他一曲忘形。只今有夢寄平生。人來心海内，風送小蟲鳴。

臨江仙 賦鎮江春江潮雅聚謀平山事

坐擁江天呼一醉，滄波散却餘霞。望中烟靄是誰家。峰巒猶不語，隔岸有龍蛇。莫放青春隨夢老，琢成美玉清嘉。憑欄高唱韵欹斜。浮輪風過影，燈火夜簪花。

臨江仙 咏栀子花開

帶雨涵芳舒淺韵，素心一點無塵。遠香静氣得天真。隨風輕扣牖，疑是那年人。燕子銜巢飛又去，爲誰消盡黄昏？獨憑高潔試吟樽。不須千萬朵，掬此可憐春。

定風波 春夜臨風

燈火人家亂晚晴，東風拂動柳條青。起伏車聲流未斷，千萬。生涯自占惜行行。心底波痕身下影，無定。小星幾顆恁多情。有月半彎誰與畫，良夜。遠山此際最峥嶸。

定風波 容亭雅會

雲影天光隱一隅，柳邊沙外夏方初。竹撼松濤邀客至，相對，亭中醉倒復何如？肯學閑花隨意好，清嘯，有容大雅是吾廬。幾點白鷗飛欲近，休問，過江風雨洗高梧。

定風波 二十一日雨夜與柳夢窗、聽竹軒主小飲至凌晨三時

腹裏吟蟲并酒蟲，呼號次第意相通。合着清燈將就飲，聊甚，梅花開處正東風。偏有連天新舊雨，吹取，留人也不惜春紅。忽地鐘聲敲欲碎，何計，歸情釀作小詩濃。

夜行船

無限天涯秋思。便只合、綠窗涼墜。西風吹過桂花枝，又攬得、許多香膩。山外斜陽空嫵媚，分明是、晚來雲細。欲擬清懷人莫問，聽暗蛩、一聲聲碎。

青玉案 春之揚州小秦淮河寫意

綠楊陰裏春無數。小河水、穿城去。灰蹬青階涼幾許。石橋横卧，夭桃開處，人向東西住。薄雲捎帶絲絲雨。燕子悠然剪風舞。旋看落花迷淺緒。跫音漸杳，閑情休誤，浮想連今古。

風入松

一襟風雪寫芳妍，爛漫人間。冷香何處幽幽至，沉吟幾度華年。蝴蝶夢中飛近，美人輕按幺弦。銀妝素影總嫣然，別意闌珊。醉扶疏枝尋春去，問江南秀色誰憐。淡月淺映簾幕，琴聲摇蕩空寒。

注 此爲二〇〇二年初觸網後第一首中調詞，用劉坡公《讀詞百法》所載『風入松』正格賦之，時雪後新晴，霽月一痕，見寒梅怒放，不勝感恩。

風入松　秋晴

層陰捲過瀉天藍，秋氣乍開簾。紙鳶欲待扶雲上，已誤了、雁字飛南。籬外菊花開罷，樽前酒色沉酣。　十分心事竟如蠶。抱冷織纖纖。無情消得多情苦，怕憐來、情以何堪？幾點蛩吟微近，一枝梧葉先拈。

風入松　一霎兒雨

檐前滴瀝雨兒鳴，一霎動陰晴。漫天雲氣隨開合，小窗外、隱隱雷聲。高樹乍停野雀，南風濕了心情。　近來偶覺鬢微星，日子去無形。苔痕遍染眸中綠，問榴花、可解凉輕？照眼十分嫵媚，憐君自在娉婷。

風入松　自感

隔窗桂影自扶疏，小竹不須鋤。鵓鴣聲遠南風近，更分得、亂碧清娛。絲雨偶然飄過，輕陰微漾真如。　年來一病到春無，心事老深居。狷狂半已成憔悴，笑從前、花氣侵壺。或許流光漸杳，莫妨瘦骨堪書。

西湖春 賦暮歸見新月

俏模樣。是玉冷新鐮，雲開羅帳。更掃眉婉約，天意作長想。平林一抹浮光軟，暮色籠城上。便低頭、不語傳情，世間清賞。　底事怎相忘。算淡了烟塵，倦懷依傍。漸老梧枝，到何夕、影悠蕩。看花今已人休問，隱約西風唱。聽微香，早被秋心叩響。

掃花游 有所思

輕枝過雨，恰葉點珠光，翠痕匀巧。萬絲裊裊。傍清波投影，細鱗分藻。燕子回舟，記取那時人到。對風好。欲桃畔競紅，此情多少。　春意知未了。惜一歲幽懷，何如一覺？餘寒漸杳。任山依遠水，夢粘芳草。向晚斜陽，醉裏琴聲縹緲。不須掃。到園林、看花吹老。

一枝春 咏梅

粉閣春醒，看墻腰雪影，天邊雲淺。初陽翠羽，别惹新紅輕翦。疏香乍過，便消得、此情無限。休負了、簾外東風，省識畫中眉眼。　冰心不須争艷。任桃夭杏野，空與蜂怨。悠然共我，玉骨琢成爛漫。温柔暗解，聽一曲、小寒聲軟。應夢來、月下相逢，惜花正遠。

水調歌頭 賦蛩

我有精靈物，唧唧不能停。恍然飛入詩句，欲覓已忘形。更向燈闌枕上，認取西風模樣，不寐到多情。心在關山外，越夜越娉婷。　月將圓，琴深和，綴秋榮。近來秋雨塵洗，魂夢任傾聽。説盡蘆根石脚，長記幽懷一諾，摩翅試新晴。點滴生涯意，抱影對烟青。

水調歌頭 暮春春水如藍兄邀邵伯斗野亭及渌洋湖之游

斗野亭前過，老子亦騎牛。渌洋深處，蒼翠更染舊時眸。思想古今賢者，縱使逍遥來去，人事兩悠悠。萬頃烟光裏，仿佛有扁舟。　一杯酒，誰與我，作淹留。此身渺若微芥，隨意寄芳洲。醉後許多花草，詩罷忘情嘯傲，應許共扶頭。歸帶夕陽好，風色亂晴鳩。

水調歌頭 與金陵詞話月明、軒尼、一檀、色不一、才子及文達諸兄一聚

酒是盡情酒，人是會心人。幾番春雨過後，花柳與時新。趁了東風雙翼，踐此芳狼舊約，快意薄輕雲。拚得金陵夢，酒色浣纖塵。　膾頗細，杯滿飲，勸殷勤。江山指點，一笑今古俱成真。羞怯周郎意氣，説甚東坡曠放，大道入雄文。夜已清如水，扶醉亂敲門。

滿江紅 東關街

揚州東關街口，爲東門雙瓮城遺址，設東關古渡，昔客由此可達四方。思白石之篇，聊以賦懷。

挹古涵今，芳草裏、翻成虚白。滄波外、繁華欲主，往來南北。鼓角争鳴烟火恨，旌旗遍染丹心碧。對殘垣、照影畫金戈，龍蛇迹。　天宇大，人間仄；春不語，風猶直。問當年黍稷，爲誰悲積。倦看流雲生蝶夢，偶聞深巷飛鄰笛。到樓邊、幾樹紫薇花，紅如昔。

八聲甘州 七七來揚吾因家父有恙未能接待心有愧意所幸有平山諸子伴之賦之以寄

着東風滿袂下揚州，春意爲誰留。算薔薇初謝，榴花漸火，不許人愁。争看垂楊嫵媚，飛絮撲成毬。一夢三千里，烟水迷樓。　問取過江山色，傍歐公胸次，指點行休。記屏前舊約，豈似白雲浮。向紅橋、湖光如幻，又二分、明月好温柔。須憐取、任清樽滿，且住歸舟。

滿庭芳 畢業有懷

留白時光，泛黄照片，可能俱已塵封。青春一卷，記載少年同。恍惚讀書聲罷，漫消得、桐影深濃。課堂上，紙條偷遞，得句慰花紅。　匆匆，春夏裏，傾城烟雨，流水西東。算拿雲心事，偏不言中。二十餘年過却，都付與，琢玉雕蟲。如今剩，此身老大，無事怯相逢。

法曲獻仙音 冬陽有賦

悄化寒雲，細聽風語，一片酥陽微嫩。勾勒疏枝，掃描街影，南窗抹開深暈。更吩咐、檐邊雀，翩然欲飛近。　漫相認。便邀來、小詩惜暖，沉醉裏、翻覺綺懷新醖。檢點故人心，有塵光、乍染青鬢。梅萼初醒，縱明朝、陰晴無準。向園林好處，覓取雪痕春信。

徵招 古街微雨

滿城飛絮如烟碎，樓臺淡勾輕影。檐角挂紅燈，倚楝花香横。老歌翻覆聽。到春晚、都成風景。褐紫玻璃，泛黄門面，綺懷深永。　烏瓦簇毫光，游情裏、依依傘花開并。料古巷冥蒙，惹單衣微冷。東風吹不定。拚一夢、已教愁醒。千年過，那個誰人，問隔空誰應。

木蘭花慢 秋感

甚年華漫與，了春夢，過秋雲。奈桂影含香，菊風吹韵，吩咐清樽。微醺直消歸去，望高城倦鳥没黄昏。一縷蛩吟飄近，滿天爽氣初新。　悲哉一曲是愁身，慷慨任無痕。算萬古風流，而今堪在，幾個閑人。滄海蜉蝣都忘，漸漁夫樵隱自成鄰。老子胸中丘壑，近來多少相聞。

看花回

乍暖春陽，先破柳尖梅蕚。更添東風一陣，便由人窺得，紅翠依約。笑指雀兒，自向枝頭香暗啄。雲又起，小雨偷粘，濕了心事且猜着。　依舊是，多情一諾。憶芳草，連天商略。中年意氣，在分韵流杯，無限丘壑。漸遠微寒，園林相將垂花幕。莫孤負，燕歸後，醉看春灼灼。

芰荷香

自傾城。恰紅香舉翠，玉影沉青。滿湖風過，認作心上娉婷。閑鷗漫舞，漸唤起、一霎雲驚。花面欲醉還醒。相看荇小，瀉露涼輕。　料也田田放舟去，縱晚來烟雨，休問歸程。斯懷若定，但教點滴堪聽。人間夢短，莫負得、朝夕盈盈。老魚共吐多情。思量怕是，別後秋聲。

玲瓏四犯

小字鸞箋，便想見春來，可愛模樣。吩咐梅枝，一夜雨疏花漲。偷剪柳眼成絲，是隱約、淡香微漾。怕東風幾日歸去，先自許多惆悵。　素心空織纖纖網。到人間、落紅誰唱。爭飛燕子還依舊，仍作多情狀。對影直堪沉醉，又誤得、蘭溪桂槳。縱不知、人與春在否，能相忘？

揚州慢

軒尼軾、一檀、月明、月映疏篁、月兒明、棋客諸友來揚小聚，吾與柳夢窗携之游个園，席上約以賦。

帶雨而來，披霞將去，一丘一壑風流。甚情同明月，有花似紅榴。笑吾子、憑軒敲韵，抱山涉趣，快矣斯樓。最相憐、綠竹千竿，應可回眸。　東君別後。算人間、多少清游。惜桃杏無知，隨春輕嫁，不解悠悠。大醉廣陵潮裏，平生事、直許扶頭。聽新蟬初唱，枝頭幾曲温柔。

桂枝香　謁史公祠

雲閑天闊。又過了重陽，花菊空郁。老樹殘碑撫恨，若明猶滅。疏梅未解幽人意，任秋來、嶺上衰葉。二分明月，一城鴛瓦，當年茹血。　問英雄、衣冠帶雪；對十里繁華、此心如鐵。指點興亡，百歲竟成飄忽。不知多少西風後，想寒香飛上眉睫。門前流水，街邊烟柳，與何人說。

早梅芳　秋深所思

秋光窈窕。正菊染輕寒，風敲短帽。去雁無痕，流雲有迹，萬里塵烟浩渺。把盞重陽已過，卧枕蛩音漸老。桂新落，縱高柳扶疏，如此懷抱。　閑愁都未了。憑欄一望，更與誰同嘯。酒冷詩殘，墨陳魚遠，不盡天涯人杳。意氣怎堪風雨，空對東山月皎。想來歲，又梅花寄得，漫天芳草。

拜星月慢　乙未中秋吟月

老桂摇香，凉花弄影，淡淡斜陽初下。小閣閑登，任秋風翻惹。舉頭望，恰是流雲窈窕尋蛩，暗樹依稀侵夜。懷抱無端，聽潮聲輕打。　驀然間、氣象渾如畫，更知否、醉了銀光瀉。世上苦樂經年，到今宵都化。笑風流、只學人瀟灑，高寒處、幾顆疏星挂。休問道、燕子歸時，剩青痕在野。

花犯　蓮意

曉雲飛，初陽試暖，蟬聲涌高樹。小荷開處。有皓腕凝冰，翠曳紅舉。可憐夢裏春難住。偏教春不語。又特地、隨鶯趁燕，看花人在否。　熏風起時費思量，扁舟任一葉，滄浪烟雨。休笑我、多情甚，冷香幽趣。倏然見、老魚弄影，鷗掠過、娉婷涼欲舞。花正好、蜻蜓飛上，韶華猶自許。

一萼紅

曉寒清。看雲飛玉屑，寂寞不勝情。帶影風沉，如痴夢到，皎皎吹下天庭。水月裏、玲瓏真境，問此心、都已爲誰生。北國荒崖，空山碎葉，一徑深盟。　注定與花曾諾，愛疏紅淺暈，繫上冰晶。點畫眉新，分描鬢霧，梨渦自染香輕。待邀來、扶枝殘醉，便人間、執手共相聽。不管東君知否，先作春聲。

水龍吟　梅

湖山捎帶泠泠，催開晴色寒烟掃。堅枝欲破，冰妍先著，幾分窈窕。韻點清紅，妝描新白，與春將好。有垂楊解得，鵝黃淺緑，相携舞、芳痕早。　浮世何如一覺。問東風，惜花多少？分香影動，鶯翻人杳，狷狂仍抱。倚雪情懷，拿雲氣格，漸成孤峭。怕殷勤、寄取江南路遠，向瓶中老。

金縷曲　與陳紫月、徐横秋相見痛飲有賦

彈指平生事。算吾曹、詩酣酒猛，狷狂滋味。春色無邊輕看慣，剩了許多紅紫。二十載、浮

名相對。縱許桐陰成舊夢，鳳鳴中不負芳華意。身未老，但將醉。　一場大醉人歸矣。夜深深、虹霓漸渺，雨寒春細。滄海龍蛇都沉寂，也有幽蘭蕙芷。一握手、便成嫵媚。別後乾坤如此大，待書來更寄風流子。休笑比，衆生耳。

沁園春　聽口琴曲有賦

微顫心弦，斷續而來，悲喜聽之。愛靈魂多竅，玲瓏是也；身形偏巧，婉轉何其。鶯語聲中，水雲天際，不盡幽懷深淺時。南窗外，正光陰暗過，緑影輕垂。　此情料已天知。便爾汝相憐更與誰。記高樓隱者，良宵快雪；小梅芳意，清韵新詞。和夢方裁，隨花徑入，一種温柔自可期。悠然罷，問生涯幾許，化作琴絲。

沁園春　邗溝釣徒壺園邀聚約以賦

衝雪人邀，助飲詩成，率意生涯。向東圈門下，紅霓遥漾；壺園春裏，緑酒微奢。至味無須，閑情自得，此際清狂多一些。唏嘘坐，説新來故事，舊雨如茶。　聊將丘壑堪嗟，更對壁高言紙上花。想惑非所惑，何關白眼；道應可道，長帶烟霞。面目蕭然，江湖寒徹，況乃瓊枝明日斜。方歸也，傍風聲玉戲，不問魚車。

嚴元星

網名邗溝釣徒、寒江月。一九七〇年十二月生。江蘇揚州人。大學文化。愛好文史、書法、象棋等。中華詩詞學會會員。從事機械製造工作，工程師。從中學時代起接觸國學和詩詞，至今已創作詩詞上千首。各體兼擅，善於寫景詠懷，長於比興隨感。作品風格冷峻，而又飽含熱情。部分作品入選《當代青年網絡詩詞選》《海内外名家詩詞選萃》《詩詞日曆》等。

詩九十九首

詠蛾

不作流螢舞，不隨蟬放聲。苟安非所願，一死爲光明。

歸家口號

車碾江東月，風馳落木秋。往來三百里，一夢到揚州。

鏡

渾噩誰人曉，臨君方自明。時時相照應，不許獨偷生。

曉起驚雪

湅雲江外滯，寒雨暮時休。枕上夢初醒，人間已白頭。

咏冰

莫嘆春風遠，奔騰志未休。一朝寒氣散，還與大江流。

無題

驟雨敲窗至，驚雷撼枕來。料知千里外，夢也正徘徊。

無題

風月夜沉眠，輕枝摇不動。茫然一舉頭，入眼皆空洞。

蠶豆

閑來拈幾粒，可以佐清巵。此亦生南國，相思人不知。

江南途中口占

攘攘江南道，車聲不絶聞。姑蘇臺畔水，漸下月黄昏。

乙酉雜詩 選四

眉頭心上兩空空，檐下燈摇山外風。一夢未成春已半，桃花不是去年紅。

曉風吹夢别依依，塵自輕揚花自飛。省識我身原是月，不辭千里照人歸。

梅花山上寒香泣，舊日恩盟化作灰。驛使等閑歸去也，年來未折一枝梅。

月照花殘冷碧簫，西風無故起寒潮。倏然一夢經行處，疑是揚州廿四橋。

題楓葉

嶺上秋光一目窮，三春情緒已隨風。等閑負了相思筆，不待霜侵先自紅。

夢游黃山

松濤雲海步從容，烟火人間緲緲蹤。舉手叩天天不語，千山俯仰我爲峰。

做飯

從來水米最相親，成熟還須費苦薪。但得三餐能飽腹，探囊趙一不言貧。

做菜

黄韭青椒緑菜薹，能將脾胃一時開。酸甜鹹淡調和細，百味人生五味來。

洗衣

風裏行蹤浪裹身，廿年好夢在車輪。佳山信美非吾土，歸向西江解浣塵。

拖地

殷勤灑掃待迎春，陋室終歸不姓陳。竪子休謀天下事，他朝免笑後來人。

無題

髮可衝冠未肯梳，髭多遮口必須除。指天罵地無人及，老子從來不讀書。

己丑生日前夕二首

十月西風恣縱橫，菰蒿折野與草平。江南應有黃花落，只是無聞嘆息聲。

擲杯空坐易生寒，隔海茫茫不可看。凍雀啾霜驚异客，遼東燈火已闌珊。

吃藥

白粒紅丸一口吞，此中滋味實難論。陋居今夜應長鎖，不許春風來串門。

製圖

一盞燈枯伏案人，圓規角尺自橫陳。方圓畫盡東窗白，尚有機心不肯泯。

江陰馬鎮 選二

我自綠楊城下來，暫於古鎮卸行埃。請閑三訪徐霞客，雨鎖高門叩不開。

馬公橋外雨初收，橋上車如橋下流。偶向橋南慵一望，白雲乍似廣陵舟。

山海關

雪擁烟墩似等閑，酸風萬里據雄關。重來已覺身非昨，又與山花一面慳。

莫干山

風流泉響雲浮碧，竹徑高低石上旋。肯藉清凉消俗慮，黃金劍氣化輕烟。

南湖

身壓蓬舟不肯行，江山四望眼中輕。晚雲初下湖心島，烟雨便從此處生。

同里

月引新槐上石橋，水流燈影過春宵。偶於巷口聞鶯語，却是村娥唱古謡。

仁豐里 四首選二

古巷深深夕照斜，短墻低牖就梅花。鈴聲繞過旌忠寺，歲月真如脚踏車。

轉角高梧歇晚鴉，披襟不覺月如紗。燈明次第人行遠，曲直來看八字衙。

大明湖

十月秋高氣尚清，睡蓮安枕一波平。衆泉交響鳥鳴樹，聞似當年咏柳聲。

千佛山

石徑盤山處處禪，翠屏開合繞香烟。一河北望濁如許，彼岸遥遥隔九天。

藥山公園

山宜靈秀不須高，石上秋光射客袍。百丈囂塵於此絶，解頤深坐對松濤。

泉城廣場

一河如帶裹斜暉，柳綫穿風織翠帷。忽聽泉聲和樂起，紙鳶翻與白雲飛。

乙未雜詩四首

春在薔薇人不知，卧風聽雨悵多時。蕪城是否傷心處，碧似寒山總可疑。

雨絲風片楚天來，宿酒難銷夢裏哀。小立窗前何所見，一支花傘隔河開。

嘈雜聲從樓道侵，窗風摇動一天陰。飯時鐘後旋歸寂，意馬難收方寸心。

百尺危樓舒眼空，繁華一例隔鴻蒙。披襟不問雲南北，坐擁人間四月風。

仙人掌開花

曉風夕照又經年，開不驚人謝不喧。一任魏姚争次第，獨於墻角守清妍。

某夜不眠口占

竹席新涼人未眠，枕中舊事與時遷。月明空挑窗紗白，夢斷邗溝四十年。

又

蜷卧夜帷將欲眠，五陵衣馬各成烟。秋風如我月如故，南北東西又一年。

月下瘦西湖三首

長堤夜泊四橋烟，花影亭臺正欲眠。舟子輕摇湖上月，清光散作水濺濺。

花緯柳縵織氤氲，塔影浮光繞晚雲。乘月來看山與水，使人更憶李將軍。

五亭橋下月傾城，橋上烟芬入夜清。一霎風消歸闃寂，波紋如簟卧秋聲。

荒漠

夜如荒漠夢難支，着瓦秋聲滴瀝時。簾隙微光開蜃景，萬千影幻各參差。

倉皇

朝夕倉皇來去頻，一秋繁謝自飄茵。車輪碌碌或由我，争奈武陵隔水津。

晚步江堤

堤外昏燈曳影斜，遥看江面似平沙。插秧時節多逢雨，夜繞圩田兩部蛙。

早班途中

秧田初見參差緑，曉露滋萌草氣喧。一路鳥聲聽不厭，白雲流水各潺湲。

午睡

香烟繚繞指間柔，舊夢惶惶不可收。窗外鳥啼知日暮，身圍四壁卧如囚。

威海遥望劉公島不見

白鳥低翔來去勤，天風海霧織氤氲。近涯日色焦如土，疑是當年炮火熏。

過膠州灣大橋

長橋如帶水如綢，遠岫飄浮望即休。風脚隨行車過往，斷雲自下海西頭。

大明宮遺址

五千畝地草離離，大治皇皇萬國知。太液蓬萊今宛在，看來無一似當時。

西安鐘鼓樓

曾有高聲正視聽，暮昏晨鼉俱關情。百年偃息終成古，莫訝人言馬角生。

蜻蜓歇余杯

薄翼空捎雨一痕，愁無花國避黃昏。隨風誤入孤窗裏，借我杯中片刻温。

處暑

江頭風細暑將消，浪抵新秋欲放潮。沙隱舟横人不見，蟬聲啼下廣陵橋。

興化四牌樓

松柏餘陰百世承，一隅桑梓睹猶興。高風過處流清響，四角長明不夜燈。

偶過梅花書院舊址

桐影輕移夕照來，磚墻無復舊塵埃。一從門鎖高懸後，十里春風去不回。

車過滁州

琅琊風月舊曾游，剩水殘山望即休。迢遞十年雲自杳，層林雙鬢一般秋。

客館

輕寒向暮薄榕蔭，檐雀聲如异客吟。深圳四天三日雨，重樓一角望遥岑。

車上

碌碌車輪軌上行，靈魂摇蕩似曾經。隔窗風景真駒隙，間有桃花射眼明。

過鳳陽

一春風雨裹征途，苦樂中來盡可嘘。舌辯豪梁今在耳，吾身終究不如魚。

夜車

冲虚一捲合黄昏，雙目欠伸如戴盆。幾處微光相逆襲，空餘呼嘯寄山村。

莫干山

澗落桃花水半紅，竹林摇翠漱山風。坐聞雀陣歸啼暮，劍氣如雲一望空。

車過馬鞍山口占

夾竹桃花開已微，佳山夕照鳥歸飛。十年不覺匆匆去，尚有春痕壓舊衣。

車過蕪湖口占

皖南風色别來殊，緑水青林夜若枯。刹那城光如電逝，靈臺留得一燈無。

暮飲

隔窗風似刀，烟火對陳醪。衆鳥千聲歇，唯吾一曲高。雲天藏雪影，歲月在霜毛。久坐寒侵骨，雙肩不自挑。

生日感懷

卅年風與塵，花根不長春。霜冷丹青筆，酒燒渾噩身。綱中情是幻，枕上夢非真。十里揚州路，匆匆又一輪。

給貴州的五個孩子

眼外新世界，明燈透廣宇。炭火對明燈，唯見烟一縷。雙手合成十，殷殷問我主。不知天堂内，可有飢寒苦。

晚行

十月天高遠，江村風氣清。閑雲思客棹，野徑辨秋聲。鳥向枝頭立，牛於壟下耕。不惟將暮裏，兀自復行行。

晚行

黄葉下梧桐，秋生兩鬢風。星從今夜黯，月到故園空。陌柳沾衣碧，籬花射眼紅。不堪聞犬吠，扶影過橋東。

中醫院九樓遠眺

樓高何處望，烟雨正清明。塔影孤標矗，蜀岡一帶横。傾城新柳色，貫耳大風聲。裏面對春晚，痴痴不敢行。

丙申初夏拜望關老并於舊屋前留照歸而作

碧槐蔭古屋，花草自幽明。壁爲書香蝕，茶因人氣清。巷前車轍止，院外水波平。餘事齏鹽足，高吟三兩聲。

無題

蓬居離索久，十載與江鄰。剪徑花如魅，趨春鳥似人。情深多失意，酒薄亦傷身。扶首青堤上，悵惘物自新。

甲申年生日感懷

亂徑草枯迷去路，新堤隔斷老桑林。西風杳杳生憐意，寒水茫茫費苦吟。認取荒叢多故地，偶逢鄰里少鄉音。當時自負輕離别，錯被功名累到今。

時近中秋感而後作

風捲黄昏細雨收，漸平喧氣到中秋。閑推一卦逢離火，悶飲三杯上小樓。詩短詞窮空自許，地偏心遠枉添愁。年來足迹三千里，事事因人碌碌休。

瘦西湖

游人莫道西湖瘦，隔水先聽一曲簫。謾遣長風扶翠柳，可憑短槳過紅橋。輕歌曼舞船娘艷，
逐日乘雲塊壘消。歸夢猶疑身是客，喃喃囈語小蠻腰。

大明寺

今作淮東第一觀，臨高始覺天地寬。飛檐似翼重重疊，香火成烟漸漸殘。衆佛能隨虔客願，
唐僧應悔東渡難。春風愁對櫻花樹，六十年前泪未干。

癸未元夜

今向誰人借性靈，吟聲久爲咳聲停。紙燈閃爍窗紗白，網絡迷離醉眼青。雪地梅花和月放，
新元爆竹與誰聽。振衣欲上丹崖去，看取春江落晚星。

回薦

正是春三二月初，病中江野舊蝸居。曉堤花傘撑微雨，夜桌昏燈照舊書。漫遣綺懷留好夢，
自尋僻地種青蔬。我爲鴉雀安知鵠，可作釣徒難作胥。

西行前感

林外江天何處望，平蕪目斷已成傷。東風慣弄楊花雪，濕徑暗沉梅子香。未爲功名荒白首，
總教柴米困兒郎。此身將涉西行遠，又負春堤碧玉妝。

無電

今宵無電燈如豆，觸我縈懷愁作詩。泣雨胡琴偏婉轉，啾檐凍雀倍參差。十年湖海歸來後，一夜邯鄲夢醒時。輾轉千般皆不適，起看雪地暗香遲。

金陵下馬牌坊

大夢醒來百事違，青松無力挽斜暉。檻前車馬從容過，山上雲霞自在飛。舊令已成空仰首，新紅盡落不沾衣。人間自換春秋色，萬物還從化處歸。

登南京明城墻

獨上高墻四望睬，青山碧樹繞城斜。月湖水靜車聲裏，古道青蕪薄暮些。一襲輕雲浮舊事，六朝陳迹認殘鴉。次第燈火生惆悵，坐看迴風洗物華。

除夕

滿斟一盞莫矜持，正是烟花爛漫時。雨雪消停今夜暖，文章寫盡去年痴。且將醉眼看春色，擬把風流繫柳絲。命裏因緣君莫問，餘生達异只天知。

悼父

至今猶哭我非醫，於國於人兩不宜。二豎膏肓成大虐，一生湖海剩餘悲。不疑有主空祈禱，終是無神肯怙持。始覺深恩旋隔土，愀然風雪亦乘時。

回函

老大徒存樗櫟名，此身久爲世人輕。愧君無有隆中策，妄我空談紙上兵。山水迢迢情未已，風塵碌碌事難成。而今意氣唯於酒，偶向雲天吼一聲。

九月九日登小九華山

异客胸襟漸次開，楚天風景眼中來。層林寂滅傷心色，薄霧清虚明鏡臺。脚下乾坤看似菽，山前人物比如埃。年年枉作悲秋賦，不是當年屈宋才。

獨行於堤百感中來

小城六月雨微微，碧水未流花已飛。弱柳絲長難繫月，孤山風短不勝衣。幾番橋下空彈鋏，四載窮途欲破圍。只恨年來乖舛甚，再無顔面説於歸。

陋室見蛇

僦居寂寞竟餘年，四面高樓不見天。坐似井蛙聲作鼓，卧如槁草夢成烟。時勞百足床前視，難得靈蛇榻下憐。我欲化身從此去，高行四海意翩翩。

己丑年九月十五津門大雪

九月津門雪亂飛，人情交故每相違。前行奈有風敲骨，僵卧長因酒浣衣。伏案倚光分句讀，安心無處問禪機。於今唯善枕中業，昨夢江南菊尚肥。

自壽

某年某日我生辰，四柱勘爲樗櫟身。迂闊長貽鄉梓笑，倉皇早慣阮囊貧。命符似岳應難撼，大道無形唯自呻。從事督郵皆可酌，才消一盞已沉淪。

乙未自壽

已無心境問媸妍，日走營營色若煎。不盡機關消骨力，微明燈火拂茶烟。夜添寒氣思陳釀，夢醒羅浮悟舊緣。殘月輕霜相對白，如生如滅苦推遷。

頸椎夜痛不能寐，因作

擁被難堪病骨磨，夜如魑魅競婆娑。屈伸到曉風初白，怊悵侵庭雨一渦。梅蕚支離香破碎，雲程迢遞夢經過。今生痛是前生業，曾有妄言皆自訛。

陰雨

陰雨復陰雨，天氣久淤塞。浪排兩岸疏，雲壓一江黑。草際風嘯平，林薄鳥啼仄。將行不能行，困頓江之側。困餘愁自卜，繫我以征纆。置於叢棘間，三歲解不得。有酒不肯飲，乃懼相思逼。有夢不肯栖，乃恐腸斷北。庭除霉暗生，雨足難將息。徘徊以彷徨，憂傷難自抑。大人求安居，男兒思憑軾。每自發高吟，終爲才名克。困頓猶困頓，修短非我力。對鏡一悚然，兩鬢霜飛勒。到此復何言，妄念皆不惑。此心如此雨，終始歸沉默。

東站行

驅車奮前行，人與風相逐。浮華沉夜海，梅雨連三伏。城東景如是，舊站已不復。執子別於斯，三歲何速速。別時竟無語，相對眉雙蹙。知子眉間意，歸來書尺幅。終未托此書，此書難卒讀。憂戚何所以，感動結沉鬱。人於車上思，心如車下軸。滚滚不顧返，新站忽在目。悦新咸所宜，懷舊豈我獨。之子或於歸，我今猶碌碌。三歲亦何長，一歲三百六。想見昔時顔，夜夜不能宿。至於腸斷處，長歌當一哭。俄然雨似注，車行唯肅肅。

清明

春草一時緑，菜花一時黄。弱水擎菰蒲，斑鳩啼白楊。今多驅車者，絡繹塞周行。乃爾轉蹊徑，枝柯蔽丘岡。下有先人魄，杳杳隔陰陽。華服兼紈素，祭灑以瓊漿。錫紙與金箔，烟火不絶揚。參差争跪拜，老幼相扶將。我立丘之側，豈曰無感傷。父没十年矣，其道竟蕪荒。昔有雙鴻鵠，振翮於四方。奄忽臨天命，四顧何茫茫。執鍬合新土，剪棘去陳芒。清風起雙鬢，白雲自彷徨。去日總堪憶，來日總堪望，我今避高遠，歸來安故鄉。

夜犬

夜犬夜犬吠不停，偶遇之途毛髮驚。四目交投相對峙，吾亦佯狂怒作聲。大路朝天非汝有，各行其右自分明。何故將身横於此，呲牙舞爪與吾争。吾本吴市吹簫客，惶惶如汝不聊生。

上行不德非關吾，何須對吾吠不平。況吾肉腐難作食，況吾血寒難作羹。汝何不諳天之道，欲損不足奉杯觥。月已消沉星已墜，大野無芒眼不清。勸汝自平胸中氣，搖尾諂媚學送迎。此去廟堂應不遠，神案常年有三牲。啖時莫忘言好事，一錢太守有盛名。速將汝尾去續貂，此後汝囊自充盈。他年或自成功狗，躍居顯要一門榮。聽吾此言或有思，高亢音階轉低鳴。向吾所指遥遥望，眼帶狐疑漸漸行。口干舌燥汗如雨，生公説法石動情。茫然四顧家何在，一脚沉沉一脚輕。

詞三十四首

搗練子

簫聲斷，倚欄杆。但有相思寄一箋。十載緑楊城下客，流光如水夢如烟。

漁歌子

十里江村水上浮，墨雲籠處白帆孤。人漸遠，望征途。風聲又送雨聲疏。

江南春

紅葉少，亂愁多。春情猶未解，秋事費消磨。黄花何故先憔悴，如我相思成病痾。

生查子

細雨似情弦，風把情弦弄。更有斷腸人，和以釵頭鳳。　我哭汝難聞，汝笑時侵夢。夢醒莫撫心，痛只由他痛。

點絳唇

佇立江堤，長風十里蒹葭雨。碧杉紅樹，愁對江南路。弱水含傷，忍向西流去。秋無語，落花何處，總爲多情苦。

減字木蘭花

雲生雲滅，赤日情懷今欲歇。風起風消，又見秋光染客袍。雨深雨淺，碧慘紅愁皆過眼。春短春長，不過花間夢一場。

菩薩蠻 用狐之惑韵寫落花

繁華無意撩人眼，詩詞俊賞時無限。刹那一宵寒，隔簾不忍看。幾多離別緒，撒向塵中去。有恨在東風，吹人似轉篷。

菩薩蠻

行吟直到垂楊下，如舟一葉秋風駕。遠黛似横眉，江心蛇化黿。不辭長抱器，矮坐濃蔭裏。自在釣清波，何須彈鋏歌。

清平樂

杯深酒薄，獨自凄涼着。入夜寒蛩啼索索，秋雨秋風如約。燈花摇夢成烟，天涯心事年年。多少春工詞筆，劬勞愁字當先。

清平樂

森林一角。獨坐青衫薄。今夜月殘如我削，光影和霜凍却。　三千白髮愁長。爲誰品味凄涼。一曲心如潮水，經年又下錢塘。

浣溪沙

韵取三江或四支，才情麻木已難知。而今終不似當時。　感覺年來人漸老，爲誰寫就斷腸詩？三生石上恨遲遲。

浣溪沙

獨立良宵人不知，中庭正是月圓時。曾憑短信夜聯詩。　點滴於心今可記，如潮翻覆剩愁思。幾回泣下憶清姿。

浣溪沙

世事由人進退難，看花看月總孤單。不知何處避秋寒。　愁在眉心傷在骨，發於簫管止於弦。一聲嘆息是終端。

西江月

到眼一年光景，憑欄何處天涯。嬌鶯婉轉柳絲斜，春在行人脚下。　昨夜落花無數，今宵別夢難賒。明朝獨自向京華，吩咐東風隨駕。

鷓鴣天 十四部（選二）

十里東風草木舒，去年燕子在歸途。桃花紅雨李花雪，百轉鶯聲總不如。收亂緒，罷閑書，幾杯淡酒足清娛。幾番悵望江南遠，今夜江南有夢無。

緩緩行來陌上花，柳絲欲綰日西斜。海棠初識東風面，燕子重歸百姓家。拈舊韵，賦新茶，人生何處不天涯。故園桃樹當年植，料也新開一片霞。

臨江仙

竹掩小樓幽暗，草浮舊路屐輕，當時玉笛不飛聲，梧桐深院裏，何處問流鶯。別後天涯孤旅，重來莫嘆零丁，十年湖海慣飄萍，西山遲日暮，寂寞照歸程。

踏莎行 十九部（選四）

秋自何來，春隨其往，多情一例成空想。行人到處説飛花，我聞如是生虛妄。眼外塵囂，心中影像，別來幾度添惆悵。滿城燈火夜闌珊，寒蛩聲裏無相向。

落葉經霜，浮塵掠眼，文昌橋上人歸晚。往來行色兩匆匆，車流急涌燈如幻。翠擁高臺，歌吹別館，秋風一路繁華短。可堪歸去閉重門，月明空照閑庭院。

來未來兮，去終去也。世間多是無情者。鞦韆影裏夕陽斜，石欄杆外香風謝。燕子磯頭，栖霞山下，夢醒時候真堪訝。依稀携手似當年，登臨一笑景如畫。別恨難休，生涯未定，茫茫江漢心頭病。坐看月色到荒磯，無人來釣星河耿。林徑芳枯，蓮池碧冷，欲尋舊事無憑證。曾經相約此亭臺，紅衣映照成風景。

蝶戀花

柳似輕烟花似雨，刹那東風，吹過江南去。空有相思無寄處，東風不識人間苦。昨夜詩殘難續取，屈指今生，算爲多情誤。蒼狗白雲誰與度，春來春去應無數。

蝶戀花 四首選二

一歲春紅開到紫，開到而今，終是開憔悴。東風已去千萬里，多情空自付流水。前世因緣誰記起，蝶陣蜂圍，更有鶯歌細。片刻歡娱應不悔，今生還許重來未？

最是不堪離別苦，淡月清風，百里相思路。才覺春回春已暮，匆匆來也匆匆去。幾載隔江相對顧，兩處黄昏，共聽一江雨。愁緒新來千萬縷，推窗又見花飛舞。

蘇幕遮

雨流連，車過往。弱柳蕭疏，已減風流樣。夜幕無端生悵惘。百事如秋，空作非非想。石橋邊，何處望。舊日飛花，繞眼皆魔障。宛轉鶯聲成絶唱。一握殘燈，泊在清波上。

蘇幕遮

露團團，風細細。兩鬢新涼，滿目蕭騷意。碾過落花車一騎。薄水含傷，悄逐流雲逝。望江亭，紅葉字。欲念還休，念也無人記。秋恨年年如約至。十里江天，獨坐秋聲裏。

蘇幕遮

月玲瓏，星窈窕。一樹梅花，開與東風老。袖手空餘香了了。燈影人長，蹀躞花間道。舊亭臺，聞夜鳥。寂寞欄杆，不許春懷抱。曾倚輕狂歌水調。眼角斑斕，化作烟飛杳。

錦堂春 慢聞一一之武漢有寄

黄鶴樓空，東湖雁落，誰承荆楚風流。水際天涯，帆影已下揚州。可聽夜濤聲遠，可向蘭澤行謳。問笛吹曉月，鳥語烟霞，何以爲酬。恰逢江城如夏，料紅衫翠裹，不盡優游。眉黛輕舒新暈，快意難收。屈子當年吟苦，對碧草，争忍勾留。説與鷗盟舊侶，知汝來時，早備珍羞。

琵琶仙

林表烟沉，鳥啼盡，十里尋常風物。負手空佇堤邊，滄波近如叠。魚唱裏，灘圩向晚，繫舟處，一燈明滅。眼外新秋，心中舊事，應化蘆雪。想今夜，江南江北，正同賞，梧頭柳梢月。回首幾多綺語，恨當窗難説。夢醒時，又到離别。剩有紅紫青藍，爲人虚設。

滿庭芳

對影吹烟，對花行酒，對誰空守青春。三千文字，寫盡昔時恩。多少嫣紅姹紫，風過也，寞寞紛紛。江堤外，斜帆遠棹，逝水入氤氳。追魂，歸何處，文章已老，心事難陳。向江北江南，踏遍春痕。枉自空談所有，而今是，唯剩清尊。悄相問，誰人眼裏，容我共黄昏。

拜星月慢　乙未中秋次韵零落秋聲

碧散高梧，香生金桂，寥落疏星欲下。晚露新凉，是青衫薄惹。舊庭院，坐對茶烟似縷幽絶，誰與同銷今夜。寂寞欄杆，有秋風時打。恍然間，玉鑒圓如畫。銅檐上，一襲清光瀉。却道夢遠天長，兩邊愁難化。念平生，畢竟閑抛灑。花前樹，剩有鞦韆挂。去莫去，隔了千山，看澄明片野。

沁園春　與春水兄壽，再用聽竹兄韵

萬卷詩書，萬里行程，半百始過。看胸前酒漬，壯心未泯，眉間豪氣，塵色難磨。指顧從容，笑談隨意，席上新朋今又多。雄都裏，對春風似沁，燈火如酡。諸公協律成歌，聽猶似高林雨一蓑。念梁園飛雪，各呈妍媚，滄浪流水，時泛清波。塞外揚鞭，津門望海，洛陽道上嘆銅駝。歸來矣，有二分明月，十里芰荷。

金縷曲

醉裏佯狂客，問東風，何時吹醒，桃魂李魄。怕聽暮鴉啼敗絮，我自堤邊横笛。引一曲，陽關消息。至竟天涯雲未散，却當時燕子今何覓，紅綫斷，不相識。　梅花山上寒香泣，念當初，賞梅心事，至今難易。誰令紅塵辜負我，守盡風凄雨惻。回首處，悲愁交織。彈指今生已不惑，嘆雪欺霜逼春華失。今不復，况明日。

鶯啼序　紫猫南行囑余作此以寄

期程恰逢細雨，過春風宅第。杏亭上，孤燕斜飛，瓦角芳草如綴。怎禁得，青絲碧縷，無聊亂拂東流水。嘆游鴻，來去行蹤，者般迢遞。　夢裏江南，翠擁别館，正湖山綺麗。最宜汝、負手來吟，句成却向誰寄。立鼋頭，波生萬頃，興乘舸，輕分衣袂。渺如仙，多少閑鷗，恁無涯際。　春陰易晚，雨脚初停，遠燈恍若魅。至古鎮、石橋流影，陶笛將茶，木壁楓藤，牖門高閉。紅塵眷侶，青春才俊，徜徉皆是花前客，剩誰人、獨向深宵裏。披襟彳亍，清溪一帶凉生，小樓幾點星起。　勾吴故國，泰伯先聲，俱與時往矣。别去也、眉間洇霧，指上纏雲，俗慮皆澄，一心如洗。空教信美，催生離恨，吴歌縹緲烟波蕩，漫堆成，無限流連意。今生須擬重來，此念魂牽，更難消止。

王桂金

筆名閑雲。一九七一年二月生，女，江蘇興化人。江蘇省作家協會會員，揚州市作家協會理事，現就職於揚州市廣陵區汶河街道辦事處。偶有散文、詩歌及詩詞發表於書籍、報刊。散文集《廣陵走筆》爲揚州市政府文藝創作引導資金品牌項目文杏書係作品，揚州文化援疆項目、文化旅游散文集《如夢如歌新疆新源》副主編、撰稿人之一。

詩十五首

咏朝顔二首

凝神長夜後，飽墨繪朝顔。倩問誰之手，殷殷不得閑。

凌空飛彩帶，援頂扣連環。常念清風起，扶它自在攀。

鄉戀

江湖行走總無涯，楚水淮風最憶家。安得神燈回舊夢，田頭蛙鼓稻揚花。

辛園三首

秋寒催促葉歸時，却見銀苞點點姿。經得霜欺和雪裹，還將玉盞照虬枝。白玉蘭花苞

初如玉盞映春暉，又見翩躚蛺蝶飛。散入清池魚競戲，微波暖暖染香衣。春之白玉蘭

啾啾鳥語午休時，慵起推窗覓鬧枝。亂石無言寒勝雪，願陪梅影映清池。中午聞鳥語

南柯一夢之唐槐

干多空漏失年輪，葉自扶疏幾度春。駝嶺巷深藏不住，若聽蟻語有何人。

瘦西湖聯詩會

大虹橋畔競傳卮，修禊亭前巧對詩。曲水輕舟來復去，桃花笑靨總相宜。

咏農

喜歡眺望田野，心動於青了又黃、黃了又青的輪迴。四個季節各有美的瞬間，而春天尤甚。如此巨幅的春光圖，來自農民——天底下最優秀的工藝師，純樸，真實，粗放。

新苗處處映清池，舊陌行行拂柳絲。一派春光誰寫意，犁刀耜筆勝宗師。

致kimi

仲夏的周末，結伴去侯MM家位於東郊的小院落，爲園林，亦爲農場。奇花异草，生機盎然，不遜春景。梅吹簫幾曲，清越悠揚，引人入勝。數條愛犬中，kimi最爲熱情，躍動盤繞左右，美女競相撫其頸按摩之，遂眯眼作享受狀。

嘉木名花景日新，長簫雅調洗凡塵。最憐小犬閑貪色，摇尾殷勤向美人。

揚州綉品

靈雲浮動寂山空，彩綫移游景色豐。堪比丹青涵雅韵，誰家綉女借霜風。

莫愁湖

新柳依依映碧波，耳邊隱約莫愁歌。閑情莫負繁花好，且步春風過軟莎。

新疆新源草原雨後

雲開雨霽馬相催，坡上牛羊散復來。雪嶺環擁芳草地，繁花鬥艷畫屏開。

阮元家廟

古巷行蹤少，深春細雨斜。東墻攀舊蔓，西院發新葩。市鬧聲聲遠，心安處處家。何時邀勝侶，竹下煮新茶。

呼倫湖秋游

暑褪寒霜重，怡然塞北行。暮融金草暖，風起彩林傾。緩緩群牛過，紛紛野鶴鶩。心明湖作鏡，志遠鶩雲輕。

詞六首

浣溪沙　新疆新源放牧歸來

雲似疏簾緩緩移。烟霞依舊夜難垂。青青麥壟笑風追。　幾處鳴歡羊競逐，一聲鞭起馬相隨。林邊最愛有嬌兒。

浣溪沙

墻角桔香墻上瓜，堂前屋後蝶追花。鈴聲偶過自行車。　春起風和勤播種，秋深日暖慢烹茶。老來惟願作農家。

采桑子　夜夢濱江同事後記

濱江數載終須別，細雨濛濛。葉舞隨風。蒼鷺翻飛向遠空。　輕舟漸杳誰相送？未説情濃。不寄飛鴻。却是回回入夢中。

朝中措　仁豐里

幽幽古巷卧城中，錯落各相通。染盡塵烟未改，千年暮鼓晨鐘。　名儒宅院，家聲清越，竹影朦朧。誰解流光斑駁，青藤守望春風。

訴衷情　月下瘦西湖

秋風吹皺一湖蓮。樓閣籠輕烟。華燈處處流彩，殷情伴嬋娟。　吟舊曲，撥新弦。慢行船。玉簫聲裏，未説成仙，却忘何年。

鷓鴣天　思鄉中秋偶寄

顧盼流年渾覺空，廿年羈旅太匆匆。眼前寥寂蕪城月，耳畔依稀楚水風。　憐落葉，惜飄蓬，忽驚涕下與誰同？鄉音漸改慵歸去，桑梓時時入夢中。

徐飛

網名琴意詩心。一九七一年九月生。江蘇揚州人。愛好文學、歷史、音樂等。畢業於蘇州大學，先後任職於西園大酒店、市外辦、市民族宗教局、市政協、邗江區政府、市紀委。現任市城建控股集團黨委副書記、紀委書記。年少好文藝，喜吟咏，結納同好，頗多酬唱。自負笈吴門，仰恩師教誨并引入蘇州滄浪詩社，得聆正音雅韵。畢業歸鄉，碌碌爲稻粱謀者二十餘載，文牘勞形，氣累神俗，詩老詞疲，口齒塵生。然而平仄之事，猶存寸心，師友雅聚，亦加勉勵。事隙公餘，或諷世情、或感時景，喜而綴之。

詩三十二首

寄故友

漫指前年舊酒痕，久無酬唱齒生塵。詩腸仔細自收拾，殘句須留和故人。

和陳斌兩首

舊日斜陽無意過，空將滿盞對烟波。夢中堪笑頻相問，别後新詩又幾多？

初雨天凉添遠興，新焙茶緑助清談。狂時須約二三子，楊柳岸邊一醉還。

横塘三咏

天與才情不在書，風流總被世人疏。紛紛指點究何必，居士原來號六如。過唐寅墓

遠山青到水湖灣，茶色緑於窗外山。小石橋頭舟一簇，艙空知是賣菱還。飲茶行春橋

湖上小舟去復來，世人莫道爲貪財。紅菱艙底賣才盡，又販新鮮月色回。石湖船家

瘦西湖即景

拂柳分花過四橋，輕舒蘭槳緑波摇。平山一帶添春意，處處笙歌伴玉簫。

下鄉挂職二首

春草滿塘春柳斜，詢風問俗到田家。鄉官初任卅三日，只識新黄油菜花。
草徑村塘半尺橋，扶農勸業莫辭勞。不堪筋力汗雙鬢，才過東莊二里遥。

戲答風泉入琴兄

底事近來好句稀，無憂無樂亦無思。我詩可比陽澄蟹，欲與重陽菊俱肥。

登黄山

蓮峰登罷振吟懷，芒杖竹屐力未衰。漫指半分山色好，翠衫青袖放歌回。

策馬喀納斯

金巒銀岳碧霞升，胡馬載歌踏草輕。忽見天泉生絶壑，玉龍夭矯動青冥。

經蓋孜峽谷入帕米爾高原

冰雲雪霧下千峰，日没流沙起大風。萬石崩騰蒼水决，雷神奮鼓縱天龍。

海的女兒

萬里洪濤洗劫驚，椰風蕉浪翠霞明。七齡稚女傾南海，弱水一瓢沙築城。

瓜洲懷古

風虎雲龍鬥莽濤，江南顏色黯然消。百年潮底沉雄鎮，回首豈宜問六朝。

注 古瓜洲晋時成陸，盛於唐宋，屹然稱巨鎮，歷爲南北扼要之地。至於清代，因江流北徙，光緒廿一年（一八九五）老瓜洲城終於淪陷大江之中。

履新自嘲

州衙碌碌有爲身，宦海篷舟愧問津。守得一隅方丈地，觀山望塔讀公文。

訪江都許氏龍川盆景藝苑

龍川老許一痴仙，巧斫精雕當種田。奇樹妙岩存自在，此心不遠是天然。

訪高郵臨澤法青村即景三首

田頭蠶豆屋邊茄，葦蕩荷塘種蟹蝦。信步長圩東不遠，菜花深處是興化。田間

仄仄泥舟卧細伢，呼鵜叱鴨摸魚蝦。日中粉蝶也無事，對對斜飛入菜花。水上

五花大肉煮新瓜，白飯高堆緑韭芽。愛聽村官鄉土事，菜根嚼罷索鍋巴。農家

登秦皇島祖山

擎天拔海鎖幽燕，漢壘秦關烽燧連。爲愛孤峰留步晚，撥雲撫石嘯龍淵。

友誼關

夷妹斜挑山竹籃，叩關款款笑言憨。雄兵據險觀邊市，榷吏相要稱睦南。

通靈峽瀑布

靈泉一脉下南天，九叠三環出翠淵。長笑縱歌重峽過，龍蛇騰躍動山川。

德天跨國瀑布

匹練偏分兩界迷，森森碧嶂石牙低。黄鷄白犬本相識，日日隨人過竹溪。

明仕田園

水淺峰柔蔗場黄，鄉鷄土鴨各成行。放排阿妹歌才發，蘆笛數聲出竹篁。

桂林

叠彩七星蘆笛奇，詣山訪水懶尋詩。隨人向晚來秦郡，收拾情懷一夢遲。

灕江

欲挽青峰話我痴，輕舟劃破玉琉璃。心波漸遠浮塵静，始信江山造化奇。

陽朔

愛逐烟霞過碧廊，塵情俗夢兩相忘。峰巒點染憑雲水，十里侗歌花鳥香。

蘭州黄河鐵橋

厚山重水輔金關，攘攘回蕃奔走還。頑鐵精鋼紐河曲，百年工巧嘆虬髯。

揚州迎賓館即景

深紅淺緑掩春陂，半面湖光畫舫遲。月影扶疏人未醉，玉橋簫管慰離思。

秋游蘇州太湖三山島

數點吴山雲水茫，烟波深處訪仙鄉。舟停柳畔芙蓉徑，車讓橋頭鵝鴨行。藕白蘆青萍減緑，蝦紅蟹紫橘添黄。村童村婦殷勤問，清醪螺茶隔院香。

隋唐遺迹考察

脉脉邗溝繞故城，隋宫唐苑草青青。荒林野寺迷螢火，楚岸吴山覓鶴聲。野史村談堪助酒，成王敗寇足論枰。錦帆十里天涯去，楊柳春風千載情。

詞四首

漁歌子

夢淺庭深晝暖時，舊愁還遣入新詞。紅漸老，緑方肥，楊花滿院雨霏霏。

如夢令

淡抹四橋花樹，漫攏曉風雲縷。喚緑忽呼紅，烟雨憑他來去。留住，留住，人在江南深處。

浪淘沙

三月最堪憐，春色新鮮。天如碧水草如綿，花霧柳烟風意軟，人似雲閑。　何處可流連，玉管金弦。瘦湖才渡望平山，短楫輕舟聞笑語，廿四橋邊。

念奴嬌

惱人時節，對纖纖素月，淡雲無迹。欲語還休，抬頭處，黯黯一窗愁碧。每自沉吟，醉時顛倒，或忘身爲客。襟間漫指，酒痕依舊歷歷。　記得酒弟詩兄，當年意氣，桐社初吟集，險韵新篇堪自賞，花下飛觴傳筆。不道天涯，久無酬唱，今夕知何夕。齒生塵矣，詩腸還自收拾。

常世清

網名陳橋兵驛，一九七一年十一月生，江蘇揚州人，從事建築項目管理工作。性恬淡，大專學歷，無門無派，詩詞愛好者，偶有詩詞入編某些大賽作品集、紙媒。詩多寫自家性情，頗見巧思。

詩七十一首

秋夜

燈光村一角，明月獨相偎。四野蛩聲起，秋窗夢不回。

無端

愁增一歲寒，别事怨無端。曾喜梅花雪，如今不愛看。

夜深

站臺車去空，露白聽秋蟲。人月兩相看，小城酣睡中。

七夕

相思天地轉，未改是初心。多少滄桑事，雙星説到今。

早秋

莫道熏風漸式微，秋光雨霽草猶肥。素描山水天青色，鷺不疑人波面飛。

晚歸

渡江南路暗斜暉，拔地高樓壁四圍。車過橫溝開闊處，兩三乳燕試初飛。

寄遠

十年風雨苦零丁，秋水長亭接短亭。緑鬢春來容不下，無情細柳復垂青。

所見

孤村向晚雨瀟瀟，落葉黃天歸寂寥。鎮日西風吹不怕，疏籬野菊鬥寒潮。

小酌

由他緑鬢轉成灰，西下斜陽更幾回。門外有花兼有月，與妻閑坐酌深杯。

立秋

凉蟬絶唱發清圓，柳外殘陽圩上烟。藤蔓低垂豇豆老，輕風入目實堪憐。

春

拂曉晴光麥草低，潺潺流水過村溪。林花亂眼休停足，聽取黃鸝深處啼。

居家　十首選三

晨開曙色一聲鷄，路轉錢灣烟柳迷。乍起東風江水亂，春潮頻拍運河堤。

日日豐餐客漸疏，鄉村年味慢消除。東江初漲桃花水，舟泊平橋賣鱖魚。

節令如常歸便歸，梅花看瘦杏花肥。得閑人坐春風裏，不羈身心作鳥飛。

早間

一夜河開减却寒，東風消息賴青鸞。春姑娘握生花筆，柳緑桃紅畫不完。

春行

東風初度日閑閑，過往溪聲水一灣。遥看青山美人首，紅桃三兩插雲鬟。

有雨

晚來庭院杏花疏，零落初心總不如。香茗一杯春事了，静聽風雨讀閑書。

閑居

東風日暖夢寬些，懶散青旗郭外斜。春雨調皮叩窗急，唤人早起看桃花。

早班路上

車流若水涌如瀾，春到揚州未細看。峭壁高樓薄霧裏，晨曦一縷瘦而寒。

北上

持贈青條路口分，客中軟語漸難聞。多情回望家山遠，變幻無端陌上雲。

秋意

統領群山入畫圖，兩三茅舍傍溪湖。悠然人醉東籬下，不管秋霜有或無。

車過淮安口占

容顏久作夢中看，心向東南國道寬。一路秋風攔不住，輕車轉眼出淮安。

秋日

波光瀲灩若星辰，紅日燒天秋勝春。莫惱鳴蜩閑不住，清風豈祇惠於人。

寒夜

寒潮圍困夜如僵，仄巷昏燈蛇影長。十二高樓盡沉寂，一輪明月滿城霜。

夜深

於今漂泊苦離披，有月相邀坐看時。多少秋聲聽已慣，微風吹動過墻枝。

眼疾

通宵秋雨寢難安，晨起門前花木殘。或恐多情生眼疾，傷心不讓認真看。

南下

去歲人愁不得歸，長空遥望雁南飛。今年有假先於雁，道上人愁秋雨肥。

感懷

山花凋敝歲年枝，江水東流難自持。已恨秋來蘆荻老，秋來又白鬢邊絲。

思鄉

詩意家山傍水灣，家山月黑夜閑閑。家山别後聽春雨，多少青山雲霧間。

秋望

水遠天長感百端，年來琴曲爲誰彈？登高不適春山瘦，蕭瑟秋風到眼酸。

九日

客中無酒更無歡，水瘦人間秋夜殘。多少鄉愁生九日，如何風月一同看。

秋晨

霞雲搏日遠天横，草甲初黄白露生。客裏春心磨損盡，桃花紙上畫難成。

村居

檐瓦背陰生緑苔，長藤上架豆花開。婆娑菡萏熏風裏，偶有蜻蜓飛過來。

十年

緑鬢偷生白二三，憶卿月下坐閑談。東風隔夜樽前老，有愧十年忙不堪。

雜詩

車没斜陽更遠途，幾回小字夢驚呼。春風示好人閑坐，空把桃花看到無。

春暮憶宿遷故人

坐久日沉閣，茶烟伴老歌。歲從雙鬢改，夢自一春多。落寞風中絮，輕愁河上波。宿城遥不見，人事兩蹉跎。

聞鳥

凉風絶緑蘋，溽暑入時辛。夢醒東方白，窗開鳥語頻。一些啼別野，幾許逐江濱。揾食疑難飽，轉同鄰舍親。

燕子

千城經溽暑，萬水絶波濤。蟬噪游人寡，柳垂懸日高。辭家飛老燕，揾食爲兒曹。歸去燈光裏，相親拭羽毛。

北固山

多景譽東南，江流往復探。鷗翔蘆草碧，魚躍水天藍。舉步山門險，凝眸氣象含。干戈聲早去，試劍作閑談。

入冬

入冬寒不禁，候鳥別層林。露白秋聲絶，燈孤子夜深。愁來西鳳酒，恨負美人心。江月誰從看？關睢獨自吟。

秋思

凡桐弦上月，何處訂鷗盟？葉落青黄間，秋深黑白横。情多人易老，逸少歲難更。最憶采蓮曲，他鄉彈不成。

客裏憶在阿爾及利亞世明弟

別記春時節，清風已久違。鳴蟬生午日，去國正朝暉。思緒同淮左，親情接北非。當歸蓮子熟，莫羨烤羊肥。

危欄

危欄强自撑，秋水遠山横。白日復起落，一花看死生。情牽淮左柳，人在宿遷城。衰鬢尋常事，春風可與争？

初晨訪友

泥徑出村郊，層林多鳥巢。山風一輪月，夜露百重茅。園静空金鎖，盆栽散錦苞。遲疑門外客，舉手試推敲。

幽夢

幽夢起江潯，離愁貫古今。鷗盟一朝散，世俗百般侵。窗破憂風雨，巢傾憐翠禽。歷年春色誤，徒有惜花心。

村巷

村巷苔痕緑，斑斕烟雨詩。垂楊遮古井，照壁伏盤螭。水秀紅菱角，風花青酒旗。一從開發後，斷送老頭皮。

老街

過眼老城區，翻飛識燕雛。重檐生墨緑，畫閣隱丹朱。風味南連北，衣冠楚到吴。行人烟雨裏，一幅上河圖。

夢桃源

思緒何其遠，層林一夢栖。懸崖山徑仄，夾岸水雲低。香送桃花好，風生烟柳迷。羡漁人自得，客到武陵溪。

亂墨

亂墨翻雲黑，層城渾欲摧。枝頭紅玉淺，客裏緑窗頽。雨急風零落，巢傾燕不回。無人宵夜永，燈火獨相偎。

難爲

難爲暑氣高，厭厭絶香醪。魚愛村前水，鶯銜屋後桃。流雲浮曲陌，過客似蓬蒿。緑鬢興亡事，已然生二毛。

連日陰雨夜有思

窮日困風雨，隔窗燈二三。愁生人在北，思共燕飛南。樓髻新街口，車流白玉簪。電光浮一夜，未有客來探。

雨後早晨

濃淡柳條新，東風日漸頻。灘頭飛鴨子，波裏躍魚鱗。味重香椿熟，花多蛺蝶親。喜逢春夜雨，粉黛自勻勻。

春日

雨後熏風暖，村溪碧玉綢。波紋開鷺眼，柳綫下魚鈎。山走斜陽没，朋來老病休。手談多逸趣，月近水邊樓。

思鄉有寄

月入軒窗冷，燈殘白壁寒。閑情難勝酒，寂寞怕憑欄。風過花先瘦，愁來心不寬。小園梅著未，可取一枝看？

静夜

晚來停濁酒，醉不扣柴扉。林密窗燈瘦，山空雨水肥。學吟詩賦少，閑話故人稀。布局誰還在？床頭蟢子飛。

午後天氣陡變有記

雲壓鳥飛急，歸鳴深樹間。風旋天地亂，客走鏡屏閑。閉户空聽雨，參禪未出山。燕鷗來復去，心性自相關。

丙申歲暮感懷

憑任飄摇早不俱，往來冷暖只區區。連綿冬雨霾遮日，顛簸春聲曲濫竽。去我機心煩惱少，逃秦方外利名無。瑶臺十二企難及，水岸江村啼夜烏。

生日逢夜雨

竹木摇風冷不堪，菊花香氣老江南。一生難舍詩和酒，十載長吟燭與蠶。青草霜從頭上白，蒼山人向雨中探。閑愁窗外雲俱黑，日出高天又蔚藍。

自壽

不堪名利決然抛，清苦心安未怕嘲。卌六年華同照看，二三朋友值深交。情懷只愛江湖裏，明月猶垂楊柳梢。習慣如今慢生活，停停走走或跑跑。

住家有思

風過雲溪幻碧澄，高樓櫛比坐如僧。新詩夢遠屏黄菊，古道人空覆緑藤。應許愁來同露滿，難知雁去絶情能。重陽久憶他鄉事，揚子江頭弦月升。

杜甫

客途顛沛影清癯，烽火連天草木枯。倘爲民生匡社稷，何來病骨避羌胡。微臣心付瀟湘水，諸葛名成八陣圖。三吏吟來惜三别，飄蓬天地一燈孤。

幽居

枝破東風喜不禁，探花雨露滌塵心。推盤不悔一棋子，况品自珍千足金。繚繞輕烟山外去，潛修雲夢竹邊臨。層林鶯舞無人察，穿石清泉空好音。

紀念左宗棠誕辰二百周年

勘亂何教論武功，雄才志在九州同。國家積弱心求變，洋務圖强事必躬。復土未言兵甲冷，戰刀曾照夕陽紅。名垂後世君行處，一路歌吹楊柳風。

中秋賞月

露生清淺淡出塵，水榭樓船飛月輪。執手常添新故事，賞花依舊小天真。未驚秋歲身邊染，愛把風情鬢角匀。莫道家人深睡後，相親相守到凝神。

山行

仙家鳥徑足深行，野望風閑柳放晴。植被細絨粘曉露，江流活水注春城。幾番蜂鬧晃過眼，一簇花開不記名。幽谷何妨人獨坐，危崖松際繞雲旌。

閏九月生日近

久別家山半白頭，孤樽無處解清愁。已過九月復九日，空話一生多一秋。古樸詩成經幾改，纏綿夢醒斷難求。而今人在高樓上，坐望中天月似鈎。

同學

學海無涯曾比肩，百般滋味涌心田。別來年歲增三十，復聚青絲減萬千。一段真情濃似酒，幾多名利淡如烟。諸君須記深秋菊，開到凝霜色更妍。

致漸行漸遠的青春

雙鬢何妨青漸無，一灣溪水即江湖。居家簡樸開門睡，斫竹安然作杖扶。夜杳星光香菡萏，風微林蔭石菖蒲。方今識得閑滋味，人到中年步亦趨。

十年

平生耿直近冥頑，勢利王孫不願攀。歸隱何時期白首，坐看那月照千山。形形都市無聊客，疊疊文章憔悴顔。已負春風過十載，桃花依舊水雲間。

自遣

已慣鬢蒼同歲深，秋來落木苦行吟。長空排雁雲無極，重擔横肩力不任。廬結田園新貴遠，綸垂江水夕陽沈。楓紅聊作多情句，居有清風酒自斟。

即事

出郭青山雲霧遮，河開春水醒龍蛇。陌頭耒耜犁烟雨，幽徑黃鸝巢樹丫。惹眼溪邊油麥菜，清新竹外野桃花。晨炊老嫗安排好，笑逗嬌孫學着爬。

詞四十八首

浣溪沙 憶宿遷故人

記得年前鬢尚青，別來消瘦是多情。高山流水一人聽。把盞時期新舊雨，吟霜雁過短長亭。北風應到宿遷城。

浣溪沙

眼底春山睡美人，緋紅淺染緑羅裙。青絲盤結一溪雲。殢酒鷄窗詩簡淡，弄花野徑雨殷勤。悠然物外鳥聲頻。

浣溪沙 錢灣河印象（五選二）

散葉枝條兩岸垂，小橋流水燕歡飛。春耕布穀鳥兒催。百丈天青星隱去，三分雨夢夜包圍。鄉村静謐響輕雷。

夢醒檐牙春雨頻，臨窗河岸草如茵。醉人天氣暖風熏。來去堂前雙燕子，浮游水上白鵝群。兒時拙筆畫流雲。

浣溪沙

總結痴情人不如，夢中名字直輕呼。詩文斷續寫當初。　悶雨飄零鄉外客，寒燈斜倚枕邊書。花開守到落花無。

浣溪沙

多少情緣魂夢牽，無聊點起一根烟。臨街小坐憶當年。　碎雨彈窗身影亂，微風過眼酒旗偏。來時曾是艷陽天。

減字木蘭花

恍然穿越，陌上清風飛彩蝶。柳樹堆烟，最憶城南三月天。　桃花依舊，幾度春來空守候。客在紅塵，老去當初追夢人。

減字木蘭花

愁雲無主，窗内人兒窗外雨。望處江淮，過境飛鴻次第來。　東風浩蕩，花發園林鶯在唱。眼底春山，除却家鄉不愛看。

珠簾捲

林梢月，瓦頭霜，青藤褪了籬墻。憔悴梧桐心事，飄摇天井黄。　難共舊愁深睡，如何倦客思量。鴻雁向南飛去，燈寂寂，夜長長。

菩薩蠻

尋常雁去哀聲遠，窗花露結西風捲。晨起倦梳妝，金簪觸手涼。　青條曾與折，記取春三月。説到燕雙飛，離人歸未歸。

西江月

聽雨樓臺獨坐，穿簾燕子雙飛。人生有夢直須追，莫待光陰憔悴。　蹊徑任由雲黑，荼蘼不管風吹。殘紅盡了柳絲垂。裝扮清溪嫵媚。

山花子　相親

新式皮鞋鋥鋥光，古龍淡雅白西裝。消息傳來今見面。有些慌。　花卉不堪呈一朵，期房買得幾平方？問到無言人遠去。暗神傷。

探春令　元宵節

雪融冰水，送春消息，何人先覺？晚來稚子燒燈樂，者心事、渾無着。　而今庭院鞦韆索，共烟花零落。自別離、客舍凄清，良夜不勝歡情薄。

玉樓春

薄衫日暖桃花扇，綠柳風摇春畫面。頑童牽手紙鷂飛，綉閣飛來雙紫燕。　烟花亂了行人眼，佳麗回眸羞可見。心慌意亂少年郎，或語溪流春尚淺。

鷓鴣天

過眼浮華終盡時，春書空憶舊相知。一池清水芙蓉月，十載閑愁金玉卮。　傷白鬢，怕吟詩。情無安處總成悲。而今晚景差强看，入目殘陽綴老枝。

鷓鴣天

每教相思爛筆頭，花開花落鬢如秋。西樓對飲瀟湘雨，南浦空停舴艋舟。　人別後，夢難休。痴情未忘那回眸。而今有病醫無藥，陣陣心疼似繭抽。

杏花天　春

雨後平蕪青一剪，間桃花、香濃泥軟。野鳧入水春波捲，樓外翻飛紫燕。　行吟事、志存高遠，客深居、塵心寡淡。黄鶯聲裏浮雲散，吹面東風不斷。

金錯刀

原上草，鏡湖秋，疏星摇落冷難收。送人柳綫無青眼，翻雪蘆花早白頭。　時易改，夢何求？三生守望倩回眸。濃愁便作今朝雨，匯入清江日夜流。

迎春樂

嫩黄楊柳東風破，淡青山、雲中卧。自春來、每每江邊坐，看日出、紅如火。　憶舊事、歡愉兩可，相思地、情牽淮左。寫意桃花扇面，畫上曾經我。

鵲橋仙 七夕

露輕木秀，雲開月淡，如此良辰美景。逢迎喜氣漫銀河，正七夕、雙星交并。 靈霄歡聚，人間別苦，世事不堪重省。登高猶自費思量，入夜後、秋風更冷。

蝶戀花 探春

寒歲流光端的快，一夜河開，除却凄凉態。山水之情猶未改，乘舟躍馬終無礙。 和煦驕陽人自在，杏眼桃苞，相看心澎湃。鎮日東風誠可待，草茵如褥花如海。

蝶戀花

破曉雲天紅一角，客裏孤村，阡陌相交錯。時到立春渾不覺，梅花枝上初零落。 坐久閑情歸寂寞，舟泛清溪，好夢都成昨。楊柳向人青未着，痴心無奈東風薄。

蝶戀花

水泊堅冰終化去，風暖鄉村，黄緑争先吐。庭院清香渠未與，惱它蜂蝶偷探取。 願此春光卿莫負，筆下詞兒，交織相思句。寫到江南春好處，傾心人共桃花雨。

蝶戀花

銀杏初黄蘆荻白，孤館凄清，夢醒窗燈濕。月夜寒禽飛一只，兢兢老翅枝頭立。 勾起閑愁思往昔，江北江南，久作飄零客。知那春行無處覓，秋風破户聲如泣。

蝶戀花

坐憶流光埋舊夢，山雨來時，思緒風吹動。飄落槐花如雪涌，傷心一闋釵頭鳳。坡上櫻桃親手種，老去鶯雛，恨與春難共。只怕痴情人不懂，孤燈又怕翻成痛。

蝶戀花

十二樓臺方寸小，月在中天，復向江南照。夜困閑愁推不掉，蟲聲隱隱天明早。端的佳人雙手巧，一對鴛鴦，羅帕相交好。魚戲蓮田思渺渺，朱顏最怕燈前老。

蝶戀花

天幕兩三星點綴，月漏梧桐，一夕琉璃碎。視角霓虹城鬼魅，空街夜色凉如水。愁壓詩情燈下廢，省識清風，都共人憔悴。客裏歲頭連歲尾，算來好夢皆無味。

蝶戀花

一樹榴花開到晚，夏至殘紅，客舍春風斷。落筆寒梅書更亂，丹青留獨痴情看。坐憶光陰思百轉，振翅飛來，梁上雙雙燕。綠鬢參差輸一半，畫中人在垂楊岸。

蝶戀花

夜幕層樓深似海，夢破雲天，孤獨雙星在。一綫銀鱗三里外，穿城高鐵飛般快。料得芳華時不待，屏上光陰，程序全然改。歲月若能重下載，人生將少些無奈！

踏莎行

節氣翻新，陽春轉舊，淺紅守到殘紅後。夜闌窗外竹摇風，可憐花月人同瘦。客裏孤村，堤邊垂柳，畫眉久負丹青手。雲箋窺破案頭燈，相思簾幕深深透。

踏莎行

入牖風輕，歸巢燕語，春紗簾上鴛鴦侣。飛蛾執着撲青燈，光明知爲誰探取？月落更殘，蓮藏心苦，客中滋味渾如許。曾將詩意寄桃花，桃花不識清明雨。

踏莎行

雨打孤村，雷鳴驚蟄。陰霾天地東風惡，自來心事惜飛花，飛花似我多情客。愁苦詩疏，山重水隔。灞橋緑柳傷心折，和箋一并寄於她，流年怕失春顔色。

臨江仙

相守而今如願了，月圓不復西東。流年細數太匆匆，幾回楊柳緑，幾度夕陽紅。歷盡人間烟火色，油鹽柴米從容。一生晴雨淡然中，蟬噙枝上露，門放藕塘風。

臨江仙

薄霧搏來山繞水，層巒透顯霞光。沙洲一隔兩春江。清波迎短棹，曲隱打漁郎。塵世風光猶看盡，何曾抵事乖張。今臨秀色不尋常。沉吟渾忘我，心共鷺飛翔。

行香子

柳植西堤，豆長東籬，學鄰翁垂釣村溪。閑沽米酒，興賦春詞。縱煩心事，無須問，不須提。　處世常思，得失爭之，待秋夢破碎方知。青山長在，緑水無期。與自然間，人生路，一盤棋。

風入松　春

香微暖閣懶些些，溪畔日清嘉。殷勤柳岸春萌動，著青眼、烟水蒹葭。有夢星垂大野，無風月近人家。　東來紫氣醒龍蛇，燕影剪窗紗。真如村老歸田樂，得閑來、温酒煎茶。開卷瀟湘夜雨，丹青陌上梨花。

芰荷香

暗香傳，這紅妝翠袖，嬌媚無邊。晚霞穿牖，裊裊南浦村烟。悠然一夏，得清凉、隔葉鳴蟬。緑波薄暮之間，蜻蜓點水，風住雲閑。　物我情痴看相似，惜蒼顏雪鬢，遲日堪憐。光陰易損，輕愁撲上眉尖。圓盤結露，恍一世、蓮實空懸。秋聲斷續人前，燈昏夜水，月照高天。

法曲獻仙音

積雪陰山，風刀刻木，瘦了江南江北。冰鎖輕舟，笛生寒曲，孤旅草黄阡陌。有弱雁衰蘆出，飛離兩三只。　算痴客，者深情，與誰言語？花辭樹，多少故人難識。何處解閑愁，望鄉關，天明天黑。陋室燈枯，可憐也，衣寬腰窄。獨窗升明月，照得鬢絲微白。

愛月夜眠遲慢

柳岸風清，透夜涼水碧，星綴山村。露搏幽徑，蛩鳴繾綣，綾羅步帶香塵。簾陲桂樹流芳，竹西留醉金樽。此番來，者多情，閣上琴曲曾聞。　檐角玉魄清圓，載塵心度歲，不遇桃根。弄花何在？渡口怕見，零落舊恨遺存。痴情未減當年，時光却負佳人。道新愁，倩誰解，月下莫憶青春。

秋夜月

雲溪深處，月兒明，螢火瘦，涼風微度。野徑流光珠影，草生新露。雁行空，郎行遠，兩難相遇。初省，怕見葉兒辭樹。　何如歸去？對青燈，嗔寂寞，哀懸筝柱。舊曲調成新恨，况誰能顧。下珠簾，思春日，此心猶苦。無寐，消得幾番更鼓。

西江月慢

浮雲蔽日，樓上望，早過春色。烟柳散千絲，蘭舟溪畔，燕穿南北。傍地飛、借宿廊檐，静聽言語，似曾相識。仿説些、去歲桃花，人面未尋得。　信未準、多情留筆墨，折柳處、依然水碧。心事而今休問及，想斷腸人立。獨只是、隔葉聲聲，蟬鳴凄苦，有誰相惜。念遠遠、風壓海棠天漸黑。

擊梧桐 秋蟬

破曉氤氳，枝頭抱冷，銳減三分姿色，弱水扁舟，柳下行人，記取年年堪折？雙魚未合同心，至此流落他鄉之客。薄翼難防，幾度辛酸，又對西風蕭瑟。　自嘆殘生，聲傳凄苦，最是心涼難熱。每見那，雲中雁子，更恨崇山相隔。漫憶層林樂事，翻來無趣到天黑。説相約，來年盛夏，何曾能等得。

燕山亭 春

泥瓮金聲，珍珠墜瓦，殘雪籬邊消解。沽酒轉來，蝶翼雙飛，争吐杏花堪快。此不因人，多情自，憐香難改。堤外，有吴語呢噥，浣紗擇菜。　熏風日漸高吹，遇如此春事，看開眉黛。魂斷藍橋，舊曲陽關，傾聽也無什礙。霜鬢雖添，渾不是，老成心態。猶愛，拼醉倒，三分自在。

玉蝴蝶

散了階前風雨，一池萍碎，滿地殘香。小巷空幽，斑駁不勝凄涼。等閑了，多情歲月；空憶着，晦澀文章。至而今，少年故事，解作尋常。　神傷，棋閑檀案，塵飛箏柱，鬢濺星霜。慨酒無聊，怯開宣紙畫春光。惜春是，垂憐衰老，顧曲偏，不識宮商。看夕陽，十年樹木，無盡思量。

望海潮

晨風遲履，閒行村渡，漣漪水泛清輝。沙鳥破蘆，秋潮退岸，感傷秀色全非。萬物漸衰頹。總沉思以往，細雨春回。小院疏枝，嬌羞點點綻青梅。　枝曾折寄於誰？這風情已老，人未能歸。横笛豎簫，孤身碎憶，愁濃不勝輕吹。當日合歡杯。獨凝眸遠眺，薄柳低垂。無限痴情，都隨北雁向南飛。

望海潮

晨昏疏柳，畫中春色，絲絲細雨江南。蘆荻翠禽，村堤燕雀，啾啾比翼相歡，垂憶兩纏綿。自上元別後，寒食孤單。每每生愁，凝眸飛絮斷腸天。　痴情恨隔關山。算紅塵倦客，難得清閑。遥憶廣陵，尋常巷陌。誰曾古韵新彈，誰共解連環？獨登臨遠眺，過盡千帆。不適由來，心如江水起波瀾。

東風第一枝

雪韵冰心，山遥淺黛，飄零一夜淒苦？桃根更記春風，那時燕傳社鼓。宫妝試鏡，著薄粉、初開情愫。今獨看，漸遠行人，馬脚做花無數。　書不盡，晨昏倚竹。曾際遇，夢無定處。冰箋漫灑心瑶，自憐別來幾度。常温針綫，總是那鴛鴦南浦。怕憑欄吟咏傷懷，怨教往年遲暮。

安公子

夜臥尋常見，乍來新夢蕪城燕。高閣啾啾猶亂耳，似故人親眷。概露冷茶凉，淡月雲窗轉。須見時，端的胭脂臉，許淺帶眉愁，向曉珠簾未捲。　此別家山遠，武陵溪水桃花面。幾度清閑思舊日，想稍停針綫。問此去飛鴻，可解昭君怨？難意穩，濁泪迷雙眼。一曲陽關曲，直教離人腸斷。

陳斌

江蘇揚州人，一九七二年三月生。別名雙魚一生、沉冰。現居北京，傳媒及娛樂策劃人。少年時習詩詞，遍覽群書，博聞强識，曾得佘冠英、錢鍾書等先生指點。詩風清麗，婉轉可愛。曾擔任青歌賽文化部分出題人。著有《不一樣的記憶——我眼中的錢鍾書》等多部作品。

詩二十一首

歐游口占雜詩

甘作神州袖手人，投荒小叩凱旋門。吾來吾見吾征服，夢寄大秦舊酒痕。羅馬

二月人間意若何，老橋猶自瞰春波。當年翡冷翠蛾後，此夜誰思徐志摩。佛羅倫薩

渺莽輪舟向海涯，有潮音處有人家。苔深莫問前朝事，一笑浮沉貢多拉。威尼斯

天水飄飄幾暮鷗，冰湖凝碧漸成愁。夕陽返照青山外，不許青山白了頭。盧塞恩

園田漠漠草萋萋，一路晴嵐影自移。新雨方譚新雨果，大巴已近大巴黎。日内瓦巴黎道中

注 時美國電影導演 Martin Scorsese 新片《Hugo》述巴黎奇事甚幻。

微茫心事滿花都，車馬香街飲一壺。河上塔尖縈畫舫，黄昏左岸買殘書。巴黎

浙游聯章選九

辛未四月，偕紫琅陳争兄游浙，履迹遍杭州、富陽、桐廬諸地，天雨而游興不减，極一時之樂。既歸，追摹清景。

多情應笑石頭頑，飛落人間久未還。路轉峰回渾不覺，居然山北是山南。登飛來峰（詞韵）

青林爲蓋谷爲屏，一洗詩心帶雨聽。曾記滄浪濯足處，冷泉猶自響泠泠。冷泉亭上

尋常小艇繫疏篷，寫入烟波便不同。酒熟詩成堪一醉，于于短榻倚斜風。西湖泛舟

長堤初沐雨瀟瀟，楊柳新垂碧玉條。認取青青山一角，分花聆笛過溪橋。蘇堤閑步

姚黄魏紫恣幽探，驀地淪漣水半灣。花港亦如濠上樂，非魚非我俱陶然。花港觀魚（詞韵）

好是春藏蘇小家，流年啼眼不須嗟。東風自綰同心結，翠燭曾隨油壁車。蘇小小墓

猶喜吟邊韵未荒，憑欄來對芰荷鄉。不知昨夜三更雨，已换今朝一味凉。曲院風荷

心胸不復留風月，繾綣情懷一霎消。相約明年八月半，重游共待浙江潮。錢江大橋

北苑新圖着意裁，清川叠巘足低徊。豁開天日驚人眼，指點江山咏我懷。富春江干

寄友人姑蘇二首

十里春風笑語過，蘧蘧短夢感流波。楊花滿袖憑誰問，人比年時瘦幾多。

又是春衫换盡時，魚書讀罷製新詞。柔條千尺揚州路，不見江南燕子飛。（詞韵）

初春偶成

未識東風面，無端戀物華。微陽宜漱石，細雨好尋花。久客鄉心淡，清眠午夢嘉。瓊樓應怕上，詩咏送生涯。

辛卯清明宿蕭三日

又過春風古戰場，連天草色入車窗。一星燈火美人泪，四野龍蛇大澤鄉。白日尋蹤青史夢，中宵呼酒少年狂。任他劉項千秋事，醉後只思羊肉湯。

游莫愁湖

朝來爽氣水雲鄉，遠意低戀兩渺茫。碧靄輕寒凋老樹，孤舟短棹趁斜陽。燕支泪咽香波淺，粉黛妝成綺夢長。也學前人頻指點，醰醰酒罷説興亡。

誕日感賦

豪情曾擊珊瑚碎，幾度藍溪邀月醉。閱盡揚州三月花，花牽幽夢入誰家？捫腹詩書藏萬怪，雅謔清談平生快。嘗臨孤嶼嘆逝川，佳人偏在畫中觀。凉夜愛取秋燭剪，芙蓉淺，蒹葭遠。硯上難得筆一枝，枕畔常是書半卷。何當跨鶴履雲游仙苑？携歸凌浪濟川舟、斬鯨倚天劍！梨雨每濕紅衿燕，新詞慣歌瑶瑟怨。喜聽雨打荷，喜看魚吹浪；喜飲酒百觥，喜寫雲千嶂。漸覺今春久寂寥，闌珊風露立中宵。嗚呼！賴有狂名作狂客，狂客自負無塵色。問有誰能閑似我？最高枝上梅數朵。聞琴兼操棋，適時各得所。環佩響，星初墮；箏柱停，蟾影破。野曠高歌無人和，拂窗竹葉皆斜亸。天公爲啓横江鎖，一十五年流水滔滔過。

詞九首

十六字令　維揚冶春

樓，倚遍闌干碧水流。移香影，猶帶一心秋。

憶江南　甲申秋夜同友人姑蘇

江南好，最憶是東山。回首十年烟與夢，登高一望水連天。不醉己憑欄。

柳梢青

眉間月，荷邊雨。懶結羅衾同心縷。一院西風一院花，夜凉誰向殘釭語？

賣花聲　辛未中秋後湖玩月

波起緑荷間，堤柳彎彎。黛痕依約六朝山。爲愛清光來照影，幾度憑欄。獨立悄無言，露濕青衫。小橋風細送歸船。却道年時當此際，誰與同看。

定風波

瑟瑟秋風掃落花，落花片片向誰家？總是黃粱容易去，無據，空留竹葉掩窗紗。猶記當年談笑意，豪氣，大江滾滾浪淘沙。明日滿天應苦雨，聽取，東籬陶令話桑麻。

蝶戀花

朝雨輕塵還似昨。芳草離離，怕見江南緑。記得天邊帆隱約，滄波駐影慰孤酌。　淡月侵窗風翦燭。人去争知，已向誰邊宿。又對庭中蕭散竹，此生合是長幽獨。

金縷曲　再賦春晚感懷

一夜闌干雨。况臨窗、清詞散亂，凄凉如許。休問墻根含泪草，幾度聞他笑語。作弄得，暗愁縷縷。花漸飄零愁漸甚，悵花飛，争不牽愁去。惜春意，誰人與？　無端却向眉峰聚。有三分、離離景色，七分心緒。欲覓嬌鶯何處是，孤鶴閑雲爲侶。應只合，今宵相遇。夢裏娉婷呼難起，待來年，同傍桃枝叙。執手處，無忘歟？

雨霖鈴　和柳耆卿原韵

驪歌聲切，夜闌燈暖，樹影稍歇。多情最是簾外，群芳争發。暗把黄梅舊雨，换多少沉噎。算好夢、終是無憑，數點殘星悵寥闊。　春歸又與君爲别。卧花間，淺醉酬佳節。盈盈碧海相望，誰共我、一肩風月。此際銷魂，堪笑流年似水空設。腸斷處、付與琴弦，懶向紅塵説。

鶯啼序　春晚感懷次夢窗同題詞韵

娉婷幾回燕子，撲雕梁朱户。簾櫳隔、墻外佳人，可曾初解傷暮。怕回首、荼蘼謝了，懨懨獨倚黃昏樹。問如何、一笑憑欄，淡似烟絮。　醉裏殷勤，燈前繾綣，濕中宵寒霧。把離恨譜入琴聲，迢遥香箋紈素。正東園、丁香晚結，幽蛩冷、絳裙藍縷。記密游，盟共浮鷗，約兼汀鷺。　半橋湖瘦，十載霜清，久作揚州旅。紅蘂泪、悄染堤柳，又聽鶗鴂，倦説愁心，漫言疑雨。迷茫舊夢，輕盈軟語，曉窗多少飛花色，鎖漁舟、不許芳春渡。平蕪盡處，殘陽衰草青山，逝水微雲黃土。　流鶯去後，夜夜登樓，剩簟邊遺芷。懶收拾錦衾涕唾，杜宇冥魂，霽月凉輝，竹枝韶舞。修廊攬鏡，新來腰減，相思待寫無隻字，甚幽幽哀曲縈弦柱。誰招前度劉郎，再種仙桃，問伊知否？

盧徹

網名自在飛花。女，一九七二年九月生，江蘇揚州人，從事金融工作。性耽文字，二〇〇五年初以書爲師，嘗試詩詞，後於網絡得遇同好，如切如磋，如琢如磨，十餘年吟咏不輟，漸入其境。

詩四首

梅

疏影香微動，冰心不染塵。月痕霜下白，笛韵夢中真。水送流觴遠，風吹縞袂新。謝開皆自在，先報一枝春。

自題

風前雨後舞蹁躚，片片紅飛淡淡妍。鬢上年華流似水，指間歲月幻如烟。鎖寒窗緊深栖夢，捲翠簾閑淺悟禪。新着青羅誰解意，拈花一朵自嫣然。

月照

月照南窗几簟凉，斜憑小榻沐清光。扶疏樹影風零亂，細碎蛩鳴音短長。琴撫流年藏舊韵，茶澆心事散幽香。夜闌細雨瀟瀟落，滴碎殘更夢未央。

長堤春柳

長堤霧繞翠朦朧，燕語鶯啼嬌欲融。柳拂清波柔戲水，草萌曲岸淺鋪絨。數聲笛韵吹輕絮，一縷情思隨軟風。無限春光看未盡，斜陽返照杏花紅。

詞十五首

長相思 晨事四首

細雨凉，曉風凉，推枕扶頭思渺茫，慵慵尋皺裳。氣綿長，息悠長，稚子無憂眠正香，夢中猶索糖。

理青絲，綰青絲，萬慮千思君可知？菱花笑我痴。低蛾眉，斂蛾眉，淺畫輕描知爲誰？迢遥無會期。

藤兒長，蔓兒長，緑葉黄花繞矮墻，晨風送草香。忍彷徨，止憂傷，挽袖圍裙作飯湯，凝神碌碌忙。

粥飄香，奶飄香，煎蛋圓圓兩面黄，騰騰熱氣揚。呼兒郎，唤兒郎，鑽被藏頭只賴床，輕捏小鼻梁。

菩薩蠻

檐前點點流珠玉，枕窗聽雨心頭緑。新水試龍團，紫壺輕裊烟。律疏慵覓譜，漫賦詞心素。拭却舊啼痕，花開又一春。

減字木蘭花

薄寒輕暖，緑嫩黄嬌如夢淺。簇簇叢叢，杏萼桃苞欲綻紅。曲欄深處，静倚和風聆燕語。無限春光，歸去猶聞衣袂香。

點絳唇 雨

瀉玉流珠，綿綿密密江南雨。紛飛輕舞，似作相思語。脉脉情牽，紅紫芳菲處，織千縷，回文錦句，訴盡春心緒。

水調歌頭 寄友

何物爲濤也，盡在其胸中。浩然千里霜雪，拍岸擊長空。指點江山錦綉，笑看乾坤萬象，揮灑意無窮。歌嘯碧雲遠，誰可與君同。展襟懷，舒抱負，且從容。玉箋象管書罷，遥對夕陽紅。却把心思悠悠，付與烟波渺渺，逐浪戲蛟龍。横笛吹愁去，把酒醉東風。

水調歌頭 自寄

事了拂衣去，振翮舞長天。回眸幾度寒暑，風緊雨相連。多少深宵難寐，落寞襟懷無訴，强自展歡顔。今將舊悲喜，一例付雲烟。覓新韵，理舊譜，任狂狷。滿斟緑醑，閑倚雲水訪林泉。更有鷗盟鷺友，共品春花秋月，語笑勝歌弦。心净紅塵遠，自在醉華年。

望雲間

堤上紅飛，樓外翠凝，和暄催把衣寬。借浮生一日，來訪林泉。盈目無非麗景，隨心自是神仙。更鶯啼嬌軟，絮舞蹁躚，沉醉留連。　流年静好，逸興安閑，且揮緑綺清弦。休道蟾光斜照，孤影堪憐。緣盡只因緣淺，情傷可止情牽。夜闌有月，曉來無夢，坐忘悲歡。

念奴嬌　同韵三首選一

梅妝卸後，恰陽回生暖，雨休寒息。凍水消融波瀲灩，濃淡兩堤烟碧。漫畫晴嵐，淺描輕靄，妙手天工筆。殷勤更有，剪紅裁緑刀尺。　似綉如錦流光，夢耶非夢，真幻誰能識。待悟人間迷共執，愧我塵心無力。緣外情思，眉間悲喜，且向風前摘。滌懷清慮，閑來斜倚茶席。

沁園春　中秋選一

月汝來前，舊時清光，亦似今哉？憶對花獨酌，影孤曾伴；乘風起舞，胸膽嘗開。横絶孤篇，清華雅賦，訴盡悲歡寂寞埋。流年轉，剩殘箋半握，幾點塵埃。　循環天道難猜，正春去夏回秋復來。喜蟾光一片，同歌新韵，澄明千里，共暢襟懷。輕品冰芽，静聆蛩唱，任爾東風花信乖。桂香裏，有悠揚笛韵，宛轉低徊。

賀新郎　同韵三首選二

烟鎖湖邊柳。晚來天，雨絲勾點，染山青否？雲淡風輕星疏挂，皎皎月如洗就。掬一捧，清光在手。何處笙簫吹寂靜，正夜闌，醉卧輕舟後。襟袖冷，荷香有。眉峰因甚長攢斗？擾心事，不須縈懷，棄諸山藪。開落繁華尋常視，自在悠然行走。遣悲喜，化塵逐垢。逐浪戲波成一笑，任浮沉，且盡杯中酒。拾遺闕，去年壽。

翠舞隋堤柳。問清風，亂紅飛後，韶華留否？惆悵何人堪言説，聊把新詞湊就。起微嘆，愀然負手。倚盡欄杆天欲暮，想劉伶，醉醒斜陽後。千載下，知音有。　奔波勞碌因升斗，待何時，尋壑問岩，幽栖林藪。藜杖砂壺烟波隱，不向塵寰游走。更拂得，鏡臺無垢。竹畔松前明月下，共梅花，暢飲新醅酒。春不老、人長壽。

金縷曲　歲結

歲結試把年華理。問梅花，悲歡可憶，閑情誰記？無語梅花輕摇蕊，悄送香寒細細。伴塵事，枝頭飄逝。筆下寫來終覺淺，墨淋漓，難訴心中意。書草草，東風寄。　百年一夢浮沉裏，算從寬，夢已過了，五分之二。因果空無誰能證，休問他生前世，也唯有、隨緣而已。多少繁華零落盡，嘆輪回，千載何曾易。且拂袖，看流水。

朱翔

網名材不材舍主人。一九七三年二月生。江蘇揚州人。中華詩詞學會會員，揚州市江都區詩協理事。原供職於江都公交係統。現爲自由職業者。弱冠習詩，斷斷續續研讀不已。《詩詞》《當代詩詞》《中華詩詞》皆有零星發表。二零一二年獲『詩聖杯』紀念杜甫誕生一千三百周年海內外詩詞大賽優秀獎。

詩六十六首

幽川

野花開滿眼，林外一川明。盡日無人迹，風聲雜鳥聲。

夏釣

鳥囀午陰翳，垂綸河畔幽。清風來一陣，桑果打人頭。

西川

水禽菰蒲密，雨霽風陣陣。知有釣人來，一路草鞋印。

釣歸

雜木囀黄鸝，幽川人垂釣。不覺起炊烟，提簍歸夕照。

川上

蓑衣把釣竿，白鷺佇蘆灘。秋雨秋風裏，不堪川上寒。

漁父

春風秋月水之涯，小小漁船即是家。白髮晨昏江渚上，一聲欸乃網雲霞。

欲借

漁子只居漁艇上，逍遥終日水雲邊。欲尋漁子借漁艇，摇入水雲三兩天。

清寒

零落梅花凝凍雲，瓦檐餘滴曉猶聞。爐灰漸冷書齋寂，成就清寒已十分。

漁父

魚鷹出没碧波中，烟柳蟬鳴淡淡風。小艇穿梭漁父樂，一篙撑到夕陽紅。

廢紙簍

素面朝天大肚圓，遭人冷落倚墻邊。平生最是傷心處，滿腹文章不值錢！

絶句

裊裊垂楊緑水涯，夭桃灼灼展其華。啼鶯不用來兜售，我是東君大買家！

池荷

池荷叠叠雨疏疏，碧水清凉戲錦鳬。一陣風來忽撩亂，緑裙裾上滚珍珠。

幽川

丁家村北石橋西，黄犢悠閑啃草堤。一襲蓑衣尋釣處，滿川烟雨子規啼。

寫意

渺渺秋江捲白波，渡頭作別意如何？孤篷去遠人猶佇，寒雨瀟瀟落葉多。

江堤行吟

菰蒲荷葉水風凉，十里逶迤不厭長。斷續蟬聲疏雨點，一齊收拾入奚囊！

林溪

偶來尋釣處，踽踽傍溪行。晴日雲無迹，熏風葉有聲。花香堪別類，鳥囀不知名。直欲結廬住，幾萌歸隱情！

壬辰初春作

貧門迎送少，梅竹伴幽居。案净頻開帙，春寒不釣魚。中年唯醉酒，小恙豈愁予？問道猶蕉鹿，争堪霜鬢疏。

隱者

棘籬園藥圃，黄犬吠朝暾。分柳方尋路，穿花始到門。漁樵心性隱，耕讀古風存。堪喜春醪熟，閑來醉數樽。

江都中閘道中

西陸蟬猶噪，江流奔欲分。風摇狗尾草，天起馬頭雲。古塔由來孑，孤鴻自不群。家山何處望，况復已斜曛！

老大

老大知天命，黄粱夢已疏。迷花常廢寢，爲竹幾移居。性僻唯耽酒，家貧不賣書。蔚園宜養拙，好去莫踟躕。

早春試竿

料峭春風透夾衣，一竿投分坐漁磯。桃苞欲孕寒猶在，柳眼初舒燕未歸。偃蹇經年疏舊雨，踈慵鎮日閉荆扉。自慚腹笥空如許，鬢白無爲徒嘆欷。

早春江郊述懷

躞蹀江湄策短筇，東君無計破冥蒙。春歸柳眼花鬚上，寒在雨絲風片中。破帽沈腰猶失路，敝裘潘鬢詎還童。紅塵羈紲一何累，輸與滄浪老釣翁。

甲午新秋再寄北湖閑人

雨霽炎官火傘收，亂蟬聲裏又新秋。磨針羨汝初題柱，扣角嗟餘尚飯牛。斑駁二毛驚眼底，依稀三徑夢刀頭。閱川逝者如斯矣，合倒融樽一醉休。

甲午秋懷

寒蛩聲斷雀啁啾，孤館風飄一葉秋。駿骨嘶鹽無限恨，豐城埋劍幾多愁。展方倒置迎騷客，榻自高懸避俗流。若是上蒼無大任，寧從屠釣耻依劉。

秋懷

幾時栖得碧梧枝，鳳泊鸞飄一嘆之。暮雨敲窗方寸亂，中年回首路途岐。蹉跎歲月消棱角，契闊風塵感鬢絲。浮想上蒼憐落拓，三刀夢或到來遲。

川上秋釣再寄北湖閑人

秋風蕭颯日熹微，川闊波寒木葉飛。夜夜豈堪耽蝶夢，年年空自佇漁磯。散樗無用四愁賦，逝水不回三徑歸。宿命已知心已淡，此中雲水莫相違。

冬至祭祖

隆冬家祭返鄉關，三尺冰封蘆荻灘。凍雪陰墟凝未化，朔風病骨觸尤寒。陸沉之子書空易，偃蹇生涯卒歲難。愧對先塋唯一慟，此時方寸起狂瀾。

立春後天甚寒

葭管灰飛尚寂寥，檐牙凍雀禿枝條。夭桃穠李仍須待，薄雪釃霜猶未消。濩落敝裘從釣築，疏庸陋巷守簞瓢。且安白首爲郎命，一枕黄粱夢自遥。

送春

欲盡芳菲最愴神，從教瘦損苦吟身。一番漲碧尤憎雨，無數落紅堪送春。傷酒客非貪酒客，拾花人是惜花人。東風難唤鵑啼血，伫眷緇衫又染塵。

冬釣無獲

烟日寒波舊釣臺，隆冬摇落葉成堆。孤零零挂鵲巢黑，光禿禿挨江樹灰。十指全僵風忒冷，一鱗無獲意何頹。此時忽起山陰興，訪戴思傾北海杯。

春游世業洲

東風浩蕩楚天舒，水北水南啼鷓鴣。灼灼菜花金緞匹，離離苗麥緑氍毹。麗人拾翠多羞澀，微信傳情總囁嚅。且醉芳春千日酒，陶然拽尾在泥塗。

近來腰疾頻發兼肩周炎，逾不惑而無爲，感而有作

蹉跎鬢白詰心甘，我亦堂堂七尺男。是燕雀歟真意外，非鯤鵬矣敢圖南。酒逢小恙會須飲，人到中年已不堪。一榻空懸自高卧，恨無名士共清談。

夜雪同諸兄網上清話

冬霖漸作六花清，歲暮寒梅影縱橫。搔首畏還文字債，持觴愧欠故人情。坐撫琴瑟夢猶在，指點河山意未平。窮巷席門誰一顧，慨慨無奈鬢霜生。

郊行

杖藜踽步聳吟肩，流水殘垣墟裏烟。七八片黄梧葉墜，二三點黑鵲巢懸。孤村竹塢野田雪，夕照蘆花沙岸船。嘯傲任由心緒縱，乘風直到白雲邊。

歲暮述懷

小園初謝臘梅花，腰裊西堤覓酒家。寒雀談天池見底，凍雲釀雪柳抽芽。疏庸莫道愁生計，遲暮才知惜歲華。直欲城南租一畝，春來學種邵平瓜。

雪霽遣懷

寒光瓊玖積前庭，簾捲金烏頓眼青。柳上悄歸春一綫，風中直覺冷無形。扶鸞屈膝方知命，投老潛心始讀經。今古聖賢相伴樂，長吟何必嘆零丁。

回春

律回天地雪霜稀，楊柳洇青燕欲歸。縱有春寒强弩末，已潛陽力巨靈威。抱關只待傳花信，釣國重來坐石磯。指日牡丹開富貴，五陵何必羡輕肥。

春日

羊車謝屐至城東，百鳥嚶鳴二月中。無賴春寒分料峭，有情日色破冥蒙。柳垂珠翠參差緑，花抹胭脂次第紅。正是一年風味好，扃門莫作老雕蟲。

驚蟄作

天色冥蒙雨似麻，響雷驚蟄起龍蛇。緑洇叠叠層層柳，紅見羞羞答答花。抱甕何曾迷蝶夢，鑷霜唯覺惜年華。愚移我亦重鞭策，莫讓童孫學種瓜。

春愁

曉窗鳥破黄粱夢，畫閣輕彈焦尾琴。開到桃花春已半，驚回人面恨何深。玄暉金柳慨慨態，霜鬢青衫耿耿心。浮世喧囂關鳥事，一簾香篆自沉吟。

苦熱

苦熱時維六月中，儼然天地大蒸籠。萬蟬嘶吼煽心火，三伏烤燒延祝融。抱甕自斟元亮秫，披襟人盼楚王風。奈何摇起蒲葵扇，搬取胡床入樹叢。

重振

久在蓬蒿心豈甘，吾儕痛定欲圖南。雕蟲小道原無濟，刍狗中年已不堪。面壁時常思過幾，拈香日必省身三。頹唐掃盡風重振，莫負堂堂燕頷男。

城南

躞蹀城南一徑深，蟬聲茅屋矮楊林。陂塘初漲還初濁，天氣半晴猶半陰。荷葉舉風圓似傘，秧苗出水細如針。此中管領何曾足，清趣隨心作浪吟。

西川秋釣

秋蛩凄切露珠晞，漠漠輕寒透夾衣。剪水燕飛川澹淡，穿林風響日熹微。蹉跎白髮堪刍狗，蹭蹬青衫伫釣磯。若問浮生已無夢，此中雲物莫相違。

秋夜述懷 選一

寂歷中宵凉透裾，九秋風露步徐徐。池邊照影穿花徑，月下書空佇竹墟。每有萌芽堪必掐，渾如走肉總多餘。人將投老心趨朽，搔首無言思故廬。

偕滬上親友高郵一日游

深憑樓堞聽清笳，眼底參差十萬家。雁正南飛排作一，樹逢摇落秃成丫。夕陽帆影滄浪渺，古驛風烟故道斜。欲别浮圖再回顧，悠悠底韵引咨嗟。

維揚初雪

琪樹瓊枝舞玉龍，填溝折竹壓遺篷。美歟素裹銀裝裹，愁矣天寒地凍中。謝女妙吟原是慧，袁郎高卧豈因窮。蝸廬我自温馨釀，北海杯傾爐火紅。

歲杪雜咏 十首選七

色香猶未着梅梢，歲暮蓬門感寂寥。寒雀啁啾三徑僻，凍雲叆叇六花飄。人無再少搔潘鬢，酒有餘酲又沈腰。見説紅塵不平事，沉吟塊壘總難消。

藩瓶進退决何艱，逝者如斯兩鬢斑。碌碌馬牛仍谷底，霏霏雨雪近年關。見聞每附圈中議，塊壘都從酒後删。三十九年非未省，梅花應笑我愚頑。

漫天風雪歲寒時，開到梅花商略詩。書自買來從不讀，酒方戒了總還思。沉吟白屋舒胸臆，愁對青燈搔鬢絲。如此廟堂如此吏，而今獨缺峴山碑。

深宵冷月透疏櫺，香雪一枝斜插瓶。酒怕脂肪肝已戒，人迷蝴蝶夢難醒。書空豈只獨心黯，嘆逝再無雙鬢青。永夜江湖聊自遣，芸窗烟篆讀詩經。

窮居顔巷又何妨，昨夜西風釀雪霜。故故探梅着山屐，于于携酒負奚囊。浮生徒自存悲慼，經歲何曾棄狷狂。之子白頭唯有憾，三春暉未報萱堂。

咫尺繁華不入街，卜居顔巷老江淮。縱存填海移山夢，叵耐遮天蔽日霾。梅放園林報消息，藥煎砂鉢少情懷。一番雪過知寒重，擁鼻吟成卧小齋。

多霾多霧正隆冬，芳訊遲遲尚未逢。賣命經年猶作馬，曝鰓何日得登龍。搔潘郎鬢夢華淡，撫季子裘愁思濃。天意難違三徑在，不如歸去養疏慵。

丙申除夕前遞辭呈二首選一

決意收回賣身契，莫教歲歲恨填膺。鑷霜仍愧池中物，擊水猶思溟上鵬。霾霧迷途誰指路，江湖永夜自擎燈。吟邊風雪猖狂甚，堪喜梅開心已澄。

丙申除夕守歲至丁酉新正

蕓窗臘盡夢難成，欲待金鷄報曉聲。寒不礙人辭舊歲，醉頻催我接新正。萬家爆竹通宵響，一夕烟花達旦明。蹀躞梅邊且清賞，忘添鬢角幾霜莖。

丁酉新正再登圌山

料峭春寒未見梅，杖藜野徑意何頹。三休始到報恩塔，一嘯深憑觀景臺。浩蕩江流東逝去，嵯峨峰勢北撞來。紹隆禪寺鐘聲歇，指顧游人祈福回。

早春郊游述懷

竹墟梅塢鷓鴣啼，杖策山林笋薺肥。古道沉吟風削面，晴川小立柳牽衣。曾經夢魘情何抑，争奈浮生志屢違。日月無涯人有限，鑷須已息漢陰機。

早春郊行

參差梅柳沐朝暉，落帽風中眺翠微。古岸逶迤青草淺，晴川瀲灔白鷗飛。安閑填海嚶何在，投老棄繻心已非。踽踽凉凉春色裏，由人逐鹿我忘機。

蜀岡咏梅

蜀岡花信涌游人，百鳥嚶鳴草似茵。萬朵雲霞春態度，千枝香雪臘精神。蒼松自古爲知己，修竹由來作比鄰。到此株株一瞻仰，斜陽臨別復逡巡。

無題五首選三

連旬天地訝籠陰，隱匿陽烏無處尋。淅瀝冬霖寒到骨，凋零梧葉恨關心。綺懷失却人何在，白屋歸來酒欲斟。借得義山詩十首，一燈如豆自長吟。

踽步宿酲朝未除，西風病骨畏蕭疏。幾回月下愁吹笛，何日雲中雁繫書。蠶繭那堪抽到死，人生若只見如初。纏綿執手情相悦，一枕黃粱屬子虛。

及腰長髮可人姿，底事此生相遇遲。笑靨從教懷綺夢，心田枉自種相思。懨懨登閣吟詩賦，鬱鬱臨風把酒卮。却看梅花瘦如我，一年寒重雪霜時。

秋夜吟

扃門拽杖出，已厭蠶繭裏。鼎沸草蟲聲，凉飆消炎火。四顧無一人，何妨吾身裸。我久弗尋詩，詩亦弗理我。柳梧夾長堤，時時黃葉墮。虛空望寒蟾，冥思石上坐。寂歷愛此時，野鶴閑雲朵。

西川冬釣

雲水何淡淡，垂綸伫西川。斑斕霜幾度，雜木不聞蟬。滄浪瞻渺渺，無風葉自飛。魚龍俱潜伏，天寒釣客稀。蘆叢枯且瘦，水鳥自相依。闃闃隔甚遠，幽寂弗嫌偏。農舍七八户，竹墟裊炊烟。青苔石碼頭，砧杵誰家妹。嘎嘎噪中流，鵝鴨混編隊。向晚簍空空，斜曛悠然對。歸喜犬隔籬，汪汪銜我吠。

恣游

大野呈錦綉，蜂蝶訝先知。莫負羲皇意，謝屐扃户時。玄暉春浩蕩，雨霽碧參差。鳥囀垂楊柳，花發小桃枝。蚯蚓篆沙粒，錦鱗弄漣漪。垂綸疑商皓，拾翠多麗姬。一嘯風落帽，三休嘆鬢絲。石磯容小憩，旗亭點江鮒。杖藜無人伴，詩酒兩相宜。酩酊堤上佇，鷗鷺自忘機。

詞四首

如夢令　暮春

夜雨朝來新霽，日暖鳥兒聲碎。香徑獨吹笙，畫舫漲添池水。憔悴，憔悴，看取落紅零涕。

點絳唇　題百味拾翠圖

緑漲紅飛，小樓昨夜清明雨。暖風游絮，鳥囀桃花塢。　黯黯春愁，解向何人訴。堪回顧，正驚鴻伫，春水盈盈處。

浣溪沙 夢言山民招酒

幾許風塵染白衣，惺惺相惜鬢添絲，重逢又是落花時。　莫負暮春鷄黍約，從教今夕酒杯推，山公倒載酩然歸。

行香子 公交人的年

臘盡寒輕，五福梅窗。路燈明、歸也匆忙。銀屏春晚，佛案燎香。且伴家人，開家宴，嘮家常。　爆竹椒頌，銀鈎紅日。敝裘披、又至維揚。年蕭味索，添歲愁霜。奈天回春，地回暖，我回腸。

楊 潔

網名菊隱，一九七四年十二月生，江蘇高郵人，喜文史，善吟誦，懂聯謎，精於詩詞創作。其對揚州人文古迹、景觀多有留意，常以詩詞記之，精緻工雅，餘味不絕。涉詩以來已創作詩詞近千首。現爲揚州市廣陵區作協秘書長，市詩詞協會理事。設有揚州市文藝家楊潔工作室，開展古典詩文四聲吟誦與傳播。

詩六十五首

書閑偶作

梧桐深院落，香沁碧櫨紗。臺硯曾爲鏡，青燈作小花。

蘭葉詩

準儂一葉舟，蕩漾寄春愁。昨日心頭楚，今宵付水流。

瘦西湖碗蓮

玉碗小荷清，風前巧笑生。居微不盈尺，猶自立波明。

秦郵亭

雁去歸雲邈，如何消息通。西亭留故迹，高樹起秋風。

伴菊

濃芳過眼幾痕春，争似寒英不墜塵？會惜霜籬相聚晚，一卮清酒照幽身。

注 宋鄭思肖咏菊詩云：『寧可抱香枉頭死，何曾吹入北風中。』以菊英凋而不落寓遺臣之志。菊此性人常疑之，以余所觀，雖南方數品大有滿城飛金甲之勢，然終不能以少蓋全貌也。菊之幽貞，可深贊焉。

晚登蜀岡望梅花林

人云此地玉鈎斜，今我來思剩有嗟。獨向夕暉亭下看，宫魂千百已成花。

注 玉鈎斜，相傳爲隋煬帝葬宫人處。唐憲宗時淮南節度使李夷簡立玉鈎亭以記。

曉行泗澗水庫霧氣彌漫

世居平地羡崇山，未處雲端對景閑。今且容歸蘆浪裏，方知身亦白雲間。

老巷

芳院墻高扃自開，空階細雨静生苔。榴花兀自紅如火，未管閑人不肯來。

初秋鄉行有咏

緑壟山光傍水光，鷓鴣聲碎雨微凉。秋來若問余心迹，一片閑雲度野塘。

清夏回泗澗居

杉陰直列柳陰斜，野鷺飛停近我家。日午水風橋上過，相迎依舊白荷花。

上河春游所見二首

一朝行向東門東，滿河相映碧桃紅。身寰遍有春嬌色，若負閑心不得逢。

注 東門：揚州古城東門，對面爲東關古渡。

桃李争繁盡水隈，片時輕雨柳眉抬。海棠初破三分軟，已恨游蜂裹粉回。

北柳巷與芍藥同行所見

冬寒日影亦清嘉，里巷人稀路仄斜。不揾春紛紅芍泪，西風吹到臘梅花。

秋泛感作

舟泛湖上，岸外隱傳文姬舊曲胡笳十八拍，細聆之，恍回十餘年前。

忽聞幽曲意難禁，曾入陽臺夢里尋。舟子不知人欲近，翻將痴客蕩波心。

夏游寄嘯山莊

長廊勾曲步隨趨，一壁花窗鏤景殊。游客涼涼不言暑，水心亭裏看蓬壺。

注 何園寄嘯山莊，揚城人無不愛也。園中樓廊勾連，闌干曲折，游步恍若仙衢。回廊合抱間有碧池一泓，上立石山子一座，正對蝴蝶廳，謂之小蓬萊。東有水心亭，舊爲優伶演藝之所，因呼之

『水上戲臺』，亭外竹風松影，景象清麗，作觀雨賞月之所，絶佳。

盂城運堤有懷

驛路已無梅萼信，沙鷗空去點淪漪。多情還是河邊柳，向我年年罥緑眉。

古白梅圖

應負當年羃雪身，檀郎去後衹蒙塵。莫嫌筆底春風淺，除却寒梅不是春。

秋日携子野營蜀岡西峰 三首選二

小子塘前學釣翁，怡然閑對葦尖風。却嫌萍厚魚無幾，直甩金鈎拽藕蓬。

翠杉列影草凌風，人倦當歸夕照紅。灰鵲一聲高柳外，彩箏摇下半天中。

見菊石圖有感

一枝清儼帶霜濃，畫士拈來厝石東。日日人前呈傲骨，誰於壁上識秋風。

行山有感

來喜深巒翠嶂横，輕車繞盡復還生。回頭山色都觀厭，却怪山多阻舊程。

楊花

游蕩纖身傍路涯，不知何處可栖家。無心窺探香幃事，却被風粘上碧紗。

登蜀岡西峰有懷　選二

蜀岡勢與蜀山通，今我來思意許從？來去不知幾千里，林霏淡淡隔晴空。　玉鈎亭遠眺

注　宋晁補之詩云：蜀岡勢與蜀山通，龍虎盤拏上紫空。

碧絲霜下綰然垂，日與秋波共夕暉。今照依依柔媚影，他朝何恨葉黃飛。　硯池咏柳

初雪早行見月季花

香脂月月奈爲空，冷落無聞憔悴紅。不意今晨寒雪重，只堪垂首憶春風。

一對花蝴蝶

紅塵夢別已無哀，舞弄彩衣相逐來。地上小兒争指語：梁山伯與祝英臺。

西園曲水觀紫薇爛漫

小雀見人驚倏飛，繁紅似雪落紛霏。重來遥憶少年日，長愛廊前對紫薇。

注　西園曲水之長廊蜿蜒曲折，兩側遍種紫薇、銀薇、瓊花、綉球，更有青楓紅槭四時相襯，堪爲一城風景殊美者。

玉鈎亭

城外有亭名玉鈎，人來不見舊迷樓。晚向暮天斜日裏，零零香草使人愁。

游廬山二日改宿小館同行有怨余獨不覺

愛聞溪水晚潺潺，雨過自尋苔路艱。緑阻門庭皆竹海，未知明月到前山。

晚步柳葉橋觀運河夜景

炫彩燈華漾水流，難於相認舊揚州。蕭娘月下如重見，不必二分清約愁。

夏日吟懷

一種離魂付悵年，遥心已任半孤懸。縱他廊外急飛雨，依舊床頭慢撥弦。

回秦郵微暇小巡

暉轉河干闌影斜，小樓新砌舊人家。解憐些許兒時憶，只有年年晚飯花。

小年有感

日日懵騰説夢華，今番飄雪似楊花。晚來對酒無餘事，合向湖東憶舊家。

注 故鄉在高郵，地處高郵湖東。

見菊感世

不堪沉醉未閑身，風物咸爲逐世塵。莫嘆秋情霜打冷，一籬金菊恰如春。

咏瘦西湖諸景選

廊榭透迤緑影長，咻蟬歇雨水風凉。行人到此流觴意，拂柳亭邊浣夕陽。西園曲水

緑蘿墻壁蕉書卷，青草池塘蛙鼓鳴。最是可心鸝館下，年年種出小荷清。徐園明瑟
四橋相望水分流，柳色如烟浸畫樓。一曲清歌宛轉發，春波棧上不勝愁。四橋烟雨
碧桃繞眼正芳菲，琴室弦泠水碧微。甸上東風知晝暖，盡吹香絮滿湖飛。梅嶺春深
湖上軒堂半掩門，絲絲寒雨浥香塵。釣臺南望春舟亂，競載桃前待渡人。香海慈雲
天移雲捲雲舒影，波漾船來船往紋。春陌林香風正軟，花南水北草成薰。白塔晴雲
池上書香翰墨珍，清風拂面净無塵。雨來一夜春機動，新籜廊前數粉筠。静香書屋
片舟逐絮意隨分，穿柳時聞啼鳥欣。行到山光清宓處，半篙春水瀉流雲。春流畫舫

立夏后從緑楊詩社偕游杭集三首

緑繞池塘壟碧連，小樓新砌舊圩邊。路花野笋虛徐至，不是逢迎是有緣。新聯村小行
任天隨性雨還晴，水棧風涼笑語輕。白鷺一星深葦裏，見人飄起雪花明。水上人家閑步
隨步青堤傍柳林，江風浩浩滌懷襟。滄桑已付閑談去，天地長容一水禽。望夾江

咏荷

曲曲小荷塘，風餘裊裊香。水清涵碧影，雨潤浣紅妝。自惜顔方好，暗懷情永長。棹歌人杳去，無語背斜陽。

清夏與友登萬福大橋塔樓

高閣淩霄漢，飄飄絶似仙。斑斕花世界，寥闊雨江天。舟杳空餘影，雲徊欲比肩。歌吟難勝意，追夢過千年。

姑孰行有咏

爲聞清句在，來訪故山川。雲影浮天底，嵐光到眼前。孤亭存十咏，四海閱千年。欲逐滄波去，淩風一扣舷。

立夏於春江路值班

行望江頭雲水堤，微風掠岸草萋萋。應欣蘆靄隨心散，却恨楊花入眼迷。食飯無言樓冷寂，翻書一困日斜西。隔窗鬱鬱林深静，夜半空聞宿鳥啼。

賀緑楊詩社三十周年暨舊社新結於北柳巷

寒梅曉放卅年枝，著信春風不更期。應擬初心容小雅，好將陳釀酌新卮。琅聲書韵傳深巷，清景詩家傍古祠。待見緑楊如薺日，弄花飛雪滿城絲。

注 緑楊詩社新址設於北柳巷小學董子祠西側。

感秋

捲罷湘簾一問秋，晴光風物不稍留。漸妨蝶翅撑開夢，將待菊花插滿頭。寒柳别來垂曲岸，輕舟搴下過中流。即今思杳歸三徑，却怕藍橋初意休。

見小園臘梅將開

慣受人間雪與霜，忽於池角點新黃。朝風欲破千丸蠟，沍水猶凝一脉香。青女同情相俱冷，東君不面亦何妨。笑誰未識清寒意，尚自階前問短長。

黄山宿西海賓館晨起濯溪

瀝瀝雨聲連夜聞，晨歸溪澗水嘩欣。濺珠潑玉行苔碧，抱竹穿林洗石殷。自許身柔情未隔，還憐山美意難分。一朝匯入平湖裏，照出青天共白雲。

注　平湖：黄山之北有湖名太平，波光澄静，游人從此乘船上山者甚衆。

登象山千丈岩寄遠

千丈岩高氣鬱森，我今來此一登臨。天風倏忽傳林響，海霧茫迷隱日沉。浮世浪生新幻夢，煢身難棄老青衿。會思知己天涯遠，惟向雲邊深寄吟。

步韵憶游西湖

西湖香夢待情温，共叙遥憐此水深。高柳緑垂鶯語滑，熏風香滿藕蓬新。夷猶畫舫三潭月，淡隱烟巒一照晨。他日相邀莫嘆遠，凝眸還對個中人。

雨後新涼有作

九雨才晴意愜舒，空庭濕影葉粘除。苔痕磚縫圍方格，蝸迹墻間作篆書。白鳥立檐呼友去，青蟬噪柳惱神初。吟人前句殊流美，爲和長思一夏廬。

水雲鄉話别

夜闌雨驟湔窗竹，晨曉桃殘黯去人。無限别情春陌上，有期歸約老槐津。雲中遥寄思家信，客裏自憐征馬身。此後得逢三五夜，心香一炷佑風塵。

清明回郵感興

春盡盂城雨正麻，青梅酸徹路人家。低飛巢燕過橋肆，輕囀籠鶯藏樹花。深院但愁俚語少，故鄉豈覺舊情差。介時風物休停賞，老柳輕陰新緑茶。

注 盂城爲江蘇高郵别稱，因其地形如覆盂，故名。

鄰家贈臘梅有咏

平素高情未示人，徹寒方見雪精神。能同臘月千遭冷，故帶梅花一縷醇。妝比侍兒姿尚淡，香如妃子意尤真。折來久耐銀瓶看，不啻東君小賜春。

注 宋王直方家有侍女素兒，姿容最美。晁無咎曾賦贈臘梅詩：『去年不見臘梅開，準擬新枝恰恰來。芳菲意淺姿容淡，憶得素兒如此梅。』『素兒』因爲臘梅别稱。

游白溪登天姥作長排一首

最愛浙東山水清，千峰邀我獨輕行。因逢野子詢天姥，願上巉岩仰玉京。尋路雲徊潑雨冷，穿橋瀑瀝打苔青。女蘿挂壁石含潤，老木橫崖葉灑聲。四面松濤微涌蕩，一支竹杖力攀登。環欣深谷滿盆翠，俯惜空潭數盞泓。玄鳥交揚銜素果，青猿相逐落紅英。林生薄靄迷還散，雲出高泉細且鳴。山鬼猶疑磴似絶，仙人應笑汗如傾。忽見重梯垂碧落，向思飛閣倚空明。烟霞有隔紅塵迴，天地無邊海氣盈。便好凌風吟李白，但期流霰憶宣城。巡心易任浮雲意，棲夢難違過客情。世事莫令遲省省，人生何費苦營營！

莪蒿

索索莪蒿，流響坡橋。中天明月，原之我邀。觀兮仰兮，其容何皎。思爾良人，不見長杳。

鬱鬱蓀荃，香静荒園。中天明月，俟之我憐。拜兮揖兮，其輪盈滿。嗟爾良人，不團惟遠。

糾糾蒙菟，絡影在樹。中天明月，長隨我度。歌兮咏兮，其光若素。期爾良人，不將行苦。

注　莪蒿：一種蒿草。蓀荃：一種香草。蒙：菟絲子。

朝游揚子津生態園

揚子濤聲遠，無從辨古今。昔時烟渺景，目下碧濃陰。疏柳留行客，清光悦野禽。花明垂露淡，溪淺倒雲深。人世多攘擾，樂須閑者尋。春風幸爲物，到此忘機心。

南山行

三山轉五丘，雲起南潤州。路中游人語，此地多名樓。高閣檐角并，回廊欄靠周。飛亭分疏點，泠泉合雙流。密篁夾道緑，細柳照池柔。鸝唱宫商曲，鵑鋪紅紫綢。時見深絶處，猶有故迹留。人生難稱意，隱此足清幽。

注 鎮江南山，風景幽古，亭有鳥外亭、玉蕊亭，泉有鹿跑泉、虎跑泉。

莫愁湖邊思莫愁

莫愁家住石城外，日日扁舟打槳來。鴉鬢水眸無更飾，雲裳荷袖宛天裁。一自盧郎遥戍北，相思永夜濕衾腮。還憶吴山相送遠，髻鬟對起碧江徊。世生妒嫉豈行乖，風雨如怒水如哀。放却人間愁與怨，舉身歸去赴瑶臺。我今來此意難排，湖面清圓柳垂挨。不見當年莫愁女，空搴艇子蕩中懷。

注 此指南京水西門外的莫愁湖。

拈得檀字寒韵咏蘭一首賀蘭覺齋生辰

何如先生筆下蘭，媚有奇芳意態完。翅翹清肩雙碧玉，苞暈佳人一點檀。還憶山中初萌時，身如新素裂齊紈。但與巧蕙共知己，偶同纖竹賽琅玕。山風無事常摇拂，山蝶多情久盤桓。居山自謂無甲子，山鬼相憐聊爲寬。六月雷驚驟雨湍，空谷泉激水漫漫。魂縈絳珠仙飲界，夢入茫茫湘浦灘。先生移我黄磁斗，養以綺石八分乾。春不出兮夏不日，迎對朝暉避夕寒。坐愛閑暇湯茗沃，暗凝膏露水晶溥。將成嘉詩先聞誦，忽逮泠弦即予彈。音裊裊，意姍姍，兩心相濡未覺單。今逢先生團圞壽，願沁國香一回拚。

注 蘭覺齋自云，入芝蘭之室，久而不覺其香，因與之同化，遂以爲齋名。竊反用其意，蘭覺，乃涵與蘭久居覺其香彌盛之意，方合斯人精神。特爲咏蘭，取國香人壽之義。

詞六十六首

憶江南 西湖二首

西湖好，一望水如空。帶雨雲生垂柳岸，采蓮人在畫橋東。影倒翠巘峰。

西湖美，瀲灧亦空濛。伴絮船移烟柳外，披風燕繞綉屏中。人醉曲欄紅。

憶江南 揚州詞

春起晚，玉女把長簫。四面垂楊風細細，一簾幽夢雨瀟瀟。猶未睡痕消。

憶江南 夏日小秦淮

花幽淺，苔緑上堤欄。頻起涼風輕拂柳，纔停微雨復鳴蟬。人立水清寰。

浣溪沙 登文游臺望湖

獨上高臺對冷蒼，碧虚澄净水雲長。一行雁字入微茫。風窸葭聲成夢囈，霜飛木葉起秋黄。只今岑寂説天涼。

浣溪沙　登月湖踏青

萬里晴霄逐紙鳶，桃蹊柳岸草芊綿。一湖春水碧於天。　心有幽情尋雨石，波生縠皺指龍山。棹歌歡味在人間。

浣溪沙　世業洲夜踱

一片江山月照明，漁燈螢冷靄流輕。荒灘野石坐平生。　荻瑟沙鳧争并宿，霜飛雲鵲起孤鳴。秋風怊悵故園情。

注　世業洲位於長江江心，原名胭脂花粉洲，又名泗葉青沙洲。清乾隆間，阮元爲世襲其洲上的家業，遂改洲名爲『世業』。屬鎮江丹徒，潤揚大橋飛架其東。

謁金門　寒食

春無極，雨灑香塵都息。才染陌頭楊柳色，又將榆莢濕。　獨坐清明寒食，困對半生書册。小院梨花愁咫尺，碧紗織影隔。

謁金門　入梅

梅子浥，雨過一庭苔迹。蝶翅尋香難舉力，奈它敷粉澀。　疏雨幾番涼惻，潮雰滿階生濕。怕得出行惟事册，悶人情也忒。

謁金門 記游淀山湖

雲飛伴，秋勁一郊風滿。自望青天何處斷，白蘋紅蓼岸。 雁戲湖光瀲灩，山抱蘆灣清淺。試把蓬舟拼浪遠，日寒衣恨短。

謁金門 南湖

橋塔畔，春日酒家尋遍。醉看迷茫雲水渙，坐行楊柳岸。 烟鎖樓臺四面，雨灑南湖留半。欲放扁舟千里泛，少人長作伴。

注 嘉興南湖烟雨樓，常品憶之，純古佳境也。

昭君怨 硯池小方壺逢雨

雲壓樓臺清晝，風裏一池烟柳。急雨打荷花，半攲斜。 淺咏依然前思，獨立小闌歸未。驀地又斜陽，影深長。

點絳唇 梅陂

蕊浸春寒，幽香半吐清漪處。舊人行履，又向花間佇。 淡淡疏疏，偏惹深情顧。痴吟去，漫隨絲緒，忘了來時路。

點絳唇 春暮過小金山

玉版垂虹，花烟將散人猶醉。暖風匝地，拂墜紅香細。 暗忖前心，一點愁仍似。闌干倚，恁凝清思，未比尋芳翅。

菩薩蠻　个園秋思

碧空新雁雲邊去，桐風吹散殘荷雨。獨上抱山樓，晚來秋景幽。竹園瀟灑意，久未題詩記。立盡小闌干，露凝清夜寒。

菩薩蠻　賞櫻

歲歲看花人漸老，今時花又多晴好。花似解人愁，殷勤不肯休。繁明千片雪，照憶春風月。杯酒入中腸，花間理舊狂。

菩薩蠻　茱萸灣有憶

春朝寒雨連江楫，桃花林裏紅香濕。臨水看微瀾，晴開交碧寬。遥明汀上樹，飄起雙飛鷺。天外翠雲横，相思又隔城。

菩薩蠻

輕舟未放江南去，輕舟已濕江南雨。春水正清茫，遠山眉黛長。將君詩和遍，花落難相見。怕負此中情，江流思未停。

菩薩蠻　思君

思君不在綾羅帳，思君却在蘭橈上。波漲一天迷，花飛雙槳齊。江南風信在，碧水流無礙。春事又闌珊，素魚猶未傳。

卜算子 念梅

我欲擷梅花，梅必多嫌我。若爲芬芳折取枝，惜負將開朵。不欲擷梅花，花可真安妥？只恐風凄雨苦時，空有飄零墮。

畫堂春 秋回泗澗村

愛他白白與黃黃，秋寒開上籬墻。數枝伴我過重陽，興滿清觴。今日陶然三徑，回頭不避風霜。縱須別去水雲莊，心底猶香。

減字木蘭花 瘦西湖春泛

雲根低亞，舫外晴光渾似畫。白塔紅橋，欸乃穿移碧柳條。小娘低唱，茉莉清歌波裏漾。此地銷魂，誤了南來北往人。

朝中措 野菊

一番籬角綻新黃，相諾只飛霜。慣對人間冷眼，年年作出清狂！晴空度雁，金風匝地，無限秋光。笑向何人莞爾，緣他醉倒仙鄉。

清平樂 春末還家

半天風絮，梅子黃時聚。草碧連天啼杜宇，正是江南春去。舊家門掩晨昏，庭中苔漸幽深。斷曲知誰能續？弦邊猶憶人人。

清平樂　泗澗踏雪尋梅

漫天雪急，野徑無人迹。瓊蕊粘眉猶覓覓，爲探新春消息。　陌頭果有梅開，一枝渾若冰裁。問取凌寒心意，東風不日重來。

憶少年　垂柳

無邊眉眼，無憑意緒，無情顏色。絲絲列重影，似前時心迹。　更幾日難晴霪雨浥。拂西亭、一池空碧。何曾折歸贈，只闌干悄立。

少年游　夜游硯池

夜生寒氣露沾裳，蹁蹁步池桑。宿禽驚起，幽蛩鳴止，菡萏正銷香。　月兒怕也多羞甚，遮去淡容光。別樣行懷，誰人解我，獨自覓秋涼。

少年游　芭蕉

一身瀟灑忒清涼，倩影罥修廊。風流管定，烟籠雨沐，月照舞流霜。　多情莫把相思句，題俺碧衣裳。异日來尋，來尋不見，空悵冷秋光。

注　前日見玉玲瓏館外芭蕉，清緑可人，細味之，其小周后遺韵乎？乃爲之記。

少年游 春分小行至保障湖

迎春金綴碧柔條，燦若去年朝。清明將近，塘前陂後，不日柳綿飄。暗隨换序心兵起，獨步水雲皋。一天風細，湖紋吹皺，思并緑迢遥。

少年游 瘦西湖風情

一湖春透小桃枝，緑水漾淪漪。四橋烟裏，吹臺南北，柳挂萬千絲。女兒素手摇蘭櫓，舷定碧痕移。無限情濃，少時語静，猶待唱清辭。

眼兒媚 媚香樓

一春花少怨東風，立盡曲欄紅。笙歌漸杳，柳絲深碧，烟雨濛濛。恁時風月都消散，香冷小樓空。愁來多夢，有情難度，無計相逢。

注 媚香樓在南京秦淮河李香君故居内，名取『蘭有國香，人服媚之』之義。

柳梢青 望春樓

紅藥香氲，緑波紋亂，醉殿芳春。廿四橋頭，十三弦上，銷盡詩魂。年年柳色撩人，恨飛絮、千絲化塵。江北江南，將心待月，將夢思君。

注 廿四橋邊望春樓常有演藝佳人珠喉婉轉，彈唱古調，頑艷哀感，令人心折。

浪淘沙　梅雨

庭院雨霪稠，晴意堪休。倏風裏汨灑窗流，無計芳華春暮去，恰似悲秋。　竟日爲花憂，總被摧蹂。欲將折取供冰甌，又恐凋零終喚起，一段僝僽。

南柯子　小桃

争趁春時暖，相開水陌紅。櫻厨蘭膳一家風，説與多才約在、謝橋東。　已惜身輕軟，何來雨淡濃。漸將情蕊付虚空，辜負前生心意、不相逢。

南柯子　晚晴

晚雨離深巷，晴暉透碧紗。閑居無事品新茶，燕子年來尋入舊人家。　閣外香飛盡，窗前緑漫加。雲緋又化滿城霞，何日乘槎一夢到天涯。

虞美人　晚過竹西

萋萋芳草邗溝路，雲掩殘陽佇。重來心事却無名，惆悵隨風行到古長亭。　林梢幾點栖鴉遠，薄暮烟霏斂。舊游人去已消蹤，惟有藕香零亂野塘中。

虞美人　黿頭渚有思

憶曾櫻浦花紛亂，水叠回沙岸。今來獨對畫屏空，惟有瀟瀟寒雨滿湖風。　悄思難得逢君面，好夢容相見。未將深意付温柔，千里關山無語鎖清愁。

虞美人　過半塘橋

一番行盡如屏畫，記取尋常夏。橋南橋北幾曾逢，閑望夕荷背雨半天紅。　十年慣咏清湖句，只是愁人語。雲停莫把玉簫吹，吹入當時塵夢也無回。

虞美人　曲江晚眺

曲江春柳垂官路，雲暗沙鷗暮。行人堤上去匆匆，誰念當年風物已成空。　玉欄橋外青螺畫，細雨瀟瀟下。花烟流水恨無情，猶盼三更或可月分明。

注　曲江爲古時揚州城外觀濤之處，在城南郊揚子橋一帶接連長江。後因滄桑變遷，潮信不通，據考即今揚州城東南郊沙河。

木蘭花令　登蜀岡次歐公西湖韵

平山堂下平蕪闊，玉簫金管空餘咽。階前猶想醉翁詞，壁上龍蛇風雨抹。　緑蕉露冷蒼苔滑，彈指流年曾十八。諸山不肯過江來，誰伴五泉亭上月？

踏莎行　夜游白塔晴雲

竹館筠涼，草堂香淺，夜闌風軟溪聲遠。臨窗無緒久持簾，白榆錢旋紫藤院。　厭上春臺，怕行芳甸，姮娥不肯留青眼。人生長笑轉眸空，眸間偏轉雙清泫。

注　白塔晴雲爲瘦西湖白塔對岸一組園林，築有晴雲院、林香草堂、歸雲別館、種紙山房、半青閣、蒼筤館、蘭馨小築。

鵲橋仙 榆

前時鬢緑，今番頭雪，受盡清明風雨。才疏恨也未凌雲，却慚問、梨花嫁娶。陽臺夢醒，寒階泪泫，散了莫言重聚。春華已自屬無緣，故浪把、青錢漫與！

臨江仙 楊花

風捲柔綿輕漫舞，絲絲恰似離憂。任它攀上最高樓，一時風定，又落木蘭舟。應解浮名終薄淺，此生争奈多愁。緇塵怕染欲何投？縱然身皎，逐夢也隨流。

臨江仙 石浦

又攬秋風漁下浦，潮平洗净寒沙。雲帆望極海天涯，山鬟滴翠處，今古夕陽斜。細想人生飄似影，此身一夢堪嗟。遥心日日檢年華，鷗盟曾記否？歸去更浮槎。

注 石浦在浙江象山南，爲歷史悠久的漁港，有古城古街和沙灘。

臨江仙 吴淞烟雨

篷外霏霏洇漫，客行困憠將消。遠村烟樹水迢迢，誰家新燕子，飄翼正歸巢。一晌扁舟洄處，波生看絶江潮。蕭娘把傘石塘橋，娉婷如玉立，西北望人遥。

定風波 端陽

出水圓荷緑柄長，鴨兒來去小回塘。縴手頻采蒲雨岸，郎伴，一筐抬滿箬青香。白糯米添紅赤豆，包就，烀成温軟喚郎嘗。中有連心深意裏，無那，憨郎吃了不思量。

注 連心指連心粽子，一對粽子只扎一根綫，連着不剪斷。

定風波 邵伯湖秋吟

一望棠湖意微茫，雲天風物起思量。簫鼓當年行酒處，塵露。碧空雁唳自成行。幸我菊寒猶氣岸，誰伴？蘆花欲雪棹歌長。千古柔腸頻愛恨，休問。人生何處不滄浪。

蝶戀花 西湖梅殘

一種碧寒千樹繞，三叠陽關，吹落孤山道。片片誰憐香萼小，臨欄依舊風前少。塵世有緣休草草，未慰春情，也識東君早。猶憶那時交心好，今生合在西湖老。

蝶戀花 重過吴興

第四橋東烟水處，梅子黄時，又見平湖暮。紙傘難收空凝伫，情深偏自無人顧。隱却黛山迷遠樹，波上濛濛，緑暗分携路。未了此間情幾許，今生又負江南雨。

蝶戀花 過南河下

草碧石長街巷路，緑院幽深，幾代人家住。燕子低飛新試羽，臨風頻展將何處？墻角暉斜憐舊圃，不見紅香，早被塵緣誤。未擬青春都送去，悠悠夢裏難回顧。

漁家傲　松溪行

仙姥飛亭危任倚，殘雲一縷天如洗。久對千峰凝遠睇，青崖底，孤村若在嵐烟裏。　歌罷式微人未繼，潺泠相和松溪水。醉入桃源深絶地，桑竹美，忘他今夕是何世。

唐多令　重九

殘日醉明霞，西山落桂花。淺江汀、俱是寒沙。會得重陽高處望，菊盈酒，趁秋華。　心慕野人家，雲生晚徑斜。想流年、蹤迹堪嗟。桐葉紛飛風漫捲，着幾片，上籬笆。

青玉案　重行儷浦觀前芍已深青

嬌紅不慣闌干囿，暗也擬、飛瓊去。一晌鳴蟬惟夢語。漫階芳草，連堤碧樹，遮斷當時路。　雲流溆角朝和暮，萍緑池中散還聚。歸把閑愁都賦予。小窗箋字，欲休仍續，書到黄昏雨。

注　擷芳儷浦在便益門北古運河西，有亭廊花木之勝。

解珮令　芭蕉

曾偕友過白塔晴雲之種紙山房，友皆不解其名，余見房前有芭蕉數株，豈非寄寓懷素緑天庵種蕉作書事乎？後游西湖到山房，必駐足幽思一回。

無薔也罷，無蘭也罷。少盈窗、蕉影怎罷？蕉紙生涼，起繞龍蛇飛夜。好詩心，獨吟一夏。舒多瀟灑，捲真清雅。更層層，緑滿廊下。憶定前愁，被緑蠟緑箋牽惹。恁情腸，怎得丟卸？

垂絲釣 初夏鄉居

青梅初豆。絮花粘上窗牖。自愛風前，稚竹新柳。呼鷺友，道野塘依舊。鷗回首，笑閑愁在否？　扁舟弄去，一壺斟足村酒。午晴薄晝，作個垂綸手。獨醉清波縐，酣睡久，值月華相就。

江城子 冬日寒雨後小行

一懷清夢冷醒時，念幽期，總參差。春花秋絮，分若隔雲泥。書盡瑤箋詞未穩，簾外雨，已平池。　閑行堤上柳衰迷，水亭西，晚鴉啼。翠損無尋，愁老結香枝。暗撫年來欄憑處，新舊恨，杳沉思。

注 結香：瑞香科植物，枝嫩時可綰結以佇情好。

江城子 保障湖春行

春山抹黛水揉藍，草芊芊，塔依然。油菜花黃，燕子正飛還。岸浦連朝生細雨，霏似夢，密如綿。　待誰同賞杏花天？對湖烟，又憑欄。無限相思，盡繫柳枝間。會得清明攀折後，須傍水，向沙圩。

注 保障湖：揚州保障河的别名，爲宋夾城北面寬闊水道。

江城子 吴江寫生

春風初度杏花橋，抵筠篙，馭蘭舠。水村漁市，處處柳絲緜。畫外天然清麗景，頻點染，細勾描。黛山烟雨碧江潮，霧才消，又雲嬈。宛如西子，眉蹙眼痕妖。行入江南真夢裏，心淡淡，意迢迢。

風入松 廣陵春暮

風吹一地沈郎錢，日暖水廬邊。畫船來去垂楊裏，新晴嫩、無霧無烟。紫燕啣泥堤外，朱樱結子樓前。　廣陵清曲舊聲弦，遲客已千年。芳辰約在名園會，伴紅芍、困午多眠。夜市還須中酒，月明橋上流連。

祝英臺近 初秋見蛺蝶

遠汀横，斜日黯，雲水一天鏡。杜若香蹊，猶是舊光景。相依誰見融情，一雙蝴蝶，恍隔夢，翩然塵冷。　户庭静，歸來心寞無由，酒闌剩愁永。杯盞支離，添着秋凉病。如何開盡荷菱，石榴結籽，却憶起，山桃山杏？

高陽臺　金陵旅宿

雨斷山殘，風微月淡，一秋塵攘纔清。羈裏笙歌，依然江上寒城。魚龍暗潛歸何處？但樓頭，燈影幽明。想烏衣，燕宿堂前，慣任衰興。　床沿把扇憐金粉，乍慵驚片夢，追記無憑。盛事南朝，剩從漁話閑聽。秦淮烟水還如舊，怕飛霜，釀結窗甍。且盈尊，千古同銷，一樣傷情。

水調歌頭　中秋月下瘦西湖寄友

意氣豈堪盡，彈和待詩酬。熙春臺上明月，爲爾更長留，照下金山霜雪，占斷西湖風露，烟水羨全收。佳景久孤賞，魚雁故邀游。　桂子落，薇香盛，正風流。長歌對酒，眸髮期約共清秋。何日飄帆千里，來把仙橋玉笛，吹徹畫中樓，君得此間醉，歸去藐滄洲。

湘月　竹

虛懷幽靜，化香山濃翠，世間清絶。透灑風流無限意，凝作琅冰筠雪。畫蝶邀游，泠泉相和，慣對淇江澈。雲湔雨洗，要將心素常潔。　綠影兀自修長，魂凌萬里，争忍無言别。空把相思頻夢斷，舊曲瀟湘殘月。袖薄天寒，佳人倚伴，恨未成簫咽。今生難度，一身多少情節。

滿江紅　落英

春水長咽，飄一苑，楚宮芳魄。霪雨重，濕粘庭徑，暗漂池角。枉付痴心甕碧葉，稍收狂態憐香蕚。恨年年，花事總闌珊，形如削。　春來景，未賦作。春去意，愁無着。縱長歌浩嘆，亦難尋索。斷絮已湮深履迹，殘紅猶綴疏籬落。便教人，脉脉此情休，空哀樂。

揚州慢　廣陵垂柳

照鏡匀妝，臨流浣髮，青青未許心韶。愛堤風駘蕩，更鷗鷺相聊。趁欄曲、新凉雨過，困慵嬌眼，别樣深嬈。待晴生、柔絮如烟，吹散蘭皋。　維揚清景，慣於間、聞徹笙簫。傍迤邐波平，酒闌歌竟，燈火紅橋。三十六陂誰見，愁絲裊、垂浸春梢。慰離魂分贈，雲川不負迢迢。

金縷曲　仲夏登平山堂思古時天宇澄凈因懷歐公爲賦

雨霽雲疏淡。徹斜陽、平蕪緑闊，費天敷染。千載傳吟詩句在，見説仙人舊館。憶未比、風流無限。新采湖荷猶帶露，共清風醉客無拘管。催鼓歇，雜香亂。　春花秋月頻翻轉。悵淮東、情高付夢，一堂芳散。還念當時手種柳，且把清卮微泛。任翠叠、松瀾過眼。向晚螺浮天地外，更長江萬里静如練。隔世意，俱銷斷。

宋卿卿

網名御春、洛水寒。女，一九七六年一月生，江蘇揚州人。常以『春，巧笑嫣然是可人。瑶池客，何故謫紅塵』一曲自解。供職於企業，喜詩文，愛花草，性恬静。少時曾立志學醫，後從事文字工作。一九九九年接觸網絡，開始學習古體詩詞，由詩開始，却往詞路上越走越近。自以爲有所學、無所宗，唯以我手寫我心。詞風清麗、凄婉，多寫閨格思緒、兒女之情。

詩五首

春興

長作羈旅客，春來亦當歸。鳴琴言冷月，把酒對斜暉。草徑風還舞，山林雨漸微。可憐花解語，蝴蝶盡雙飛。

華燈

華燈初照夜，獨步長亭旁。未許寒風至，先傳桂子香。林中聞樂曲，月下舞霓裳。欲辨此深意，誰知兩渺茫。

初夏

應是飄零久，未知暑天長。風暖熏人醉，蔭濃伴客藏。晚來翻急雨，夢去影無雙。明滅殘燈處，休言夜未央。

別春

斜陽守落影遲遲，客醒方知歲序移。幾月辛勞成逝水，一年花事盡荼蘼。堂前醉語休言夢，醉裏情懷未許痴。却道當時曾別後，因誰飲罷淺深卮。

無題

春去春回總有時，人於何處起相思。燈前逐句成酸痛，夢裏貪歡不自持。一度佯狂傷過往，幾曾帶醉對新卮。高樓望罷空回首，依舊東風綠柳枝。

詞八十一首

如夢令

正是花開時候，水面粼粼波皺。雲捲復雲舒，不覺羅衫涼透。良久，良久，閑數幾行烟柳。

如夢令

依舊那時烟雨，依舊那時心緒。花落水流紅，燈下聽誰低語：歸去，歸去，夢醒曲欄深處。

卜算子　合歡花

花謝杳無聲，花放惜無主。花落花開都是傷，幾許心中苦。　休笑我清高，豈願隨風舞？一種情深兩樣愁，只待瀟瀟雨。

卜算子 落花

風前綻無聲，雨後翩然落。雨後風前總是愁，可憶當時諾？看我還非我，舊夢猶成錯。點檢相思不肯閑，且自從頭約。

卜算子 寄人

酒醉個人來，酒醒人何去？來也匆忙去也空，夢裏殘杯舉。本擬疊陽關，却又成金縷。寫盡閑愁未肯閑，一夜相思雨。

卜算子 牡丹

含笑擬新妝，簇蕊凝新露。不語盈盈若許情，蜂蝶頻相顧。當日鎖宫墻，獨對春光暮。耳畔聞言暗自聽，莫把春辜負。

鷓鴣天 夜游保障河

移就身形有所思，春寒料峭正當時。河邊賞罷流輝月，夢裏吟成離别詩。山隱隱，柳依依。微風過處影參差。明朝幾處分飛後，不恨今宵夜色稀。

鷓鴣天 落花

婉轉風中帶笑迎，回頭賺得一身輕。此生榮辱此生了，來世悲歡來世明。零落盡，舞娉婷。瑶臺誰信又逢卿。料應青帝偏憐我，重續今朝未了情。

鷓鴣天

上班途中，槐花開處，清香滿懷。

未許相逢未可期，年來入夢總迷離。幾經離索紅顏老，一度風雲花信遲。　將無奈，做成詩。此間心事與誰知？而今且把紅箋擬，只寫閑愁不寫痴。

鷓鴣天

夢裏塵緣夢裏違，長宵守落雨霏霏。當時絮語如傷痛，夜静更深逐夢回。　酸杏酒，苦咖啡，始知心字盡成灰。而今擬就斷腸曲，從此閑情不復追。

鷓鴣天

但得楊花同雪處

布穀聲聲動離愁，楊花似雪滿重樓。綉絨陣裏傷春遠，廿四橋頭對雨稠。　真無奈，竟沉浮。懶回眸處又回眸。屏前欲擬當年事，寫盡鷓鴣恨未休。

鷓鴣天

欲使新卮點絳唇，未知風月醉何人？長思那日燈前影，猶憶當年不朽身。　南柯夢，了無痕。而今誰惜掌中珍？黯然回首凝眸處，謝却荼蘼又一春。

鷓鴣天

平山緑楊春茶

簇簇新芽別樣珍，沉浮冰碗漲精神。欲煎蜀岡峰頭水，且盡平山頂上春。　身繾綣，氣氤氳。淺黃猶自愛侵脣。殷勤但把凡心滌，管教從今不染塵。

鷓鴣天　重陽有感

風轉西聲氣轉涼，高樓野望醉秋光。滿城麗色燈籠舉，蝕骨綿延桂蕊香。　寒露冷，菊花黃。誰知今已到重陽。清茶一盞酬佳節，獨對心中兩鬢霜。

鷓鴣天　情人節

窗前輕蹙小蛾眉，相思休問總因誰。言疏意淡身心瘦，笑淺愁深話語稀。　春尚淺，夢先痴。情懷幾許訴君知。個中情意千千縷，盡作風中蝴蝶兒。

生查子

方圓自古成，慣例因誰破？夢醒豈無求，大愛情方可。　暝暝夜色中，一任楊花墮。冷月浸寒宵，數縷流星過。

減字木蘭花

星寒月冷，幾許深情成幻影。霧裏花開，别樣幽芳入夢懷。　曉鶯誰撲，空對晨光聽簌簌。不見人歸，飲罷相思醉一回。

減字木蘭花

因何聽命，前世來生皆幻境。幾粒心沙，化作佛前座上花。　默然無語，一夜芭蕉剪春雨。滴落空階，依舊當時舊蘚苔。

減字木蘭花

懶題新賦，燕子樓前憐薄暮。豆蔻梢頭，往事漸杳春漸休。　　憑欄欲語，那日情懷人未去。幾許離愁，吟罷紅箋付水流。

南歌子

墻角花含笑，河邊柳競風。東君偏愛小桃紅。飛絮輕盈弱蕊吐香絨。　　歲歲何相似，年年各不同。三春景色一春工。多少情思漸遠漸無窮。

好事近

曉夢累平生，夢裏幾番花落。昔日情懷堪憶，忍對當時約。　　寒宵醉醒成無奈，獨守傳魚諾。冷冷一輪孤月，弄影鞦韆索。

極相思

幾番夜雨綿綿，又到晚秋天。西風漸緊，霜花漸冷，梧葉凋殘。　　聚散依依真似夢，恰如今、夢到誰邊？詩文一卷，茶香一縷，獨坐窗前。

清平樂

濛濛烟雨，點滴春情緒。難綰柳絲千萬縷，却道春歸何處。　　擬把金盞頻傾，休言辜負深盟。多少當年故事，而今説與誰聽。

霜天曉角 感懷

月色如霜，星痕盡渺茫。酒醉歸來無寐，人獨自、轉回廊。 孤影影漸長，夜風風亦凉。莫問心思幾許，三兩點、暗燈光。

眼兒媚 獨看一城燈火

楊柳枝頭雨絲殘，春色漸闌珊。憑欄猶憶、畫堂深處、小字紅箋。 而今人在天涯各，形影只孤單。相思獨對、一城燈火、黯淡眉山。

菩薩蠻

秋蟲寂寂秋凌亂，幾回夢裏知秋遠。烟霧鎖樓臺，重簾細雨開。 傾杯秋欲醉，醉裏秋聲細。何處客歸來，長亭草入階。

畫堂春 邵伯湖

江淮曠澤蘊甘棠，浮天瀲灧湖光。荻花飛處菊花黃，閑釣初凉。 幾葉征帆何處，歸程應是家鄉。漁歌聲裏唱斜陽，雲水茫茫。

紅窗聽 晨起見臘梅花開有作

別樣清芳枝上發，弄素影、暗香幽絶。朔風飄夜霜晨冷，伴林間寒月。 擬與樽前分酒熱。何人又、庭前弄笛、凝聲似咽。個中心事，且吟成三叠。

春光好

冰花六出紛飛。傳消息、孤山早梅。昨夜風寒催急雪，一樹芳菲。　無端冷落空幃。這幾許、愁懷爲誰？未許更深人解語，只待春歸。

春光好

風初静，雪初飛，正當時。萬朵梨花翻絮起，壓枝低。　何處梅香迢遞，誰家緑蟻新醅。擊案高歌成一曲，醉金卮。

春光好

冰未解，雪初晴，少人行。摇曳風姿競娉婷，幾多情。　莫道朱顔方好，還須素色妝成。玉樹枝頭迎墨客，弄新聲。

踏莎行　天上本無常照月，人間還有再來春

冷月無聲，寒枝未語。清輝灑落知何處。孤燈摇曳影蹁躚，愁懷却向誰邊去？　離恨千重，柔情萬縷。迢迢不斷天涯路。人間縱有再來春，今生已是成辜負。

踏莎行　中秋

桂蕊香殘，冰蟾影佇。誰家庭院深深處。宵寒夜静悄無聲，冷風輕拂池邊樹。　醉裏成

歡，醒時落寞。閑愁織就千千縷。堂前着意拜團圓，團圓可向人間住？

踏莎行 玉蘭花

且伴春來，又隨春去。今生教與春相許。幾枝玉蕊破新顔，一朝開盡春情緒。無奈寒風，無情夜雨。香殘冷落天涯路。休將餘恨寄東君，此間已是成辜負。

鵲橋仙 桃花

秀顔雲白，香腮膩粉，日暖偷凝新露。殷勤顧盼巧妝容，且將那、春光引駐。游絲漫捲，繁英彩灼，小立階前輕舞。盈盈不語話多情，獨占這、東風一處。

虞美人

斜風漠漠侵朱户，閑對瀟瀟雨。金爐香盡問春潮，漫道愁懷未遣、在元宵。疏枝依舊重門鎖，何處東風破。而今誰是惜花人，欲覓庭前新緑、却黄昏。

虞美人

微風起處幽香動，蜂蝶翻飛共。庭前鬱鬱醉芬芳，誰與玲瓏陣裏、話清凉。别來懶憶當年事，泪濕紅箋紙。而今猶自對槐花，却道那人依舊、在天涯。

虞美人

芳菲瘦盡春將别，翻落槐花雪。憑欄無語對紛紛，恰是微風陣裏、已黄昏。愁懷欲寄情懷倦，誰記當年願。翠蔭濃處不思歸，空對滿庭香謝、逐人飛。

點絳唇

點檢風光，閑情却向誰邊去？野花迎路，遥指深深處。　蘆葦叢中，隱約藏新户。回眸顧，一星白羽，飛過淩波渡。

燭影揺紅　秋日感懷

總是無言，晚來懶對瀟瀟雨。孤城猶自鎖秋寒，綰盡風千縷。　慣寫傷懷情緒。趁今朝、閑吟絮語。尋常點滴，皆入文章，翻成字句。

臨江仙　和小山淺淺余寒春半

霜落碧窗驚夢，星河倍覺幽長。起身漫步小池塘。月添胭脂色，風送桂花香。　婉轉相思誰寄，幾曾相會高唐。於無人處細思量。抬頭天漸白，早雁兩三行。

臨江仙　正月梅花

不語盈盈花數朵，依然冷冷春風。斜陽殘照雪漸融。夜深人静後，孤立小橋東。　零落紅顔誰與共，情懷却與誰同？當時月下也曾逢。而今魚雁遠，音杳漸朦朧。

臨江仙　二月杏花

無意攀雲倚日，無端深鎖高墻。未知何處蝶飛揚。曾經多少夢，夢醒倍凄凉。　豈奈紅顔褪盡，有誰肯惜殘妝。爲誰零落盡痴狂。可憐從此後，獨自爲誰芳？

臨江仙　三月桃花

爛漫花枝淺笑，含烟和露銷魂。疏林茅屋亦精神。巧妝臨水盼，獨占十分春。　豈料一宵急雨，無端零落成塵。楚王宮裏畫眉顰。千年家國恨，萬載息夫人。

臨江仙　四月牡丹

簇蕊裁紅凝露，玉環飛燕新妝。堪憐傾國鎖宮墻。夜寒人漸散，小立叩回廊。　魏紫姚黄何處，焦枝枯骨含香。洛陽長寄又何妨。須知花解語，獨個待明皇。

臨江仙　五月榴花

幾度容顔似火，也曾慕雪如荼。裁紅沉碧有誰如？欲燃春已遠，笑對晚雲舒。　擬把翩翩錦綉，凝成粒粒璣珠。須知身正自英夫。丹心長久立，人鬼却殊途。

臨江仙　六月荷花

前世瑶池仙種，今生根植清泉。情思漫引碧波間。夜沉星落影，風淡水連天。　休説浣紗如夢，回眸寂寞依然。館娃宮事盡雲烟。當時明月在，依舊照嬋娟。

臨江仙　七月蜀葵

爛漫花開解語，朦朧月照東墻。星光深處覓清凉。欲尋千杆翠，先上茜紗窗。　豈是多愁多病，原來痴恨痴狂。蘅蕪通夢在何方？如今人瘦損，獨對蜀葵黄。

臨江仙　八月桂花

揉碎金光作蕊，悄然馥郁盈懷。仙葩偷自月中來。夜闌人静後，獨伴冷風開。此際情思婉轉，當時浪迹形骸。曲欄深處説生涯。香潮平地起，心事莫輕猜。

臨江仙　九月菊花

籬落疏疏成一徑，分明倦客生涯。月凉如水夜如紗。不爲青帝媚，且作傲霜花。豈是錯將萸樹配，因他減盡繁華？也曾絢麗若雲霞。而今秋漸冷，惆悵在誰家？

臨江仙　十月木芙蓉

晨起朝顔似雪，晚歸暮色如彤。因誰縱纖手扮殊容？霧濃人漸遠，守候小橋東。送走春光漠漠，迎來秋雨濛濛。和風曾錯又金風。芳心深鎖起，獨對夕陽紅。

臨江仙　冬月山茶

爛漫輕紅偏早，倩誰對雪吟哦？冬陽枝上舞婆娑。個中持一朵，唤作曼陀羅。轉眼春來欲醉，閑將歲月蹉跎。入時桃李忍消磨？難詢芳訊遠，惆悵盡成歌。

臨江仙　臘月水仙

何必窗前多弄影，閑來書案徜徉。伶俜且向水中藏。暗紋能幾許，抽蕊吐清芳。深鎖冰盤拼一醉，頻傾金盞堂皇。相思蝕骨又何妨。凌波人欲去，逐夢到湘江。

臨江仙 揚州柳

細雨重簾濕透，綉絨逐對長街。滿城風絮爲誰開？小秦淮畔走，瓊綴繞身來。萍碎小池何處，遺蹤成雪堪哀。三分春色點殘骸。盈盈凝泪語，飛入舊亭臺。

臨江仙 瓊花

真個冰盤如玉，仙葩誤入凡塵。婷婷枝上斗輕盈。蕊繁穿蝶遠，獨占十分春。休說孤標傲世，分明冠蓋如雲。無雙亭畔憶前身。紛飛絲雨落，俱是愛花人。

臨江仙 史公祠

江北孤城仍在，史公遺愛揚州。冰心俠骨弱曹劉。疾風知勁草，嶺上仰千秋。苦竹荒烟何處，二分明月曾留。一抔黄土掩風流。年來承遠志，不負少年游。

臨江仙 運河

曲水綿延千里，曉風殘月相侵。千年遺澤到如今。短歌聲漸起，着意復長吟。當日邗溝仍在，隋宫煬帝難尋。滿城楊柳影森森。文章天下遍，傳唱廣陵音。

臨江仙 揚州巷

薄霧閑藏小巷，流光漫捲重簾。深深庭院挑烏檐。淡雲舒玉蕊，春色未能眈。太守文章何處，時間寄與詩函。人來人往有誰諳？鞋音青石上，且把此行占。

臨江仙

隔岸朝顔含笑，夾江蘆葦流青。濛濛絲雨伴人行。近林新竹翠，摇曳冷風輕。　點點寒鷗飛處，遥遥水舍分明。數間亭閣顯娉婷。時蔬呈席上，佳味用心烹。

臨江仙

幾處朦朧月色，天邊數點寒星。街頭誰唱柳梢青？夜寒燈影瘦，宵静冷空庭。　猶憶當年懵懂，依然夢裏娉婷。未知身向哪方行？微風從此過，摇曳舊風鈴。

臨江仙　瘦西湖賞菊

滴響晨曦清露，長堤幾度徜徉。滿園秋色勝春光。墨紅藏碧影，淺紫映鵝黄。　摇曳疏枝帶笑，拂風玉蕊含香。詩朋酒侶共端詳。人來人又往，蛺蝶舞雙雙。

臨江仙　七夕

漫道秋聲寂寂，秋聲暗渡天河。迢迢銀漢水微波。淡雲舒暮色，輕浪共婆娑。　欲説年來消息，閑將歲月蹉跎。相思今夜爲誰多。情懷婉約處，惆悵亦如歌。

臨江仙

豈是光陰催客老，悄然已至重陽。階前漫賞菊花黄。霜枝摇曳、玉蕊逐清芳。　未許閑情抛擲久，筆尖欲擬詞章。誰知舊稿費思量。真無奈也，容我醉行觴。

臨江仙 雙黃蛋

青殼平添豐碩，白衣映著紅霜。明珠成對腹中藏。盂城多逸事，鴨蛋愛雙黃。 纖手巧分數瓣，冰盤倍顯脂光。絳唇輕點味輕嘗。齒間猶細膩，馥郁有奇香。

蝶戀花

雲過花墻風過樹。寫就傷懷，能向誰邊去。滿目凄清無説處。高樓望斷來時路。 一縷斜陽殘薄暮。黃葉紛紛，翻作階前舞。醉裏柔情空幾許。如今唯有心中雨。

蝶戀花 月下杏花

心似玲瓏身若蝶。照影朦朧，冷冷枝頭躡。顧盼因誰成厭厭，沉沉夜色殘燈滅。 應悔當年輕一別。幾寸離愁，盡付林間月。許是東風真冽冽，春寒猶落相思雪。

小重山 鑒真路觀櫻花有感

宛轉枝頭蝶翼輕，隨風身漸起，舞娉婷。仙雲昨夜落華英。青草碧，林外曉烟生。 含笑且相迎。玲瓏春色裏，顯多情。鄉愁淺暈却無憑。此間恨，説與幾人聽？

青玉案 初夏

東風吹遍來時路。更吹送、春歸去。減盡芳華枝上雨。紅消翠漲、新凉難駐，寂寂人行處。竹搖清影憑誰助，謝却荼蘼共飛絮。欲把閑愁添作賦。十年離索、翻成愁緒，付與池邊樹。

喝火令

月動移人影，風吹桂蕊香。酒傾歌盡夜茫茫。行罷圃前長憶，清露濕羅裳。欲說當年事，先描昔日妝。個中滋味細端詳。醉裏無言，醉裏話凄凉。醉裏有誰陪我，小立叩回廊？

兩同心　咏芍藥

國色仙姿，豈知天予。柔光媚、凝露亭臺；顏色醉，閑居朱户。忒多情、爛漫枝頭、於無人處。任那韶光半吐，憑誰深妒。胭脂泪、夢斷西園；錦書恨，魂歸南浦。許今生、獨對離愁、閑聽暮雨。

垂絲釣

曉來絲雨，小池萍碎無數。樓外西窗，竹響清露。芳心苦，一夢成辜負。這情緒，凝結愁幾許。而今猶記，當時月色如霧。那年舊侶，唯盼能重遇。千萬相思句，憑絮語，且向離人訴。

八六子　春愁

短長亭。數行烟柳，絲絲難綰離情。嘆畫閣冷落脂粉，碧水催發蘭槳，無端負了深盟。休言過往曾經。沐雨柔枝繾綣，扶風弱蕊輕盈。却笑這如今、千般滋味、萬般愁恨，説與誰聽？堪憐也，縱使春光滿目，由它金盞頻傾。莫留停，聞聽幾聲早鶯。

金縷曲 用納蘭韵自壽

一歲平添已。却偏逢、寒風瑟瑟，霧濃天氣。休説今朝多喜慶，落寞心懷而矣。莫笑那、蒼涼滋味。擬借錦鯉傳尺素，又誰知、泪灑相思地。來世約，忍丟棄？ 離情欲寄無從寄。更兼它、生生滅滅，與愁相倚。地久天長終成夢，落得瑶琴自理。可是我、誤交知己？吟罷斷腸詩幾句，再休提、痴愛紅塵裏。言盡此，攬衣起。

金縷曲 復用納蘭韵落花

本爲東君住。驀然中，蜂翻蝶戲，已經春暮。抱蕊枝頭逍遥甚，却受綿綿夜雨。 可嘆這，匆匆離聚。花落成泥身作土，到如今，榮辱皆抛去。多少恨，暗相許。 因誰又惹愁情緒。想當年、含香數縷、植根天宇。一謫紅塵憐命薄，可嘆前番際遇。更莫有、傷情兒女。冷冷清風飄零處，舞翩躚、來世休輕負。心困倦，應無語。

金縷曲 小雪日初雪有作

一夜琉璃境。又朝來、飛花六出，漫空冰冷。吹亂紅塵烟雲事，掩落故園荒徑。可惜那、殘花瘦影。長逐行人頻入眼，借幾番、冽冽凄風勁。身未動，心先警。 隔窗猶憶當年景。是何人、紅爐呵手，互傳觴令？聲隱梅寒歌相歇，皆趁新卮酩酊。且容我、明晨清醒。瓊綴紛紛從天舞，此生緣、許是他生定。言不盡，風初静。

滿庭芳　和小山南苑吹花

凍雨連雲，寒霜飛雪，迢遞山水重重。憑欄遥想，魂夢可曾逢？望斷孤舟帆影，回眸處，惆悵橋東。真無奈，離愁萬種，天際數歸鴻。　相思，綿綿矣，休提筆墨，懶理絲桐。可堪這擾人、薄劣西風。幾許情懷婉轉，全都付、一曲詞中。因誰問，佳期可在，春染小桃紅？

念奴嬌　賦得河邊柳寄人

翠絨方吐，又翩然飄落，悄無蹤迹。三十三年成夢矣，夢裏絲絲曾碧。欲綰長亭，偏揚緑水，别意牽南國。憑欄遠眺，濛濛烟雨如織。　猶憶一瞥驚鴻，眼波流轉，誰與輕憐惜？信道情深多繾綣，忘却今夕何夕。漫説宵寒，休提夜冷，獨守傳魚消息。相思盡處，江風吹細幽笛。

掃花游

綉絨正吐，却翠漲紅消，悄然春暮。柳綿欲舞，有多情莫道，晚歸何處。布穀聲中，唱罷斜陽高樹。黯凝佇，又吹細笛音，一曲如故。　春事能幾許？問誰忍輕言，誰復辜負？閑愁暗渡。縱萬種風情，盡輸塵土。焚燼清烟，休説芳心自苦。懶回顧，讀重頭、那時字句。

看花回

惻惻清寒，兼它夜來風雨。入眼紅消翠漲，有梅殘柳碧，問春何處？芳草淺痕，恰似多情絨半吐。無奈也、誰遣春光，黯淡雲山者邊去？　擎玉盞，愁懷幾許；斷素弦，情思千縷。春恨輕斟在手，更誰共沉酣，誰復低語？豈是當年，擬就閑情憑天妒。到如今，鬢先老，切莫相辜負。

玲瓏四犯

誰繫游絲，又鎮日飄零，却向誰去？逐對長街，偷入翠亭無數。吹盡薄雪誰憐，縱有那、滿城風絮。是離愁綰盡千縷，終已教人辜負。　個中心事同誰語？喜還悲、且憑大與。綉絨陣裏徘徊罷，難覓來時路。回首欲擬當年，唯有這、傷春情緒。共舊時月色，空照在、懷人處。

芰荷香

碧波涼。有婷婷倩影，俏立池塘。暖風吹處，漾起隱隱紅裳。重重青蓋，掩却這、沉醉流光。漫把玉容輕藏。蟬聲陣裏，猶發清芳。　獨佇階前獨回首，道當年故事，誰又思量。聽風聽雨，落盡舊日文章。憐心自苦，教何人、反復端詳？容他一夢瀟湘。雲遮水月，露冷蓮房。

毛川

字雲鏡，號東塘，筆名柳生。一九七六年一月生，揚州城東茱萸灣人氏，從事企業管理工作。參與編撰網絡詩集和策劃詩詞活動若干。善辭令，愛好古典文藝、文學寫作、音樂、運動、旅游。自幼受家門熏陶，常倚腔自娱。二〇〇〇年左右接觸網絡，筆耕不輟，自製小集曰《柳風》，取其婉約靈動、隨心自然之意。詩詞散見多種刊物、媒體。

詞一百三十三首

醉妝詞　春酌

者杯酒，那杯酒，只爲花前守。那雙手，者雙手，莫折臺城柳。

荷葉杯　春日

燕子壓低雲脚，風約，一溪紗。緑楊山水本無骨，三月，恁烟花。

柘枝引　感秋

秋風字節化桐鳴，弦斷有誰聽。何似當頭月，空階夜夜讀風情。

憑闌人　春意

風起裙裾一點羞，雨到花前百轉柔。春生多少愁，但看春水流。

摘得新　聽曲

唱竹枝，吴娘競管絲。跳珠弦上語，教人痴。多情未必真顧曲，恁相思。

秋風清　春日

青障裏，翠屏中。烟花三月柳，二十四橋風。蘆灣斜出扁舟子，驚起鴛鴦湖水東。

憶王孫　梨花帶雨

梨花帶雨苦横陳，愁結清香更斷魂，消損江南一片春。正黄昏，柳外高樓倚笛人。

遐方怨　老揚州

沽酒市，賣花聲。梧井槐門，小秦淮上橋自横。畫眉窗下過書生。轉頭遺一笑，記傾城。

歸自謡　無題

春去了。燕子樓前風月惱，落花一地無人掃。見説蕭娘淮北老。飛鴻到，却無一字帶雲表。

望江怨　丁亥九月十一秋夜臨窗

中庭月，玉帳銀鈎卧天闕。秋凉人獨立。一朝春去香塵絶。不堪惜。只有臘梅花，守身空待雪。

思帝鄉　憐梅

秋意濃，暮雲鑲去鴻。更有飛花成陣，在風中。　昨夜笙歌散去，小園空。兀自憐疏影，與人同。

烏夜啼　自題

詩子胸襟山水，詞人懷袖雲霞。何處垂楊不繫馬，風雨向天涯。　不向孤燈買醉，偏於寂月憐花。一夢不曾做過後，不信指間沙。

醉太平　無題

常來酒家，閑聽賣花。一欄猶愛欹斜。看街邊的她。　浮生有涯，情趣莫遮。從教有念無邪。搭路過的車。

感恩多　秋夜

夜闌星自璀，心静人多貴。喜歡新月兒，薄如眉。　檻外紅消翠減，看花飛，看花飛。雁比人親，一聲傳竹西。

酒泉子　夜上天臺

夜市千燈，捧我高臺之上。應高歌，當不讓，過鴻聲。　若將心事從頭數，能輸飛花舞。廣陵風，海陵雨，過蕪城。

醉花間　於丁亥夏至夜

花無語，月無語，天地遥相許。花落月無魂，月落花無主。　誰言幽戀苦，自結神仙侣。

微風燕子雙，相戲飛雲浦。

贊浦子 無題

却笑曾抛紙，芳名盡畫叉。今判新干墨，沙鷗入海霞。半面三生既定，十年一伴堪嗟。我種忘憂草，伊栽解語花。

浣溪沙 家居隨手

寒舍北東是瘦西，春妃看過看秋姬。韶華繫在楊柳枝。閱盡風光還故我，舊時天氣舊時衣。舊時恩愛舊時妻。

浣溪沙 無題

著意和楓拼紫衣，漫隨玉勒趁金巵。肯將好醉博新詞。長怕情懷淪刻骨，却多煩惱迫低眉。一生須有負人時。

浣溪沙 無題

新試梅妝獨自看，聊翻花式費唇丹。小屏風向綠腰貪。君博奴家歡喜易，奴家歡喜係君難。夜來初月亞眉彎。

浣溪沙 無題

輕蹙寒眉笑亦真，亂披捲髮散雲痕。風中不綰綠絲巾。似有心思能捕捉，一雙眸子却無根。可憐同是夜歸人。

浣溪沙　等車

過境强風嘯似笳，碎燈夜雨壓千家。更堪不見出租車。　却笑年來多避酒，陡驚日久不尋花。暢然一醉竟如賒。

浣溪沙　無題

昔日詩情比酒濃，今朝酒意比詩空。一般明月小簾櫳。　遮莫相擁於雨裏，不如離索在風中。相思好過太匆匆。

傷春怨　落花流水

兩岸紅花墜，應是春心憔悴。玉碎逐清波，徑向天涯連袂。　去秋曾同醉，請問思人未？似否水中花，捨不得，傷心翠。

菩薩蠻　黃昏歸程

半生熱愛成愁絶，秋風吹作心如鐵。相見牡丹時，花殘兩不知。　無根桃葉渡，寂寞還家路。明月小橋東，春寒一樣風。

菩薩蠻　記飲

霓虹深處樓臺小，隔簾明月宜輕挑。對袖引芳樽，清談六七人。　酒家名料理，料理情和緒。何處是瀟湘？江湖共一觴。

菩薩蠻 鹽城行

春衣赴酒春陽舉，心無俗事心如洗。一卷倚香車，拾簾見野花。花如東主面，勸酒帶青眼。點點不期緣，江淮無數山。

菩薩蠻

春愁濃處愁如許，解人最是清明雨。水墨潑長街，天晴渲染開。花間眠小蝶，分夢與梅睫。柳下惹相思，和風送到伊。

減字木蘭花 二人世界

二人世界，白米布衣情未改。山外夕陽，常鍍窗前影一雙。相濡歲月，年少心情猶可掘。戲問家妻，葉上題詩今與誰？

減字木蘭花

那回相愛，那夜看星如看海。那種流年，那再辛勤也是甜。這人老去，這事如同梅子雨。這又春來，這樹丁香已不開。

好事近 晨起偶作

簾挑動春心，羞起一湖烟色。恁地曉風頻顧，探桃花消息。花開數得廿多年，年年一池碧。頭白不關風月，問多情何必。

清平樂 冬至獨飲

酒多客少，獨自無紛擾。似有閑情能一笑，又被新愁分了。 紛飛紅葉秋痕，依稀風約湘裙。連袂身無彩鳳，離人又是黃昏。

更漏子 春歸

雨滋紅，風拔翠，花外鶯聲叠碎。橋弄影，水含烟，畫屏遮夢寒。 春衫薄，登樓閣，頭上燕兒忽略。蟾月起，玉人來，教吹新曲牌。

朝天子 平安夜與三兄先牌後酒，分韵得『樂』

夜市流光爍，誰約在、幽簾一角。分茶對博，悄銀鈎低落。 換巷子、圍爐宜小酌。眨眼年頭成歲脚，多苦樂。足此際，余能閑著。

憶少年 琴瑟無端

多情浪漫，痴情感嘆，傷情遺憾。傾心記一笑，忖梨窩深淺。 月半堪憐人亦半，最惱人、一厢情願。思儂正何處，把朱簾暗捲。

相思引 真州途中

苦惱江山與美人，擔書載酒出西門。寒烟衰草，落日鍍秋身。 過去浮華終覺幻，即將清苦始爲真。孤禽野火，寂寞小漁村。

喜遷鶯　與零落君心在紫緣居談飲，君心携石榴酒

紅榴酒，紫緣居。緑鬢映青繻。白頭猶自説辛蘇，藍調一何如？　五亭風，四橋雨。消得詩魂幾許。一點清空出堯章，冷月據江陽。

阮郎歸　感春

年來春意太嶙峋，西湖瘦幾斤。芰荷一款小裙新，着忙逢着君。　簫對雨，酒臨風，有詩和翠分。紅情不負解花人，爲誰開得真？

賀聖朝　隨感

匆匆一歲近年尾，又秋風滋味。去春心事與飛花，恁都隨流水。　冷清紅藥，殷勤緑蟻。有故人來未？翻聽最愛舊情歌，竟没那麽美。

畫堂春　立秋

和風和雨到秋分，許多買酒黄昏。衣香鬢影謝同醺，管够眉痕。　應許梧桐落後，風中有你温存。白頭仍是畫心人，誰换吾身？

金盞子　烤魚拈『何以解憂』，得『何』韵

平山四子，晚來詩酒一消磨。紅泥緑蟻，恁輕歌北島，閑話東坡。　雲中氣節，林下風

度，最厭金科。醉筆書、鋪街亂石，你看如何？

山花子　夜驚風雨

摘葉飛花一陣風，驚雷乍起夢徊中。剪燭心情久不在，小橋東。　墻上兒時塗迹老，心頭緊處用情濃。最是窗前聽不得，滴梧桐。

山花子　無題

局促雨中行未定，尋常春去意闌珊。遇水逢山留一照，待伊看。　群發臉書徒有愛，欲傳家信竟無言。暗把夾中親子像，夜來翻。

朝中措　別杭州

藕花深處斷橋風，載酒小烏蓬。漫道夏山碧透，半坡猶睡春紅。　時時留客，年年折柳，天馬行空。歸際臨安明媚，揚州似已朦朧。

朝中措　花間一壺酒

流紅飛白最相宜，玉手勸金巵。一嶺梅花開後，二分明月來時。　蘭情水盼，鴻音雲杳，描盡箋眉。三十六陂烟色，不知多少迷離。

朝中措　十月三日與諸友謁平山堂、登栖靈塔、炊於蜀岡

栖靈塔頂腋生風，有意與君同。懷抱諸山堪小，胸藏點墨無窮。　神隨太守，結廬邗上，

買醉淮東。未了一年花事，正來幾點秋鴻。

眼兒媚　感秋

秋著黃袍葉爲差，一葉一臺階。庭花謝了，林花謝了，桂子才開。相知應似衡陽雁，一字風中排。世情天算，心情人算，來去悠哉。

眼兒媚　春雨，化無住句『白螺酒味東君識，紅藥心思看客猜』

一川烟雨畫屏西，悉悉入春泥。風前多少，新花恨落，舊燕傷歸。春愁不盡且由之，滴滴注青瓷。等閑消得，白螺酒味，紅藥心思。

眼兒媚　雪夜於海陵寓

叵奈春寒又一波，戀慣錦衾窩。薄情客子，單衣酒夜，見雪愁多。東君歲有新花寵，豆蔻不來過。眉間舊恨，枕邊驚夢，逐個消磨。

眼兒媚　無題

誰封雲外小梅箋，楮墨嗅新干。一生長是，喜歡讀你，讀你喜歡。和伊共賞苕溪句，老去別屯田。就花就月，無端夢也，夢也無端。

人月圓　若有所思

劉郎重到曾懷否？深巷賣花聲。晴窗蛛鎖，寒檐瓦銹，更與誰聽？城南舊事，竹西小築，每每思卿。如同此夜，扶欄問草，知爲誰青？

人月圓 隨感

薄情一季又過了，舊盞換新茶。年年春暮，最憐倦鳥，還惜餘花。紅驚緑愕，無由自問，似也無它。總之怕見，床前明月，鏡裏容華。

喜團圓 雨過引江橋

飛雲若鬢，流波似眼，素子秋顔。龍川又是留人住，問何處鄉關。了無相思，却多牽念，散落紅阡。憐風着意，時時將雨，帶到花前。

武陵春 春天裏

愛向春風開醉眼，輕薄看桃花。二十四橋戲晚霞，燕子不還家。月有心情風有意，皎皎試婚紗。教我如何不想她，足此際，便無奢。

河瀆神 簫管一枝吹陽關

風緊倚欄杆，林弦飛叠陽關。書生夢老遠樓蘭，一眼江山心寒。黛簇烟波愁不絕，夏花紅盡心血。渾噩花間小蝶，不知梅雨時節。

柳稍青 人在天涯

人在天涯，紅塵彈指，刹那芳華。暮暮朝朝，來來往往，減減加加。傷情莫怨琵琶。刻骨事、誰無一些？身似秋鴻，心如止水，情在蒹葭。

柳梢青 過瘦西湖

水瘦雲肥，橋斜柳倚，浪細風篩。畫舫浮移，雕檐飛探，春日遲遲。　去年燕子南回。急切切、啼醒翠微。一種呢喃：別來無恙？舊愛芳菲。

柳梢青 次韻復聽竹兄

有緒無名，詩林問道，欲住還行。珍作龍鱗，輕爲鷄肋，總是關情。　從來不累爭鳴，只恨恨、茫然一程。避世寒冰，焚心怯火，爲甚經營？

滴滴金 無題

玉簾一夜任翻捲。散青絲、不堪綰。默數秋花取次開，又隨雨去半。　曾繫鞦韆曾來燕。因柳折、被雲餞。試將消息問飛鴻，只雨絲風片。

西江月 春情。竹兄邀宴，擬同題

簾外二分依舊，眼中八子如初。聽來能飲一杯無，多少泛黃情愫。　故地早奢恣意，天涯帶够閑書。當年誰築小梅居，一任時間煮雨。

迎春樂 生日自寄

些傷美似掌中雪。被呵成、泪一滴。是今生、攢了千千結。又不願、輕揮却。　未語處、倩誰能閱？輕狂際、倩誰相惜？肯愛明窗净几，說與前朝月。

迎春樂 無題

當壚不費蘭花手。自徑向、樽前湊。醉南窗、枕在春衫袖。看月亮、聽沙漏。　情重者、如香罄售。無味客、風中游走。許我一時停靠，莫贈胭脂扣。

菊花新 無題

太守筵中飛玉管，擊鼓傳花意款款。醺了自貪風，吹一夢、隔花人遠。　風流由得人判斷，也無須、韓香偷換。憐取亂青絲，將一縷、爲誰輕綰。

醉花陰 午間隨手

春光似競流鶯速，花影呈局促。欲上小亭臺，染指春風，風也傳憂鬱。　爲人寫盡玲瓏曲，却問心誰屬。何事不關情，不掃梨花，不惹梨花哭。

入塞 月夜

夜闌珊。有冰蟾、墜玉欄。正西風行色，欲下渡秋山。舒一番，急一番。　念吾衣單及小鬟。料兩重、心字亦寒。半床明月到斜簪。窗不關，夢不關。

臨江仙 山東榮成觀海

礁影前頭帆影，浪聲裏面鷗聲，海風渾厚似藏兵。水天藍一色，潮汐叠千層。　方有踏沙閑意，又生拾貝心情，江南不到不銷凝。前程猶在網，往事入飄瓶。

臨江仙 一陣雨

滴破葡萄殘夏雨，水波閑過風波。小鴨摇尾覓青螺。窗臺濕燕，抖羽看阿婆。　天外飛虹霞裏卧，雲來雲去蹉跎。村姑復出曬綾羅。青梅竹馬，繞嬸唱兒歌。

臨江仙 無題

一季芳心都繫在，竹西無數春幡。楊花飛過落梅天。看山多似我，寥落舊青衫。　歲歲愁情真仿佛，無非舊曲新翻。任他急管與繁弦。音塵花局裏，別夢水雲間。

臨江仙 借大夢兄『清茶梧葉雨，明月桂花風』句

秋思掠過眉下，春恨抛在橋東。等閑坐定小簾櫳。清茶梧葉雨，明月桂花風。　總是傷懷爲別，不如慶幸曾逢。錦衣素歲太匆匆。且賒明日酒，還用去年盅。

浪淘沙令 秋思

一季又紅闌，緑綺聲殘。個儂音訊去無還。儂似春光來一晌，清夢無歡。　獨自亦憑欄，有雨纏綿。應書錦字問衾寒。極目歸鴻翩落處，秋水眉間。

杏花天 無題

看伊一晌貪歌舞，便能消、芳心愁苦？吹蘭憐作香烟吐，藏盡星眸楚楚。　許多事，過來

不語。許多人，别時記取。竹西今夜新來雨，送你傘花一處。

鷓鴣天　無題

一管清簫一小紅，少年情緒踏歌中。春心猶似春山睡，花事常如花月空。　牽素手，捲簾櫳，江山眉眼正惺忪。江湖更在江山外，豈獨撩人是晚風？

虞美人　擬閨思

年年一病如花瘦，總在春前後。蛾眉不掃又何妨，却是相思欲掃比眉長。　當時一諾如鶯許，只在空枝語。眼前春色倍生寒，不是東風零落是窗殘。

虞美人　清明蕪湖歸，臨屏步零落

幽弦如訴清明雨，歸信傘中許。妻云樓下落櫻紅，未必樽前歡喜是情濃。　浮生難避營營事，念念一何碎。白衣不足論浮沉，只對伊行無愧見初心。

玉樓春　秋思

秋風秋雨秋聲賦，冷落烟花三月樹。殘紅楚楚瘦西湖，雁字歸時留不住。　紅塵兒女多歧路，誰在望穿秋水處。風光過眼不關情，唯有沙洲雙白鷺。

鵲橋仙　無題

芳華逐水，錦衣暗月，愁倩風銷酒勸。去春都是憶人時。轉頭覺、花開似電。　素盟一帕，乖期片紙，蕭索鞦韆庭院。驚鴻游絮恁無情。也容與、霎時厮見。

鵲橋仙 閨怨

蛾眉懶掃，朱唇淡點，送往迎來敷衍。輸於雙燕有誰憐？見不得、他人相挽。今年桃瓣，去年人面，一歲消紅一片。問風可去小橋東，替我把、冤家約見。

夜游宮 夢會坡老

我欲乘風鶴徙，侍坡老，舞清光底。故國神游三萬里，左牽黃，右擎蒼，巡故壘。酹月風流祭，問小喬，幾多歡喜？可嘆周郎忒小器，後來人，望江東，嗟不已。

小重山 感悟

腹有詩書氣自華。作文如種黍，筆爲耙。不求結果爲開花。春秋復，辛苦一杯茶。賢偶即爲佳。相看從不厭，是奴家。葛巾不屑換烏紗。名和利，衹是指間沙。

踏莎行 情人節、玻窗、夜雨、你……

猶貼涼腮，曾攔泪雨。一生情味竟如許。街光炫似舊梨窩，聲聲車笛揮沉杵。痴意未泯，光陰來腐。街頭瞥過小情侶。從來甜蜜都仿佛，可憐離恨各分數。

恨春遲 隨感

莫向秋深傷豆蔻，年少過、何必還痴。有意有情人，無事無非日，不溫不寒時。書劍飄零成歌吹，白玉板、一拍輕持。判斷風流到此，唯有芳樽，教人低下雙眉。

冉冉雲　題畫

久鎖蛾眉不堪掃。更不經、入時多少。幽夢影、是個人人痴小。獨自對、風兒悄悄。恨去愁來一川草。舊欄杆、花期誤了。香體段、與共黄昏清曉。誰在君懷到老。

蝶戀花　歸燕

燕子飛還留不住。春上來時，又復來時處。白玉堂前無舊主，烏衣國裏消歌舞。十二珠簾誰盼顧。却似前年，桃面逢崔護。道是多情曾一度，如今却向天涯路。

蝶戀花　歸燕

又見飛花寒食後，輕逐烟波，輕逐衣和袖。二十四橋春似綉，玉人綉上胭脂扣。一様春風吹豆蔻，想起卿卿，想起曾時候。眼底清波能看透，心湖却比西湖瘦。

七娘子　端陽夜作

緑楊風逐烟花雪。又吹來、梅雨端陽節。倦鳥清蹤，餘紅消息。漸行漸遠黄扉頁。素心直似窗前月。縱多情、不教人知悉。多少相逢，一般離别。殷勤無語書圓缺。

一剪梅　西塘

且逐蘋風一餞春，枕水西塘，越角吴根。雨來更著小清新，滴答如歌，暈了花痕。都是

多情同路人，尋夢廊橋，問渡黄昏。經年宿酒意難真，只與江南，只與親們。

唐多令　寄故人

三月正花稠，劉郎重到不？更清明，獨上層樓。二十年前湖上柳，又緑了，老揚州。　何以競風流，詞心寄舊游。性情人，天地沙鷗。燕子比君還惜我，去年去，却回頭。

唐多令　無題

窗外織娘聲，天中織女星。是這般、詩畫秋暝。取次歸禽頻破月，蘸秋水、點林亭。　對月煉無名，掃花學忘情。待一城、香雪來傾。護得寒枝呵蝶夢，到春上、喚青青。

繫裙腰　藥城國貿酒店憑欄

風荷朗月兩清圓。燈火夜，未央天。娛人歌管無新曲，日日門前，繫寶馬，過金鞍。　望裏江南思一隅，紅葉墅，白雲邊。鷺子不爲卿卿老。何寄此身，是忘情水，敬亭山。

漁家傲　無題

三十三年如夢醒，二分之一成風景。揀盡寒枝終不肯，痴痴等，得之我幸非之命。　樹欲靜時風不定，破窗送亂梧桐影。每在黎明歌夜永，情和境，隨人歡喜隨人病。

攤破南鄉子　春居

小雨正廉纖，將心事、隔在珠簾。紅情數點和緑意。倩春分付，疏花淡柳，迤逗江南。

山外白雲緘，解當時、香履遺簪。輕風來處傳芳草。匆匆一歲，都隨燕子，掠過眉尖。

芭蕉雨　rain-范曉萱

路過江南惹你。傘中人合在、梨渦裏。漉雨髮梢真美。逐履濺水如花，零星蝶子。浮生佳夢有幾，嘗一霎飛起。嗟世界不過，屋檐矣。但記得、但相忘，春上彩蝶還飛，青春碎紙。

江城子　秋雨夜

落花風裏帶秋香，雁成行，過西厢。小雨輕寒，呵手待梅妝。似有詩心吟不得，情可以，意將將。青春嫌短夢嫌長，斂華章，理疏狂。爲月憂雲，一美竟成傷。三十四年都剩了，新眼泪，舊衣裳。

垂絲釣　初夏

池塘初滿，暗將垂柳輕綰。倦鳥餘花，歷碌成眷。行人遠、織燕衣雨綫。相思便、有風來上苑。蓮腰榴眼，教人頻換金盞。新愁未遣，舊恨還推演。老去無經典，吹一管、是《紅塵客棧》。

兩同心　步韵和零落

無情秋水，易老蘆花。岑静處、金英負雪，爛漫時、紅葉欺霞。最堪憐，燕子雛來，老大還家。　風翻青帳黃紗。好月如賒。約一人、同登蘭艤，下雙絲、共釣湖蝦。黃昏裏，假喚魚來，偷看簪斜。

御街行　耽事於皖，有懷

何殊來路和歸路，一并是、營營處。淮南不種竹西花，却困竹西人住。山風易冷，泉瀏久冽，打葉敲窗雨。　而今休說塞魚素。却怕作、關情語。驚心明月亦如刀，消損白衣藍褸。一行征雁，數聲欸乃，千萬銷魂句。

風入松　秋懷

坐花載酒惜餘春，目送芳塵。竹西路接斜陽外，子規裏、歌管離人。二十四橋仍在，一簫占斷黃昏。　冷烟寒石是精神，白眼紛紛。過來光景過去事，風吹徹、略有溫存。夜上半篝鐮月，院生幾點梅痕。

祝英臺近　春寄娘子

眼橫烟，眉剪水，一笑春波起。葉葉心思，跌在波心裏。人間四月天姿，施晴施雨，不堪折、酸酸梅李。　小樣子。可惱偏又生憐，不僅多情矣。舉案齊眉，一誓濡雙鯉。經年白首吟來，『人生若祇，如初見』不曾負你。

金人捧露盤 春日隨手

念橋東，初綻了，小桃紅。一夜雨、催促春工。怡青挽轡，趁悄升明月晚來風。道吾優雅，却輸於、花上閑蜂。

廣陵散，揚州慢，心上事，眼中儂。最記得、萍水相逢。香牽素手，唱數聲和月到簾櫳。滿城飛絮，亂紛紛、都在眸中。

最高樓

人道是，山水有知音。萬籟發幽深。探花應比雲先至，聽泉猶似月難尋。倚松階，微側帽，略開襟。　做一晌、莊生蝴蝶夢。又一曲、陽關三叠弄。相思起，不能禁。多情恰是無情後，天涯更繫一生心。昨兒風，今夜雨，漫層林。

倒垂柳 辛卯三月初六驅車興化戴南公幹，歸乃作

戴南宜走馬，正黄花、遍四野。綴村童游子，無處不玩耍。紙鳶挂柳上，銀鯉驚篙下。青青河畔草，尋常都可入畫。　鄉風無價。一陣荷香拋綉帕。但有意中人，執手便童話。江南布衣，營碌何時罷？尋芳心境，只是和春借。

新荷葉 無題

十里荷園，風翻碧落鱗光。九曲闌干，蜓牽墜地羅裳。烟波最處，是人間、一味清凉。蒹葭白霧，斯人宛在中央。　自信浮生，長隨鷗鷺瀟湘。便不多愁，江湖足使相忘。何妨趁

笑，向鬢堆、輕插鵝黄。扶花回面，手香比并花香。

華胥引 夜懷

難來春夢，猶到秋聲，更堪殘月。坐冷紅棉，琅玕送影窗上疊。似有睡意三分，共街燈明滅。却恁心情，欲愁怕恨還怯。　底事縈懷，看蕭疏、一枝能閲。當真豆蔻，滑如凝脂跳脱？老盡相思無彩筆，謾拿雲衝雪。誰舉銀釭，細窺白髮來鑷。

東風齊着力

梨雨桃風，催春休住，燕宇蜂房。銷金季節，遍野撒蒼黄。盡説人間最要，二三月、瓜葛維揚。何妨是，尋花鑄錯，折柳添傷。　底事不相忘？如太守、也痴擊鼓山堂。玉觥薄幸，處處揭行藏。暗采梅英一朵，襃詩頁、送到伊行。休辭去，雲來恨事，愁莫過江。

意難忘 重陽與聽竹、散人兄踏采石磯、謁李白墓、登馬仁山

策杖徽南。賞山如髻小，水似眉彎。便知撈月意，不怪老詩仙。瞻抔冢、却生憐。又忍種青蓮。縱此地、有磯采石，安補斯天？　浮生應足流連。恰今朝重九，合上巒巔。插萸人未老，側帽子猶翩。花幾摘，洞頻穿。把風亦多貪。歸只携、一身香霧，兩耳啼鵑。

滿江紅

快雨輕虹，花氣帶、黄梅消息。趁晚晴、香牽素手，神馳油壁。極目龍川星宇列，回看梅嶺

吴鈎寂。任此際、傾國與傾城，隨仙謫。　尋一段、風中笛，留一隅、橋邊驛。向鴟夷去處，張羅行色。白水忘機渾怕老，紅牙得意成歌迹。終不似、憐取眼前人，真如一。

水調歌頭　壬辰四月初二游恬莊古鎮聽河陽山歌

君作河陽客，莫錯河陽歌。等閑滄海桑田，一曲盡消磨。獨有三元門第，守得池心成碧，對月澱蹉跎。門外山花子，紅比夕陽多。　思綉户、從小囡、到阿婆。吴風不老，猶自吹夢到青螺。聽説城南舊事，如啓封缸美酒，香迹有前科。爲屬榆錢愛，柳綫暗挼搓。

掃地游　咏桂

星痕月澤，恰翠點金絲，襲人花鈿。雲辭雨餞。正香熏蘭露，小簾半捲。紅徑徘徊，分付蛩弦鸝管。有消息、倩西風行色，亭長亭短。　心事偷漲滿。任玉斧輕裁，冰輪暗轉。瑶筵易散。且倚窗一夢，虚檐半繾。刺史多情，謾説寒枝堪揀。山河遠。只如何、畫眉深淺。

滿庭芳　雨

如履輕輕，帶風來去，飄摇一地青黄。天弦誰弄，此調似無章。兼有梧桐情結，黄昏後、争是凝傷。紛紛滴，敲花震葉，無理虐幽棠。　相忘，當祇是，流年痕迹，不去思量。了却生平事，只爲秋香。只道閑情堪慕，雲飄過、雨泪誰嘗？隨風柳，無心自傲，何妨我清狂。

天香 春夜抒懷

疏雨斜來，新鷴乍到，料峭春寒收斂。閉月雲衣，羞花人面，暮靄撩人香暗。玉人簫處，吹不盡、杜郎風範。花下揚州一夢，樽前柳生三變。當年恣狂未減，又何妨、歲侵愁犯。姑且與霞共醉，偕花同貶，常對蕭娘不厭。自當是、多情莫遮掩，苦短人生，風流一點。

暗香 一路桃花過蜀岡

鶯兒親切，自一腔款款，春風喉舌。令我慵慵，冷落詩書二三月。崔護當年甚憾，重到後、花紅人絶。不似這、廿四橋邊，正是柳堪折。休匆，教心歇。縱老去江郎，也有情節。打磨委屈，無賴桃枝與桃葉。長記曾牽袂處，烟樹懾、傾城迷疊。最是那、飛不遠，眼中小蝶。

長亭怨慢 春柳

被解作、横波心事。於是湄間，暗生靡迤。下自維舟，一蓑烟雨帶風細。送人多矣，憐綉屐、傷紅袂。便趁緑腰時，教青眼、不襄春泪。長醉。有武昌舊恨，點向碎萍窩裏。飛花勝雪，又豈止、牽衣而已。正維揚、騎鶴佳期，度韋郎、涉江來未？看新月柔條，當是畫眉如此。

八節長歡 湘竹

素曆朝天。翠簪敧月，漫隔雲端。誰盟三生石，心字八行箋。和風和雨住板橋，覓知音、長共吴弦。更有黄州倚仗，勝馬隨仙。　多情戀岳怡軒。林下客、嵇彈阮嘯衣冠。閨裹小禽多，研春事、虚懷更惜花闌。瀟湘恨，紅濕處、暗鏤啼斑。千千織、一簾幽夢，醒來又報新年。

揚州慢 庚寅三月，隨蔣兄游宴容亭。亭有聯『朝看花開似電，暮聽草語如雷』

一角江風，半塘村月，十多年後容亭。剩故園春夢，織碧草縈縈。羡燕子、歸來舊處，未曾頭白，還似衣輕。攝當時、紅生電眼，翠隱雷鳴。　浮光世影，是男兒、自鑄生平。縱嘯友揮金，鞭名累美，都見真情。一紙春秋誰斷？雲箋裹、雁字無憑。料惜花因果，君栽自爲君生。

揚州慢 九月三十日登江都號花船，夜飲分韵得『千』

燈火傾城，龍舟簇水，衣香十二欄杆。到船頭獨立，任衣袂風翻。看古郡、兵戈去遠，萬民安樂，一派悠閑。對佳人、指點畫橋，漫説東關。　横空雁字，也多情、來寫青天。恰楊柳猶蠻，秋花正好，翠穩紅嚴。篙下挹江門外，覓金樽、小巷深簾。有二分明月，窺人欲上南山。

聲聲慢 情網

危樓倚柳，曲水摇空，西風捲走豆蔻。舊地重温前夢，爲儂曾瘦。當年十七八九，最動人、少年情竇。過去事，過來人，已是許多年後。　量也無緣消受，多少次、情如指間沙漏。不勸離人，合是感同己受。從來眷情易老，網中人，有你有某。跳出去，問一句、君亦在否？

月下笛 瓶梅

有節娉婷，無根寂寞，玉衣金縷。清尊雅缶。貴在人間不常有。更來多少江南客，以另眼、夸成絶秀。却天姿暗掩，冰心自斂，由他來嗅。　回首。西湖瘦。在驛路橋邊，折誰人手？空枝别後。紅塵舞斷紅袖。年年譜向春風裏，三弄曲、周郎在否？又恁的，恨春風，争不相逢豆蔻？

金菊對芙蓉 賦别

燕宿桐眉，梟藏荷脚，晚來膩水花腥。惜春工用盡，極致娉婷。可憐一霎江南雨，恁調停、困柳身形。冰輪轉處，楚天雲闊，别浦風清。　檢點身價如萍。向江湖懷抱，聊寄芳程。對紅襟翠袖，暗製新聲。三千弱水分明月，最高樓、堪與銷凝。離人不許，歸舟難識，夢也營營。

解語花　賦青絲新居以賀

皇皇妙第，燕燕新巢，池上接天宇。玉梯誰步，十八重、乍到絶塵仙侶。緹欄畫廡，翡冷翠、水晶物語。一窗飄、月影花風、還送鞦韆雨。　美廬不必深幾許，但與君温暖，遂伊情緒。歸來阿楚，練琴歌、儂亦閑拖金履。藍山漫煮，來佳客、殷勤尊俎。最賞心、懶散青絲，眉樣深描取。

渡江雲　乙未重陽

今秋長未雨，可憐花葉，拿恨作愁難。自早封菊露，還佩萸香，側帽上南山。隋家故國，是眼底、逝水流烟。盡惹得、漁陽歌管，一調古今翻。　流連。疏籬曲徑，虚竹莓墻，怕舊游曾見。個人正、鵝黄新學，螺碧試穿。多情未損揚州月，却拚老、十二欄杆。看玉荻、年年開到忘川。

高陽臺　用秋兄韵有寄

似水流年，如花美眷，消磨一季春衫。有那心懷，秋高愛着欄杆。兩行雁字樓前過，在天中、寫道人間。拜西風、衹上梢頭，不到眉彎。　多情夢也和人做，信生來百歲，踏遍千山。凋盡繁花，回眸更有清顔。闌情不許成孤獨，把相思、翻作紅箋。便能消、夜雨飄零，燈火闌珊。

高陽臺 張家港一聚約填此調

人貴相逢，秋宜遠足，更堪有約香山。又過京江，一窗鷗子閑閑。西祠風月平山雨，不思量、也到眉間。許多年、是老相隨，還舊衣冠。　多情莫向人前許，向杯中綠蟻，燈下紅箋。秋老韶光，須當盡醉名園。買花心事憐花意，恁銷凝、十二欄杆。羡蘆頭、白也妖嬈，開到忘川。

木蘭花慢 題唐寅花間仕女圖

正當樓晚照，有心事，立花前。縱燕子流晴，清風送月，難釋朱顏。無言，怕人不喚，恐含顰倦倚一春殘。泉斷悄於信斷，境遷快過時遷。　誰憐，素面問天，天不美，月難圓。待紅藕香消，紫薇玉隕，心上秋先。無眠，恨逢夜雨，嘆多情歲月薄情煎。羡慕花兒睡去，低眉忘了纏綿。

桂枝香 念四橋懷白石道人

飛紅幾許，似隔世相思，被風吹舉。又向千山疊去，商烟略雨。蕪城月冷橋邊藥，倩何人、波心吟取？小紅章節，暗香標格，野雲孤侶。　惜詞心、盈抛曼與；縱歌燕描鶯，都是情語。去國江湖，煮石堪修書譜。鐃歌大樂無人識，向高山流水深處。安排疏影，冥冥歸去，作梅花主。

水龍吟　倚梅有思

一枝能度東風，不教芳信成空鼓。襲人更在，黃昏墻角，寂寥江渚。蔡笛柯亭，小窗橫幅，銷凝千古。向三生石上，勾連故事；香自在，開無主。　夢裏羅浮誰遇，却空是、黃花翠羽。小妝試作，雲姿風廓，當時記取。得雨清歡，隨風頻撲，一絲幽苦。問傾城消得，書生多少，紅箋頭緒。

畫錦堂　笙歌罷

長夜彌城，秋花滯月，好風吹夢幽簾。却是東籬蛩語，不教人眠。擬將積鬱沉歌底，何堪新恨跳眉尖。星眸濕，向露華濃，安排一處欄杆。　江山。催綠鬢，成白髮，暗銷紅葉流年。不惱琴絲蛛結，冷落書奩。雅陪清宴難勝酒，班回柳院獨生烟。重陽近，漸次數行征雁，與菊分寒。

湘春夜月　無題

惱秋風，夜來排布雲幽。可惜一把清光，都鎖在秦樓。欲探桂花消息，怕桂花清靜，厭客停留。便取將尺素，紅箋彩筆，無寄而修。　今年過半，春猶未覺，還不知秋。夢裏樽前，都做了、獨行天馬，孤影江鷗。天涯放逐，誤幾回，接引蘭舟。却拼來甚個、人間青眼，方外白頭？

憶瑤姬 過金陵

最惜殘紅。幸不多半月，可賞秋楓。嘆栖霞韵致，却至今耿憶，故里西峰。客鄉易老，羈旅多思，又偏愛雨中。正遠山、愁黛斜陽裏，垂下簾櫳。　屈指算，數十天來，任書閑酒置，曲冷弦空。人生能幾許，怕最終無着，身雅心窮。一時小小，幾處卿卿，杜鵑聲外儂聽不得，猶惱江東撲面風。

瑤華 整理冬衣，見故人所置羽絨服

征衣未濯。雁齒分明，是小蠻針脚。江南江北，曾共我、獨對西風來惡。雲窩雖暖，總未擬、關情眉角。厭幾回、絲路笙歌，負了東家金爵。　如今再不向天涯，謾妄許天真，自命情卓。年年柳色，騎馬看、都被羈愁寒約。惜花人老，也未肯、由花零落。衹個人、十二樓高，有月都開簾幕。

探春慢 立春

柳外鶯盟，風前花信，嫩寒初試桃雨。鬥鴨欄杆，拋球樓閣，依約去年歌舞。處處隱紅情，偏老却、題門香主。明日緑袖成蔭，滿城黏草飛絮。　歲歲匆匆過了，拋擲是華年，無聲無數。青葱舊迹，豆蔻新枝，忍顧少年風度。誰似南樓月，能消得、白衣如故？照水臨花，翩然寂寞高處。

沁園春　邵伯湖

一把青錢，撒在波心，買斷棠湖。有騷人到此，盈盈隔水，佳客尋來，步步流蘇。舟影魚痕，雲裳風佩，斗野亭中俗念無。題東壁，與蘇門七子，并列而書。　秋花兩樹三株，綴秋水伊人待價估。對秦樓霜鏡，微微描目，雨閣烟鬟，略略施朱。西子難逢，范生偶遇，一棹歸兮向自如。須携酒、料人間滋味，不及蒓鱸。

沁園春　與友太湖一聚，分韵得『丹』

又立寒陂，是老風光，還舊春衫。憶當年執手，曾盟鷗子；幾回連袂，頻扣靈山。兩兩如花，真真似漆，捨得江山傍小巒。過來矣、看漁家一網，收盡雲烟。　總教日日隨安，自問酒尋芳最簡單。有穿林風細，鶯勤鳴翠，近樓花好，桃熟流丹。且取二泉，來烹三白，斗酒十千詩百篇。弄清影、喝一城燈火，都到闌干。

戚氏　無題

那一天，爲誰耽酒祝華年？得月能壚，看山還是敬亭山。東闞，水雲間，鷗盟新處舊汀蘭。曾風又雨晴未？解得辛苦倩聽蟬。匆匆行歲，渾渾向老，餘花倦鳥欄杆。笑崔郎專美，耆卿博衆，都付清談。　身伴看盡春幡，風情雲意，雨泪與花顔。樽前客，旋趨歌管，又逐香鈿。盡何堪？恨迹廿四，衰翁六一，看取鬢潘。黯然玉勒，紫陌紅塵，何事必與卿干？歲月過來好，想年少日，灑脱狂狷。况有詩朋酒侣，共吹花嚼蕊弄冰弦。近來久不伸眉，偶還屈膝，夢亦魂拘斂。醉一間、竹裏無名館，醒一處、青簟紅棉。莫宦游，閬闕高寒，動歸心、燈火正闌珊。在章臺路，臨淵羡柳，三起三眠。

展旭强

字無逸，網名萬里西風，一九七六年四月生，江蘇靖江人，就職於揚州中學教育集團樹人學校。現爲中華詩詞學會會員、揚州市詩詞協會理事。幼而好文，酷愛詩詞，於文，服膺《左傳》、《國策》、太史公，於詩則廣采博收，《詩》《騷》以降，無所不觀，歷代詩論、詞論，博覽約取，自謂略得其精。大概言之，詩學唐，詞宗宋，不主一家，不囿一法，唯善是從。詩之律、絶、古風，詞之小令、長調，諸體皆能，而絶句尤得風人雅致。部分作品發表於《星星詩刊》《詩潮》等刊物。二〇一〇年八月與揚州諸同道創平山清韵文化論壇，傳揚詩詞之道，曾主編《平山清韵》數册。

詩八十九首

瘦西湖絶句

湖畔群芳早，春風到已遲。柳珠初破緑，烟雨欲來時。

感君四首

感君知遇深，贈我書千卷。據此百城歡，春花摇月院。

感君知遇深，贈我梅花硯。藉此寫情衷，雪飛千萬片。

感君知遇深，贈我龍泉劍。壯此浩然心，決雲如迅電。

感君知遇深，贈我崑山玉。盡此一生心，明明如畫燭。

子夜曲

一自瑶臺别，雲生月有哀。珠湖千頃泪，長送夜潮來。
庭前梧未老，先占十分秋。一片題詩葉，隨風上玉樓。
歸雁長空盡，青箋叠寸心。遥知花牖下，拂月夜彈琴。
三春花雨裏，萬卷小樓中。誰遣陽臺夢，翩然烟水東。
莫道江湖遠，清魂去未難。歸來乘月色，花影下闌干。

春日

楊枝裊裊繫清狂，燕剪槐風段段香。佳客不來聊自醉，榆錢買酒飲千觴。

偶題

白鷺銜來梅子風，平林烟雨柳湖東。佳人未許芳菲盡，一傘如花自在紅。

蜀岡西峰深秋見梅花

閑情遣上玉鈎斜，煬帝宫衣作晚霞。應是芳魂猶未散，霜風九月結梅花。

山東道中

群山夾道競相從，鶴立蛇行幾萬重。縱使青山微斷處，白雲還作更高峰。

劉公島

青葱一點定天涯，七子終歸屬漢家。蘸取劉公當日泪，風濤萬里洗南沙。

孤兒院

但生何故無心養？不養緣何更自生？誰見扶床對人語，咿咿盡是斷腸聲。

雪花

銀裝粉琢舞仙葩，生在牽牛織女家。玉骨難銷無限恨，偷香幾點上梅花。

浪花

不媚東風不似霞，江河湖海是伊家。隨生隨滅無人賞，淘盡英雄是此花。

贈春水如藍兄

君爲春水我爲風，一點詩心萬古同。不見風行春水上，文章已在碧波中。

咏史三首

十二月九日，追思前人，其志未竟，於今釣島蒙塵，南沙支離，藏南霄隔，而臺、疆、藏地，跳梁不絶，援筆咏史，喟然一嘆。

燕然勒罷甲如銀，十萬貔貅大漠新。報道天驕休牧馬，從來雄主不和親。劉徹

延福蕊珠花石綱，繁華處處舞衣香。靖邊納幣承平事，五國城中夜夜長。趙佶

渡江心事費疑猜，故國宮門鎖綠苔。老死將軍肥死馬，山河肯向夢中來？趙構

閑情

一杯香茗讀羲之，手畫心追不自知。讀到杯空天色晚，鶯聲不斷繞芳枝。

泛舟瘦西湖

重重寒葉鎖高臺，十里湖光一棹開。回首雲飛歌未斷，窺人月上柳梢來。

新年有寄

長宵守盡渺如烟，春水春風又一年。唯願玉樓春意早，心花開在百花前。

有憶

燈前對坐語無端，風半庭中月半欄。深夜將名時一喚，嫣然只道爲心安。

有寄

君行亦似我同行，海上清譚月下聽。今到越中無别語，一溪深抱萬山青。

玉龍花苑

偶向疏林深壑中，蒼烟明滅落霞紅。主人只傍烟霞住，雨有芭蕉月有風。

甲午六月游沈園有題三首

不慕池臺不擷芳，沈園一曲幾迴腸。清波自記驚鴻影，猶照亭亭菡萏香。

一段殘垣一段魂，千秋無語立黄昏。塵間幾許傷心在，不是詞痕是泪痕。
千年墨迹未消磨，翠篠悲風作怨歌。點檢紅塵斷腸泪，今人還似古人多。

圓明園所見

一路身經亂石中，翻空寒葉弄秋風。殘垣不語游人笑，誰記當年劫火紅？

游栖霞山二首

楓林携手嘆清嘉，爲慕霜天葉似花。造化無端君莫問，也應千佛帶靈霞。
山有屐痕水有蹤，更於林外聽霜鐘。臨江一坐長天晚，閑看仙雲上碧峰。

謁史公祠

萬死揚州劫後空，山川無地葬英雄。人間一片衣冠血，染作梅花點點紅。

故鄉竹園

廿載歸來竹徑荒，月明無復畫東墻。當初林下清風里，棋局消磨夏日長。

清晨見梧葉貼地如畫

墜盡秋聲不足夸，風中瑟瑟戀枝椏。夜來寒雨穿針綫，綉得長街滿地花。

探梅有寄

暗香才吐半城知，素蕊風摇别樣姿。怪煞蜀岡春氣早，待君偏愛未開枝。

未入魯迅故居、三味書屋有記

童稚知名今造門，不堪深樹鎖黄昏。餘霞散入橋頭水，唯有烏蓬識舊痕。

紹興東湖

奇峰一削下深潭，舟漾澄波客自耽。我惜青藤歸去早，無人半壁著烟嵐。

青藤書屋

高才不竭似天池，潦倒空餘藤一枝。庭下榴花吹作土，芭蕉無語立多時。

麗水古街

四面青山暮色中，長街依水卧微風。流連不覺烟雲亂，廊下燈飛一綫紅。

林坑三首

山樓枕水映修篁，徹盡江源避世鄉。且喜無煩談魏晋，聽風携手過溪梁。

一泓深碧任嬉游，水裏山光大似秋。拍碎嶺雲無處覓，白雲忽已到樓頭。

諧笑廊橋鶯燕儔，相依不覺月沉鈎。多情只有空山水，徹夜和人語不休。

同江南君登栖靈塔

携手江南客，乘雲上碧空。烟塵揚子渡，鐘鼓梵王宫。意氣秋光外，長淮望眼中。當年劉白語，浩浩下天風。

宋夾城

遠望寒亭上，行雲去不留。柳迷三尺徑，風長一湖秋。烟樹喧歸雀，蘆花照淺流。悠然垂釣者，何事布銛鈎？

題蔣兄容亭

主人開閬苑，碧色與天長。花宿亭中影，雲生竹外凉。清波横去鳥，佳客醉流觴。共道田園好，風吹滿徑香。

游仁豐里

欲駕安拉鶴，來栖阮氏家。名高緣毓聖，巷小不容車。雲過樓前竹，亭生水底花。隔街烟起處，僧寺晚烹茶。

注 ①仙鶴寺爲清真寺，寺如鶴形。②阮氏家：阮元宅。③僧寺：旌忠寺。

雪夜游東關街

携手東關去，悠然入古城。燈紗風雪夜，檐角玉階聲。聯步街長短，推心語縱横。江湖常作别，百里待君征。

紀念抗戰勝利七十周年

一旦山河碎，風吹白骨塵。杜鵑生瀝血，壯士死成仁。浩浩乾坤凈，欣欣草木春。兆民張羿箭，行看日沉淪。

漫吟二首

所好無他物，放舟湖上烟。但能花底醉，不惜杖頭錢。長夜聆風語，高樓抱月眠。今朝霜露下，歸雁欲橫天。

不入春風意，何由到玉堂？所欣書帙滿，更愛墨花香。介行朱絲質，冰心皎月光。平生唯守拙，無計易肝腸。

寄江南君

宏論青雲外，栖靈幾度秋。君言詩是血，我恨世如囚。橫野風吹樹，斜陽雁近樓。鹿城清夜月，應復憶揚州。

楠溪江

人泛中流上，隨風去不還。蟬鳴悲兩岸，雲送過千山。雁蕩分清影，仙都照玉顏。欣然塵事絕，相倚聽潺潺。

石梁飛瀑

天臺懸絕磴，峻極在雲端。雪色泉飛怒，鼉聲石蕩寒。避塵蔭古木，濯足下深湍。爲問王喬鶴，何如去後歡？

秋涼觀書有記

不向鷄窗久，等閑抛壁陰。暑銷凌斎氣，秋壯讀書心。解意風生牖，多情月滿襟。應知争日夕，老驚愧鬓鬓。

和周標兄《歲末題壁》

卒歲優游作小民，衣塵落盡舊時身。休憐鴻迹飄風散，未妨詩心雁字頻。江上濤聲連夜夢，杯間月色浸丹唇。相逢有日堪相笑，同向青山訪野人。

早登居庸關

滿目蒼山凋北風，摩天一綫大關雄。城頭躡足清霜老，塞外凝眸獵火空。百戰征夫成野草，萬峰危堞過哀鴻。寒光淡淡嶺間月，曾照將軍控角弓。

菊花二首

少年好菊，嘗種菊無數，人或謂痴，縱二十年後，亦不改其痴。聞瘦西湖菊花正盛，往游，草成兩篇。

行盡西湖指顧中，一花獨放萬花空。金腮滴泪秋宵雨，玉鈿摇情畫棹風。園匠刪裁神欲折，游人輕薄道初窮。傷心曾作庭前約，老死君時我已翁。訪菊

相惜相知應未遲，題君費盡筆端詞。三春花會從他散，一片冰心只自持。玉魄樓前空照影，

霜風鬢角競垂絲。共憐流落消磨久，籬下歸心待幾時？問菊

雨夜

疾風過竹似生潮，細雨昏燈薄夢消。鶴髮多情千萬縷，霜痕着意兩三條。紅塵已斷騎鯨路，紫陌誰歌擊壤謡？他日夜深留客坐，拈棋無語聽瀟瀟。

登武夷天游峰

忽驚天外矗奇峰，何處丹霞落萬重？雲起千尋浮客足，溪流九曲隱仙蹤。棹歌不絶疑清夜，塵境初銷訪赤松。莫辯彭殤誰得失，朝收珠露暮聽鐘。

步韵答春水如藍兄

何處青山寄此身？三千界裏點微塵。江花似錦流觴客，春水如藍泛月人。催老東風頻過眼，斟愁北斗漫侵唇。了知聚沫浮雲事，一縷情思物外真。

應周兄邀雅聚小盤谷

曲巷深深别有天，雕欄風雨幾經年？水流幽谷雲窺影，梅傍重山竹帶烟。石徑無人聞笑語，高樓滿意待神仙。登臨需盡杯中酒，不見周郎弄七弦。

注 周兄善古琴。

記正月十三協泰行相聚

漾漾和風元夜近，眩人燈火鬧東關。流星萬點飛天外，射虎千回彈指間。一地醉書狂過絮，三杯參酒氣如山。更闌紙盡相將去，個個扶頭趁雨還。

游大明寺

大明寺，繁華勝昔，點燈、繫彩、避太歲名目頗多，寺中復造文昌帝君殿，實具包容精神。記之。

名寺烟霞出蜀岡，佛光臺殿兩茫茫。鳥聲不及人聲遠，心影却如絮影狂。香客懸燈逃太歲，醉翁遺像伴文昌。山僧已息慈悲渡，功德箱中意味長。

登揚州宋夾城城樓

風旗獵獵日蒼黃，城下依稀戰骨香。高壁堅時人世界，胡塵到處血家鄉。自來兵道關生死，莫遣空言論短長。海上三山今欲裂，九天唯覺意茫茫。

九一八兼釣魚島

血濺神州耀虜旌，覆巢空在若爲情？三千曾失吞吴甲，百萬今連報楚兵。射日英雄如有待，釣鰲心事漸分明。冷看風起雲生處，一箭能教惡浪平。

遣懷

人似鷦鷯寄一枝，朝尋粱稻暮吟詩。寬懷自有壺公樂，避世何妨濟叔痴。皎月埋雲風寂寂，昏燈照壁影差差。向隅中夜投空筆，壯不如人後可知。

琅琊山 分韵得『臨』

層巒深鎖碧陰陰，絶頂樓高共遠臨。古寺鐘聲來足底，騷人鸞嘯動大心。山光不改廬陵意，泉石輕彈宓子琴。寄語紅塵斗筲客，醉翁亭下細追尋。

重陽感懷

晴窗風冷髮飄蕭，白帝鞭秋下碧寥。車馬不經顔子巷，文章漫減沈郎腰。玉堂長致青蚨使，空谷誰聞白璧招？頂上窮巾堪漉酒，黄花滿地卧清宵。

賦得『試劍心機未可猜』

南英詩社諸道友游鎮江北固山，見試劍石，與平山諸子約以『試劍心機未可猜』成七律一首。

江山虎嘯競雄才，試劍心機未可猜。螻蟻亦應憐白骨，丈夫豈不息黄埃。千鈞止亂非凶器，一意承平是禍胎。碧海群魔争啖血，誰將霜刃倚天開？

中秋月下瘦西湖

深繫揚州夢裏腰，銀光一帶自迢遥。天香隱約三千界，月韵分明廿四橋。生恨霓虹侵夜色，却憐鴻雁負秋宵。杜郎應赴姮娥約，同向人間聽玉簫。

秋懷

嘗言六合掌中居，降志謀身恨不如。吟袖重情三歲札，高樓避世五車書。菊含香蕊秋心瘦，雲落長天雁字餘。放意青山無買處，空令泉石與人疏。

慶祝建黨九十三周年

淼淼南湖烟水中，乾坤翻覆聚群雄。黄沙自畫屠龍策，赤縣方收射日功。已看高衢騁驥足，更聞碧落起罡風。神州九十三年事，爲問人間何處同？

觀抗戰勝利日閱兵有感

帝都人海視兵戎，八極威加國勢雄。捲地陣雲酬遠客，凌虚飛將起長風。龍泉已現衝天紫，壯士先爭抹額紅。高枕諸君休笑我，此身合作太平翁。

游高旻寺

巍巍高旻寺，赫赫一叢林。揚州居十載，緣遲至於今。聞説有龍象，能雨大甘霖。闍梨命我掃，執帚振衣襟。道場如水月，塵心即佛心。掃亦無從掃，陰陰一徑深。

賦桂花

當年姮娥影，化作桂花樹。樹下卧吴剛，樹上眠玉兔。飲之瑶池水，降之金掌露。更帶舞衣香，經風何鬱鬱。海外神仙子，争向廣寒住。滿島琪草花，掉頭誰復顧？人間翹首望，桂子移玉步。一夜清輝裏，凡花落無數。高潔與生來，未通塵世慮。不邀蜂與蝶，自立在幽處。紛沓多攀折，芳馨只如故。

三十六自壽

生逢三月望，月白花正紅。自謂得盛氣，湛然耳目聰。觀書長江側，神游竹溪東。文章追千古，流俗未足同。着意紹賢哲，細究造化功。涉海歌浩淼，登山頗自雄。哀哉三十載，黽勉識窮通。今又逢三月，鬢絲亂春風。金馬多才俊，時平麟閣空。我輩無餘事，共醉明月中。

賀杭集詩文社成立十年作

悠悠姑射仙，衣裳羅瓊玦。皎皎世上英，肝膽皆冰雪。結社江淮間，爲續風人烈。宕跨今古思，吐屬秋英潔。且置廟堂歌，應嘆黔黎血。一嘆風雲生，再嘆風雲滅。慨然發清響，長笛看吹裂。

遣懷

文章不待價，簞瓢幸未空。有酒招兄弟，無塵到杯中。超超玄着客，欣欣林下風。狂歌資吟興，方喜道不窮。絶筆期麟止，放懷作詩翁。我笑呰訾者，委曲等秋蟲。銅山安可守，癰嗽若爲功？

贈藥師

我是豐城劍，君爲華陰土。憑君一拂拭，光焰中天睹。當世盛文章，紛紛未可數。四海波瀾生，滄江魚龍舞。嗔目張髯客，憮然厭郢斧。别立爲宗匠，盡以名相苦。蕩蕩焉自高，一字猶可祖。苟非珠玉真，虚美終何補？

集董子祠後田園 分韵得「夜」

文氣鐘靈所，仙客紛紛下。德劭及才高，董子之流亞。琴彈珠玉聲，清泉鼓石罅。繞梁吟華章，不啻連城價。中心樂弦歌，欲罷不能罷。置酒昆弟歡，千金此良夜。頻引北海尊，復佐今古話。歸去月如水，滿地銀潢瀉。

元月二日聽菊隱兄吟詩

未入李白夢，已見群仙來。滄海龍欲起，先罷七弦哀。一聲長嘯山川動，飄風驟雨落瑶臺。

白髮

朝來攬鏡鏡亦羞，書生空白九分頭。佳人見此長嗟嘆，願爲除却莫勾留。白髮有盡愁無盡，更將何物著新愁？

贊汶河義賣助學兼勸學

佳氣揚州文陣雄，珠璣漫賣濟學童。秦門自墮千金價，字字誰識挾霜風。嗟爾孺子時方利，
欲上青冥道未窮。已無緝柳編蒲事，須致囊螢映雪功。一朝得樂百城外，十載栖心二酉中。
搏風萬里鯤欲化，放翮雲霄體氣充。西北騁目黃沙遠，東南探迹禹穴空。海上騎鯨翻巨浪，
天涯射虎引長弓。胸羅萬機丘索盡，鼎烹小鮮墳典通。黑髮光陰真駒隙，人生一霎便衰翁。

與天一、五澄諸人風雨游高郵湖

莫非勝地厭老夫？驟雨飄風鎖珠湖。塵世無如雲水樂，願借小舟寄須臾。水色蒼蒼凝太古，
曾道波間蛟龍舞。千尋激浪上衝天，萬里風雲任吞吐。我駕飛舟開碧路，碎却滄溟無窮數。
銀翼雙生不知歸，燃犀空睹幽靈怒。借問幽靈怒何生，爲怨波濤覆古城。殘垣只在長篙底，
誰聞垣底有哭聲？嗟哉此意竟何若，莫恨當年風濤作。人生天地偶留痕，人死埋没長蕭索。
湖心一葉自低昂，世間何處不顛狂？披衣跣足波中坐，一從風雨落蒼茫。

容亭行

庚寅四月，作客蔣兄茂軍容亭。容亭主人，有情有義，有花有酒，不可無詩，作《容亭行》以呈。

容亭容亭在何方？天地如亭一身藏。容亭下臨滄浪水，主人濯足望八荒。滿地琪花送春來，

清氣漫漫胸膽開。卅年雙肩擔道義，吞吐虹霓何壯哉。容山容水容風月，不容奸惡到靈臺。自古正聲多鬱塞，欣逢數子頗相得。談笑生風起清波，芍藥殷勤獻顏色。風前柳下開玉宴，詞客流連臥芳甸。主人有花開似電，主人有酒侵客面。朝朝持杯花徑裏，笑他堂上雙飛燕。三杯吟哦成草草，辭采揚揚不知老。花間流鶯一曲歌，玉山今日爲君倒。醉鄉不知落殘紅，醉鄉不見大江東。人世琴心無三疊，心空須彌芥子中。

詞四十八首

古調笑 賞梅

牽手。牽手。君面嫣然如酒。傾城對語風前，幽馨誰不顧憐？憐顧，憐顧，一笑梅花應妒。

生查子

秋雨滴秋窗，秋葉隨風起。我困海西頭，母病江南裏。七十古來稀，屈指能餘幾？無以報春暉，中夜愁難已。

生查子 擬古意

倚窗送碧雲，嘆月誰家女？彩筆寄新詞，涕泣零如雨。當時百草芳，怕問今何許。梧葉落階前，且作飛花數。

生查子 古運河花船分韵得『夜』

諸子泛龍舟，溢彩流光夜。玉笛暗飛聲，得似蕭郎駕。滿郭看神仙，楊柳清風下。雁字過長雲，映作波心畫。

生查子

一夜感春風，花葉初相聚。葉長漸花飛，暗問歸何處。君自碧枝頭，我逐深波去。疇昔偶相知，從此天涯路。

生查子 重陽大夢招飲限『蟹』韵

兩手不教空，持酒兼持蟹。人生未盡歡，白髮先相待。最喜故人筵，不避文章債。舉世畏風流，聖賢竟安在？

浣溪沙 春日同和王漁洋

丙申三月既望，廣州珠江月詩社、長沙天華油茶花詩社、平山詩社會於揚州，約填《浣溪沙》，依王漁洋韵。

依約長虹帶影流，緑楊蔭裏記前秋。簫聲似水繞揚州。明月不堪來入夢，桃花着意競飛愁。思君愛上最高樓。

裊裊清歌送畫橈，小舟搖過落花橋。當年詩酒共烟銷。柳絮多情春漠漠，彩箋無字恨迢迢。慣聽湖上笑如潮。

寄迹維揚似故家，紅闌雨裏過仙車。重重烟柳碧於紗。幾樹梨容臨水瘦，一簾鶯語帶風斜。行人忽道看瓊花。

菩薩蠻

餘霞散盡江天渺，登樓望斷江南道。寂寞悔憑欄，聲聲悲杜鵑。多情長病酒，橋畔風吹
柳。白髮厭芙蓉，年年如舊紅。

卜算子 戲贈江南君

詩友江南餘孽，某仲秋，嘗自蜀中來揚，盤桓數日，頗相得。後，江南負笈維揚，時有相聚，一自其戀戀佳人，不復見者期年，乃作此篇以爲贈。

當日卧虹橋，來弄揚州棹。共看栖靈一片雲，風月頻熏倒。湖畔又金風，吹得浮雲邈。
莫是温柔鄉裏人，不覺秋光好？

卜算子 用前韵再贈江南君

海客説蓬萊，徑理尋仙棹。其奈江湖浩渺間，濁浪如山倒。彈鋏向誰歌？牛渚青天邈。
但使人間有竹林，明月青山好。

卜算子

窗下墨痕新，窗外蛩聲靜。不覺書中漸白頭，不覺黄花病。　病也幾時休？空看歸鴻影。一夜西風滿地霜，漠漠江天冷。

卜算子　粽子

冰雪以爲心，濁世懷高蹈。緣露鋒穎角太多，合著青衫老。　鼎鑊不須辭，香結人間曉。還伴當年屈子沉，空惹魚龍誚。

卜算子　秋日瘦西湖

水闊好容秋，雲斷遲歸雁。今古蓮花皎澈中，自照玲瓏面。　湖上畫船稀，柳下風痕淺。十里佳人眼底波，灧灧誰堪剪？

注　蓮花，蓮花橋，即五亭橋。

眼兒媚　蘭覺齋生日分韻得『塵』

詩裏風光接紅塵，春意暗敲門。亂雲飛白，寒波弄碧，許是春痕。　謝他清酒招狂客，醉裏漫天真。世間剩了，一湖明月，幾個痴人。

人月圓　甲午中秋瘦西湖詩會

相携明月波光裏，湖上五分秋。桂香飄渺，衣香隱約，永結詩儔。　春花過也，夏雲已矣，此夜悠游。平生争得，紅顔玉盞，鎮日書樓？

西江月　春情

春住因君來住，君歸春亦同歸。歸時風雨送芳菲。剩得一池萍碎。　此恨榆錢焉使？此情芍藥難醫。風中唯有柳花飛。滴盡人間春泪。

柳梢青

柳老風斜，輕烟弄碧，亂織寒紗。簾影疏疏，衣香淡淡，有個人家。　倚欄望極天涯，零落也、梧桐暮鴉。向晚消磨，窺窗細雨，落地閑花。

浪淘沙　冶春

春到碧溪邊，萬樹聯翩。畫船輕破水中天。莫怪流鶯饒舌甚，柳暗花妍。　屈指幾經年，抵死流連。二分月下聽冰弦。簾底落花風拂拂，亂了茶烟。

鷓鴣天　清明

萬樹紅霞燒却寒，鶯聲斷處正憑欄。有詩有酒花蔭淺，無雨無風雲水寬。　穿柳徑，綴花環。沂河浴罷舞清灘。先人至樂同天寂，莫把狂歌作泪彈。

鷓鴣天

一旦陽和柳便芽，和風和雨舞斜斜。湖邊花隱三千樹，城裏烟輕十萬家。　消日月，誤生涯。銀霜點鬢莫相夸。人人笑煞黄粱夢，幾個披蓑學種瓜？

鷓鴣天

直道清行誤却身，汨羅江底楚王恩。比干剖矣子胥死，太白流兮無忌奔。桃灼灼，柳紛紛，園中占盡十分春。而今意氣驕人者，幾個曾經不媚人？

鷓鴣天

一曲離歌指下空，羞將白髮對花紅。和風十里相思嫩，佳釀三杯醉意濃。頻悵望，怎相逢？閑垂簾幕一重重。誰憐别後如今古，舊事依依到夢中。

鷓鴣天　游張家港香山

長卧江聲不計秋，白雲芳樹與誰儔？蘇公來寢梅花月，西子平添碧草愁。聞聖過，看烟浮，不須垂釣學風流。何當携手聆風塔，更放桃花澗上舟。

木蘭花　平山周歲

詩情一點人間種，堂下梧桐清露重。風吹群彦上山來，筆底華章飛白鳳。書狂酒興皆天縱，皓月清輝頻照夢。江天却涌舊時潮，潮外風雲山外動。

踏莎行　賀天一芳辰

衣似雲輕，笑同春淺。澄波自愛長流晒。珠湖萬頃碧深深，乘風一霎都行遍。研墨冰梅，依琴落雁。烟霞詞筆情何限。自無塵色到書樓，庭前花落如飛霰。

臨江仙　賀烟花芳辰

玉指輕研風露，錦心獨愛烟霞。窗兒常挂月兒斜。异芳人未識，一朵素馨花。細數中原日月，無非燈火生涯。幽情一縷動琵琶。誰家驄馬引，油壁小香車？

臨江仙　游宋夾城

碧水逶迤烟樹渺，林深不見人家。荷珠草氣柳風斜。暮雲低白鷺，梅雨落青紗。何日携來詩酒伴，草亭閑看飛花。曲肱一枕睡流霞。魚痕翻藻鑒，月練浴池蛙。

臨江仙　赴月老江邊約

共上江樓塵外客，携來驟雨長風。樽前莫管落花紅。歌詩頻擊節，解釋恨無窮。自笑邯鄲虛夢裏，營營究底誰雄？但教不放酒杯空。人生何所似，烟水大江東。

臨江仙　鎮江雅聚

一道澄江愁萬里，文章何處揚州？江南置酒暮登樓。兩三星火裏，隱約是瓜洲。詞客英雄今虎變，笑他濁浪悠悠。功名豈向醉鄉求？風流淘不盡，中夜泛輕舟。

臨江仙　記平山文化發展公司成立

自古相妨才與命，今朝莫笑詩窮。一枝彩筆射蒼龍。平山深意氣，落葉勝花紅。共道斯文終未喪，舉來昆弟杯中。休云肝膽偶相逢。英雄原有待，鵬翼馭天風。

唐多令

看雁素裙同，看花笑靨紅。與卿卿、夢裏相從。可惜彩雲難繫住，半床月，半床風。　相見總成空，相思計亦窮。望長川、水碧雲濃。欲卧輕舟隨浪遠，君與我，共西東。

行香子

放浪天衢，嘯傲江湖。到如今、盡數成虛。稻糧白髮，氣損形拘。嘆紅塵裏，平生志，有耶無？　餐塵倦客，寄淖靈珠。細思量、何處歸途？火光石隙，究底空如。愧湖邊柳，窗間月，案頭書。

風入松　寫在平山四集發布之際

歌吟聲動水雲秋，樽俎潮頭。經年不記人間事，烟霞裏、憑去憑留。十里春風換酒，尋常解盡貂裘。　長吟低唱未曾休，欲罷無謀。燈前琢句清宵短，喜相得、詩裏曹劉。想望天涯勝友，今朝又上高樓。

一叢花　賀君心如玉大婚

天將梅骨賦寒香，林下點梅妝。持書淺試梅花酒，便熏得、才思無雙。蔡女辨琴，班姑著史，吟絮只尋常。　蓬萊校盡舊辭章，紅葉不堪藏。嫣然釋卷南窗裏，對鸞鏡、細結羅裳。弄玉情多，蕭郎夢遠，倚醉白雲鄉。

一叢花

珠湖風起兩心潮，空見損蠻腰。中宵怕聽銀河浪，隔牛女、薄似輕綃。窗際秋來，琅玕自語，清夜競瀟瀟。　吴花楚月與詩調，樽酒唱桃夭。從今不種相思豆，只會得、鐘鼓琴簫。襟裏翻茶，眉邊添黛，世事等秋毫。

水調歌頭　揚州

淮南歌吹地，自古嘆清嘉。連天燈火，絡繹南北送星槎。幾度江城虺蜮，幾度歌臺荆棘，冷月引悲笳。莫説當年事，萬里起驚沙。　吴溝水，隋宫月，粲烟霞。而今真個，風物雲路到天涯。已種高樓滿地，還聚濃蔭百里，花雨落千家。黄髮陶然樂，每與後人夸。

滿江紅　寫於全國哀悼日

地陷天傾，彈指裏、山夷水絶。呼未起、一時塵暗，萬家烟滅。張臂護生恩莫極，留言别子情何切！遍神州、正共杜鵑啼，殷殷血。　摧花季，壘白骨；人到此，悲聲噎。慟號啕跪地，忍成新訣。十萬天兵征蜀道，人間春意銷霜雪。看煉取、彩石叠如山，彌天裂。

滿江紅　隋煬帝陵

帝冢春來，依然是、萋萋草色。聞説道、好頭顱也，忽成荒迹。千古繁華吹未散，一城歌舞今猶昔。只啼鳥、聲落舊雷塘，波空碧。　風花老，無人惜。今古事，誰相詰？嘆春風錦障，頓然荊棘。夜雨明珠聽莫慣，雲樓萬丈生民力。待九重、大廈一時傾，嗟何及？

滿庭芳　高郵行

蕭寺盤桓，高臺吊古，盂城的的堪留。良朋勝慨，引酒對高秋。應似當年佳會，將塔影、寫作風流。主人意，但須一醉，不必賦登樓。　十年閑裏過，杯療落寞，花解清愁。且休道，身閑便是仙儔。若得此間廣澤，明月夜、載酒悠游。從風去，烟波影裏，天外一孤舟。

念奴嬌　客常陰沙

騁懷游目，看浮天浪遠，捲雲風急。舊日英雄沉鐵鎖，過盡千帆誰識？黄葦蕭蕭，輕鷗點點，江外寒峰碧。人生到此，便應吩咐瑶席。　半世酒裏生涯，坐花銜月，吹斷龍須笛。却嘆空裁雲錦句，辜負春風詞筆。季子東歸，買臣初老，强作梁園客。醉中堪笑，荻花先我頭白。

金菊對芙蓉　賦五澄

塞外黄塵，雲間孤影，半生湖海飄零。嘆功名未了，意氣難平。誰憐仗劍天涯客，歸夢遠、碧夜魂驚。飛鴻過後，風梧聲裏，數點寒星。　最恨似絮身輕，縱柳絲千丈，个綰伶俜。道莼鱸猶好，水瘦花明。行囊收拾閑愁緒，有故人、同醉同醒。從今頻喚，三杯兩盞，月白風清。

高陽臺　赴月老約

爲月狂歌，因花醉酒，江南舊夢年年。相與乘風，雁行輕下江天。黄花鬱鬱金樽滿，想淵明、應羡芳筵。見飛雲，也似知人，一種翩翩。　多情最怕秋光老，奈襲衣黄葉，過眼蒼烟。歸去來時，謝他落日相憐。平生不恨離情苦，恨離情，抵死眉邊。約春來，看煞瓊花，聽斷冰弦。

高陽臺　題天一彈琴照

素袂翩翩，澄波淼淼，抱琴獨借香蘅。風漾銖衣，陽臺裊裊雲升。珠湖一望秋光滿，蹙將來、眉黛山横。嘆人間，地闊天寬，何處鷗盟？　絲桐一撥清川動，忽指尖霜起，弦上潮生。欲寄高情，由來不遣簫笙。長天點點相思字，是飛鴻，代客遥征。解愁來，篋底紅箋，窗下孤燈。

高陽臺　記高郵湖蘆葦蕩濕地公園

大澤尋幽，飛舟載夢，澄波蕩碎晴空。携手長橋，似乘矯矯蒼龍。青凫數對蘆花裏，浴斜陽，多少情衷。更凌虚，一望汀葭，萬頃霜風。　夜亭臨水分螯蟹，看荻寒摇月，樹遠成峰。箕踞銜杯，風流此夕稱雄。狂心拘束形骸裏，惜浮生、到底飄蓬。返紅塵，忍顧仙山，烟浪重重。

拜星月慢

桂露香濃，綺樓星淡，月下澄江似練。碧落佳人，嘆今宵誰見？想初識，記得、踟躕洛水雲步，顧盼瑶臺花面。一别湖山，積離情無限。

夜雲輕、莫是裙衫倩？欲乘風、覓取三山遍。海上雪浪終朝，只茫茫千片。恨難銷、誤却紅絲綫。書難寄、閑了梅花硯。空悵望、似水秋霄，正西風過雁。

沁園春　游古運河

委地銀河，渺渺天光，遠接汴淮。嘆吴王帆影，早隨浪去；隋煬水殿，曾逐潮來。四十三州，膏脂取盡，底事禹功利亦灾？悠悠水，任團花簇錦，血泪沉埋。

休言往事堪哀，看楊柳紛紛繞榭臺。笑游人解泛，未知洗月；我今到此，一暢愁懷。片片飛雲，欲生風雨，却作雕欄後日猜。都莫管，但臨風吟嘯，醉倒塵埃。

李敏

網名小蠶，女，一九七六年七月生，祖籍揚州江都。揚州市作協會員。喜歡書法、詩詞、散文隨筆，已於報端發表各類題材文字數萬字，并出版散文集《小園香徑》。亦愛喝茶飲酒，怎奈胃不解情，常有微恙，只能謹遵醫囑，看人飲，任人品。徒懷一厢痴情。性情寧和，平生最大的夢想，過點安穩的日子，即可。

詩七首

依藥師韵春游瘦西湖

長湖未雨已含烟，隱隱蘭舟出水天。忙趁園林春色好，海棠花外挂鞦韆。

秋日回家見滿樹桂花而無人有嘆

斜陽一抹過庭花，粒粒晶瑩綴滿丫。香透簾時人不在，悵隨風雨到鄰家。

小廬秋思

簾外清風來復去，恍聞青鳥到窗前。個中真意誰能解？桐葉聲聲似舊年。

步韵賀藥師生日兼自寄

林風惻惻綉簾遮，研墨分茶對晚霞。莫問浮生名利事，閑情共寄四時花。

夜飲茶

穿花曲徑偎欄杆，隱隱笙簫夜未殘。洗手烹茶車馬静，邀來明月佐清歡。

夏日無題

山風向晚拂青芽，縷縷馨香透袖紗。最愛一簾烟雨後，杜鵑聲裏試新茶。

登萬福樓

微雨出揚州，同登萬福樓。長風隨浪遠，碧樹傍汀幽。江鳥時縈羽，漁舟不載愁。寸心何所佇？天水自悠悠。

詞九首

憶江南 微雨泛瘦西湖

舟外雨，如夢洗湖烟。夏木茵茵隨岸轉，蝶衣款款落花眠。一晌共清圓。

憶江南 燕園三首選二

燕園好，微雨滿庭芳。隔水榴雲紅似火，倚窗蕉影碧如裳。一晌探花忙。

燕園好，竹影蔽回廊。曲徑穿花隨蝶轉，琴音繞指浸風凉。不語任茶香。

長相思

白月光，冷月光，滿腹清愁無處藏，鋪成一地霜。　偷思量，怕思量，悵捲珠簾倚舊廊，露寒深夜長。

長相思

碧羅裳，茜羅裳，相伴榴紅叠石旁。風輕蝶舞忙。　水幽長，夢幽長，粉面含羞百轉腸。欲言却思量。

浣溪沙　步王漁洋韵浣溪紗三首選二

曲水泠泠石畔流，波光憐我眼中秋。柔風吹絮滿揚州。　欲向亭前尋舊夢，緣何花外動新愁。玉人簫裏憶西樓。

隔岸笙簫戀客橈，隨風直到小紅橋。愁雲薄霧兩輕銷。　細柳織簾青歷歷，烟波迷眼夢迢迢。笑談分付落花潮。

卜算子　粽子

涉水打青蘆，入竹收篁套，挽個玲瓏繞繞纏，熬到花眠悄。　老父倚門歡，稚子連稱妙。俯首纖纖十指疼，留與清風曉。

踏莎行

月下流霜，林邊宿鳥，暗香盈袖清風曉。晚來獨向小園中，月斜花睡波光渺。　　點點紗燈，翩翩舟棹，那時人影雙雙好。此情無計可消除，閑愁一地連芳草。

李彦

網名蘭覺齋，一九七九年一月生，揚州江都人，現供職於江都空港新城管委會。少愛詩詞，青年始嘗試創作，因慕前賢之風，愛其音律之美，兼托平生情志。後遇同好者衆，結社而吟，方不惰其筆，堅持至今，填詞琢句，以怡性情，亦爲快事。詩多沉鬱之氣，時有巧思。小詞婉轉，也見雅人風致。

詩五十三首

斑竹

莫道無瑕便是真，高風竹節沁香魂。此恨分明刀刻出，風霜不改舊時痕。

翠華山天池

深山避世不須還，一叢香椿佐酒餐。醉指終南山作秀，平湖水畔整衣冠。

遠觀瘦西湖

看景何妨作遠臨，風光雖隔意相侵。柳弓時被風開滿，紛射温柔到我心。

候雪

候雪深宵不肯眠，忽然流白劃身前。欲呼恐擾鄰人夢，静看飛花寫滿天。

秸秆燃燒有感

耕無多利累雙肩，少壯奔波老種田。萬户生烟齊一炬，始驚民火不堪延。

山光寺遺址

隋波久不渡帆帷，香火消沉客亦稀。雜草蕪生檐壁上，當年曾挂老僧衣。

觀鈞

樹陰便是自然亭，放綫垂鈎撥野萍。浮動人驚疑有咬，偶然點水一蜻蜓。

興化水上森林

曲水千彎筆走蛇，畦杉萬畝緑成奢。幽鳴白鷺呼留客，素面湖光待染霞。

移花

屋東花滿屋西貧，裁剪春光作右鄰。縱使吾家能等量，人間貧富或難匀。

洗脚

晚來濯足小廬中，洗罷何須使水空。留得一盆凉月在，笑言吾室即蟾宫。

納凉

樹影重重漏月華，流螢點點隔河槎。空調漸代乘凉趣，獨我痴頑留一些。

憶人三則

久在天涯各一端，重重秋水隔雲巒。寒林深寂枯盈野，静待晚風涼透天。

情事天真或可銘，嗟憐歲月半凋零。青春已暮容顏舊，撥號遲疑又鎖屏。

故人無處問平安，光影曾經似壁觀。對錯於今無計較，苦甘重憶竟成酸。

聽琴

案有琴絲絲有結，蘆花欲解吹飛雪。湖光静默畫如凝，偶有歸鴻留影别。

肩上落葉

一葉翩然附我肩，前生修渡或千年。拋君今欲爲僧去，怕負人間未了緣。

過漢陵苑

隔江誰唱大風兮，陵苑空空草木萋。多少風流成一笑，閑將王骨作新題。

仁豐里旌忠寺

小巷深深藏古寺，檀香裊裊傍炊烟。因緣不必聽僧語，一葉飄來即是禪。

中秋

秋藕染泥香，菱花謝野塘。天然皆可拾，個味各分嘗。長宇無聲月，冰心短木岡。花開偏是菊，此後又重陽。

荷花

因惱沉泥惡，方成出水姿。亭亭蓬作蓋，瀝瀝雨爲詩。淡色瞞蝴蝶，清妝勝小池。開來春已去，最是此花痴。

野外

革履移方怯，蕪蕪雜草根。荒田埋落日，野雀噪黄昏。心共天邊合，人徒此地存。經年誠大夢，幻像一時真。

暮歸行吟

鬱鬱歸行緩，悠悠老巷深。日斜人影瘦，秋重客懷沉。故友誠難憶，音書或可鄰。此身何所托，有客泪沾巾。

江畔

獨立大江横，風寒劍氣生。秋刀磨菊甲，雁陣掠雲城。成敗何須卜，崎嶇尚可征。身無扛鼎力，幸有骨錚錚。

觀音生日衆人争相敬香

些許檀香燼，一如心底塵。不堪經世劫，總欲問前因。篆字終成淡，人心多失真。低頭知禮佛，不敬眼前人。

近重陽

秋氣塞江湖，晚來車馬疏。燈昏人隱約，窗暗月踟躕。一歲重陽近，兩城晴雨殊。多情詢雁陣，曾過那山無？

大物池釣飲

閑來半日漁，空手樂何如。素月紅蘆酒，青堤緑瓦居。魚花因客起，水壟待風鋤。夜寂歌盈野，悠然小醉初。

粽子

同是青衫裹白身，清骸不必芷蘭紉。初心入世多棱角，大略於胸罷齒脣。楚户亡時悲屈子，秦宫興後殺良臣。萬世無名皆可奠，漁樵自有讀書人。

重陽有寄

許是風流銷盡魂，萍無記憶水無根。轉身休説情多負，入夢元知心有温。醉後人間皆陌路，衣前酒漬即傷痕。幾番輾轉輸年少，不耐秋寒自鎖門。

隨感

中年萬事俱蹉跎，獨步清塘影共磨。過耳秋風寒已徹，停鴉老樹葉無多。此身如子投棋局，何事成痴爛斧柯。遮眼浮華消盡後，森然亂木似兵戈。

斗野亭

飛毫騁墨化滄浪，波叠風流韵仄長。蘆筆千枝工寫意，湖天一卷大文章。禪心偏愛秋光素，楓火堪消世業凉。吟罷碑亭蘇子句，歸來佐酒是書香。

友贈唐刀

寒身得出自鋒芒，長隱人間與鞘藏。寧守山廬名不顯，莫爭秦鹿世多殤。英雄豈上凌烟閣，案牘何如風月場。銹滿兵戈天下幸，誅心伐异有文章。

有記

杯消倦氣振衣襟，倚醉登臺抱一琴。弦上枯黄空拂拭，憶中塵事漫侵尋。拈花風過如來佛，避世人存自在心。山籟秋聲皆有韵，知心草語正長吟。

聞諸友赴李白墓於揚州遠吊

抱醉登山呼李白，秋山不語只蕭蕭。無文可奠開君眼，賒酒何妨折此腰。敲木風中藏劍氣，凌雲脚底起烟潮。枯黄送束何須約，名有風流自可招。

友熊作明五十歲生日有寄

憐香獨守寸心痴，簪客常聆鬢上枝。遂有詞章如耳語，乃知情事在花期。經年愛嗅青梅小，合掌唯求白髮遲。酒縱耽身須盡飲，人生不復有今時。

祖母去世三周年

長憶生平泪欲狂，三年一去竟茫茫。病中頻與敷額熱，寒裏常嘘試手凉。小女新添君不見，老家將徙事堪傷。斯年又負清明祭，杯酒遥臨向土岡。

夜吟口占

紙上盈盈白月光，研開夜色蘸微凉。久難提筆疑才盡，常欲澆愁賴酒香。破碎心情難剪貼，悲哀往事易收藏。無言是怕殃文字，到我詞中總帶傷。

登花舟夜游揚州

紅樓青瓦萬家坊，一路垂絲緑鎖墻。雲渡花舟將碾月，雁穿霄漢正還鄉。倚才難盡揚州好，隔岸猶來桂子香。欲使平生成薄幸，何妨一夢十年長。

雨夜隨作

須借驚雷喚夢回，緣由一悟即成非。聽雨誰憐荷葉碎，開窗我放野魂歸。憾無良藥醫偏執，恨有玲瓏察細微。且就芭蕉彈緑鍵，曲音無力到君幃。

秋暮

樓臺山水幾重重，飲盡江湖酒一盅。破網無人漁落葉，枯弦疏柳送歸鴻。秋盈蕭瑟山多瘦，詩到傷心句不工。明月梢頭常守缺，人間有恨或相同。

題鎮江試劍石

試劍心機未可猜，兵鋒裂土各私裁。英雄一出千軍起，天下三分百姓哀。可托詩書明壯志，忍驅枯骨證雄才？凌雲不必登高處，卷里江山爲我開。

讀史有記

書罷扶窗向遠溟，泠泠積水下檐楹，黃昏漸逼催燈影，畫傘齊開壯雨聲。萬世沉浮蝴蝶夢，千年破立廣陵城。江湖難載前朝恨，結入蓮心使眼明。

無題

獨向芹溪賦采薇，流光散軼即詩肥。伯牙弦斷聽泉語，妃子香銷訪蝶衣。一幅江山藏陋室，滿園朱紫鎖柴扉。英雄總被浮名誤，多少功成事已違。

運河懷古

千里烟波不盡流，隋堤何處泊龍舟。渠成國破空民力，城在秦亡負帝謀。鬱損西湖成瘦骨，氣冲明月化吴鈎。杯傾美酒同誰奠，浪擊飛花古渡頭。

即景有感

西風碾過草波柔，秋語蕭蕭白荻洲。清淺湖光宜養月，參差柳綫欲垂鈎。逐名如餌心多累，入俗隨流身半囚。最憶當年牛背上，一枝蘆管放清喉。

題壁

分付經年紙上耘，種書犁史或成文。半生情致隨雲泊，一片詩心待酒焚。荒草枯萍皆客友，孤梅瘦竹勝釵裙。小廬不避江湖遠，半畝寒塘可渡雲。

同游醉翁亭分韵得『亭』

醉裏歐公行樂處，今吾一醉復登亭。滁峰環立聽鐘静，曲水迂迴浣石青。不誦文章朝古像，且睬湖水拓山形。同題詩罷無長短，許是風流俱可銘。

臨江

枯木蕭蕭野草歌，菊花殘甲滿秋坡。彎腰捧飲長江水，揮掌劃開東海波。鏡裏頭顱沾價少，胸中意氣托山多。擁懷笑看蘆葦骨，一陣風來盡倒戈。

秋日泛舟

弄舟雲影破江天，兩側潮頭欲比肩。落木無邊皆肅殺，秋風沾面已蕭然。投江何益之於楚，易水堪悲係及燕。風流已歷三千載，莫負平生一百年。

秋坐

新來最愛晚秋枝，緑盡紅消態自奇。瘦到嶙峋知有骨，貧成清白始無虧。三餐蔬果三杯酒，半卷詩書半局棋。小院深深人獨坐，閑看雁字挂雲垂。

飲酒歌

寶劍自非欲，貂裘豈爲悦。抱酒飲且行，壯我襟懷烈。三杯猶覺淺，十斗唇初冽。醉時干戚舞，舞時動雲月。信馬須由繮，盡興須飲惡。病梅伸不起，兹向酒中達。廿載多塊壘，一醉胸中闊。忘我來時路，放我形骸骨。力竭荒可卧，拼老成醉杰。潦倒君莫笑，疏狂憑指説。熙熙功名利，攘攘南北客。何人效我態，偕去遠風物。

五月一日大醉

良辰何欲解，醉在佳人側。大夢盛唐來，摘取霓裳色。忽聞車馬聲，眼前漸班駁。興友頻飲邀，不勝柔腸弱。恨無盈海杯，敢笑劉伶薄。詩句賦七賢，踐此千古約。飲者拼留名，功利或可略。杯高萬物低，日月應難却。堪爲草根雄，豈無金玉質。天下竟熙熙，得者多有失。潦倒笑罵人，何須李杜筆。夜路憑高歌，天籟爲琴瑟。歸來寒舍門，負此公卿骨。

揚州灣頭觀玉

君本山中石，我爲塵世客。偶然此際逢，渾若經年隔。翠色黛眉青，冰心明月魄。緣求一世藏，何吝千金擲？美質自堪憐，寒身嗟所迫。富人閑把玩，君子空求索。或似美人殊，常教車馬役。今來憑遠觀，歸去無多適。竹節氣何崇，酒仙身有謫。江魚果腹身，豈謂無高格？

悼芳詞

尋常只道花前好，未記冉冉花事了。但摘花容悦已容，争娱誰惜花枝老。空庭寂寞夕陽傾，
舊院花泥無客悼。哭罷經年泪未消，新紅猶自無人掃。桃花渾似伊人面，一夜東風悄不見。
泥淖堪爲無壟墳，秦淮難渡桃花扇。紅綃錦帳夜鴛鴦，何事新晨扶翠鈿。漫捲朱簾聽槳聲，
西窗嘆遠離亭燕。牡丹顔色尊皇寵，富貴宮深憐一夢。夜雨春同寂寞生，芳顔漸老無人重。
皆知太白露華濃，誰到清明思且奉。莫羡楊家霓羽衣，馬嵬坡上難言痛。薔薇淡淡開無主，
花與花鄰猶不語。抱遮琵琶訴者悲，無情最是商人婦。千帆脉脉數歸舟，難寄閨中消息去。
洗罷胭紅淺夢驚，迷離不耐愁多許。蘭心不染風塵恨，結此柔腸愁一寸。幽谷清風浣石香，
柔荑倦寫多情韵。可憐孟母擇方鄰，子達之時身已隕。贏得功名回首時，繁華已共三春盡。
横枝清淺梅花嶺，一尾焦琴隨鶴省。我所思兮當世無，斯人早殁前朝病。請君爲我奏高山，
流水無言思可并。玉陷泥中識者誰，天涯何處尋君影。花開花落年年是，春去春來愁未止。
月有陰晴花有殘，人輕情意花輕泪。紜紜皆笑謂余痴，一世浮名究可累。前生枯骨今何在，
墳頭春色誰堪寄？

詞四十二首

生查子

應憐初見時，怯怯鄰家女。嬌作弄衣羞，笑似沾衣雨。相濡計有餘，復看新如許。執手忽無言，暗把眉紋數。

誤佳期

昨日一簾風起，簾内夢驚無計。却疑簾外有佳音，久作庭門倚。今日一簾風，風過凉如水。翻簾翹首雁無痕，負我相思意。

武陵春 折花

年少愛攀花入手，簪作美人釵。欲問還羞紅染腮，扶鏡窺妝臺。又是一年芳非好，花似那時開。空折新枝漫剪裁，難寄到天涯。

浣溪沙

畫壁參差竹影斜，月華光細透窗紗。箋無詞緒漫塗鴉。偶落君名非有意，輕抛歲月已成家。少年不識有天涯。

浣溪沙 步韵王漁洋三則

草簟花衾枕水流，青春一夢鬢邊秋。孤鴻天際識揚州。凡客登高難出世，書生入戲善多愁。羡風於野不登樓。一攬懷中風淺溢，空留身後水遥迢。心思淡入廣陵潮。

軟語船娘紅袖橈，分波渡我過亭橋。岸花隱約霧初銷。

五月芳殘剩幾家，憐春欲盡緩行車。曉城烟雨籠輕紗。柳綫風來簾半捲，渡頭舟泊槳横斜。偶來燕子啄閑花。

卜算子 柳生生日兼自寄

半世作書生，半世爲情丐。壺酒瓶花數句詩，抵却春風債。且把縱横心，化作輕狂態。一樹清蔭覆我身，即是紅塵外。

卜算子 熊作明兄五十歲生日晚宴席中分韵得『雨』

拈葉證菩提，閑淡穿風雨。五十從頭歲又新，花事仍相顧。良藥是天真，不染嗔痴妒。萬紫千紅看盡時，獨愛蓮衣素。

菩薩蠻 桂花

秋廬一覺斜陽暮，唤人唯有風鈴語。桂圃夢猶温，眉田香有痕。花開逢此約，雁叫驚離索。詞罷腹中焚，同君碾作塵。

菩薩蠻　渡江

横江取道回頭閲，波濤如煮聲如沸。風下廣陵城，飛雲連夜征。　男兒身可裂，未許金甌缺。烽火尚流螢，依稀蛙鼓鳴。

减字木蘭花　驚聞老屋倒塌

擬曾歸老，欲寄余生從此了。相伴晨昏，不負前塘十畝雲。　故園驚敗，索我長年離别債。多少童年，如影繽紛到眼前。

眼兒媚

林中獨坐日悠長，竹隙即幽窗。西風輕灑，桐衣偶落，淡入蘆霜。　鷗盟花約曾多負，四顧意微茫。懷中秋氣，階前枯葉，指上烟香。

西江月

濃睡初消宿酒，清晨恰送新凉。低吟小調漫開窗，心共浮雲蕩漾。　憶起童年稚趣，尋常草地爲床。看雲看月看斜陽，竟是如今理想。

西江月　中秋寄月

那夜抬頭初見，孤心從此相鄰。人衣雲影兩逡巡，消得霜華染鬢。　暗唤從前歲月，不堪往事嶙峋。平生明日又更新，青澀容顏誰認？

鵲橋仙　車過个園

園擁千管，竹分兩個，圈盡人間孤侶。相鄰縱使不相親，把雲影、掃成飛緒。　節分如壑，心空似谷，守到花開偏故。皆言高潔問虛名，可抵得、此生清苦。

臨江仙　登香山歸賦

未及山門香已透，沿途十里花街。輕身直到最高臺，悠悠鷗鳥渡，寂寂落梅階。　一嶺風光誰與種，欣然摘句歸來。相逢何必永相偕，文章留若在，便是我形骸。

臨江仙　聚飲江畔醉作

風挾東流雷暗隱，依稀烽火金戈。男兒鐵血壯江河。汨羅沉屈子，易水送荆軻。　若得生逢謀亂世，曹劉較我如何？英雄代代一般多。出門長嘯去，往事不須歌。

臨江仙　於平山清韵論壇一周年

結水盟雲詩與約，逍遥一歲人間。出塵入世自翩然，臨江吞玉盞，張臂抱江山。　千古修行皆下策，從來飲者爲仙。新詞一闋聘嬋娟，今宵何處宿，山指九重天。

臨江仙　蜀岡野炊

林外禪鐘聲隱約，雲高雁字分明。杯中柳緑對新晴，功名如覆葉，摇落一身輕。　八百江山容易醉，平生偏愛劉伶。但將白眼轉成青，胸中無塊磊，身與遠山平。

臨江仙

杯酒長如窗外月，時盈時缺時空。浮沉離合已從容，街河燈火岸，車馬若飄蓬。　幸有清風常在側，行吟莫問途窮。高樓絶立閱蒼穹，江山烟雨色，天下有無中。

一剪梅

同是春光兩處看，君愛花開，我嘆流年。掩書默默問君還，一夜消磨，半卷詞閑。　新月鈎如眉月彎，又上層樓，無數重山。一城燈火漸闌珊，也似銀河，隔在人間。

蘇幕遮

解衣風，沾髪雨，柳帶輕摇，寂寂人前舞。最是當時離别語，小咽低眉，隱在黄昏暮。　再重游，風景故，已是天涯，長作他鄉旅。總是多情憐柳絮，似雪紛紛，風過尋無處。

行香子

慕柳閑情，愛燕低迴。送雙眸、掠過春池。吟成豆蔻，醉到迷離，學桃花笑、梨花怒、落花姿。　粉濃白淺，紅明緑暗。恁分匀、總是相宜。應憐此味，最惹相思，有一些苦、幾分愁、許多痴。

唐多令　臨大運河有賦

誰把挽隋歌，譜成萬里波。自長江、送過黄河。數姓王朝終一破，看功業、劫何多。　烟雨籠漁蓑，前帆名利過。放小舟、淡入叢荷。濯足隨心蓮葉裏，喚群鴨、捉青螺。

定風波　端午粽

清曉晨采得鄰溪箬葉青，叠成棱角似新菱。剪取前樓棕櫚綫，深綰，一鍋清水緑堪盈。爐香沸鼎，誰醒，千村萬户競此聲。解得玲瓏温軟玉，穿箸，泥牙濘齒就清羹。

垂絲釣

新詞欲擬，一時沉夢驚起。記憶如箋，君已留字。曾於此，剪燭光相對。今於彼，忽天涯山際。榴花開後，丹心碎作紅子。不堪點檢，寄也無從寄。唯有曲如水。弦語細，似説當年事。

芰荷香

鏡如磨，照雲裳素擺，翠蓋青羅。漱風池畔，咀香更怯秋波。瀟湘舊夢，若此間、捲葉婆娑。清影不事笙歌，苦心應是，久在情窠。偶作歡娱爲風信，更束衣領首，淺笑梨渦。總無覓處，一任江海滂沱。不關風月，把餘情、長伴烟蓑。秋深待到雨過，軒窗盡鎖，聽忍殘荷？

滿江紅　運河懷古

淘盡繁華，空餘這、白頭蘆荻。憑誰問，隋亡唐盛，凌烟功績。千載江山今又换，百年王夢終成覺。看沉浮，亦不過匆匆、皆萍客。龍舟没，喑歌樂。英雄老，沉棺椁。剩朱門銅鼎，已無顏色。名字空留青史迹，浮生總被功名役。且隨我、賒一葉扁舟，聽風笛。

水調歌頭 長安行

風雨故都在，千古尚餘雄。街旗十里招展，攬盡漢唐風。帝業如今無據，豈謁王公枯骨，買醉但從容。遥寄一杯酒，盛世笑談中。謫人泪，羈旅怨，灞橋東。巾綃難挹，斜陽依舊染西紅。多少功名舊業，無數文人妙筆，幾個出樊籠？寂寞題詩去，莫問我行蹤。

水調歌頭 容亭游記

春色逝何處，一半到容亭。竹風摇碎桐影，拂面柳枝輕。最是卧坡芍藥，猶夢當時蝴蝶，不肯事梅瓶。開在湖碑側，木石續新盟。酒狀元，詩進士，亦功名。直須一醉，紅塵往事任凋零。點檢春光十里，化作杯前詩句，吟嘯忘平生。更誓來年約，畢竟意難平。

水調歌頭 過鳳凰鎮榜眼府

穿巷到唐宋，隔世訪明清。樓臺掠過光影，寂寂任陰晴。金榜曾鳴天下，富貴空留池閣，過往有樵耕。野外故人骨，碑上舊功名。小湖水，今又照，我身形。也應羡此，來往無束布衣輕。青史無痕過客，不必由人紛論，我與我曾經。少是惜花客，老愛白頭僧。

高陽臺 蝴蝶

俏立東風，落蕊枝頭，梁魂祝魄曾依。羽翼沾馨，翩翩帶過春池。寸心惜露憐花去，竟相隨、却爲人誰？影紛紛、共舞殘紅，逐落參差。　　三生一夢輪回復，恰鶯飛時節，立遍新枝。戀戀風塵，年年執赴花期。去年春色今非是，認花香、不認當時。只留身、化蛹輪回，莫負新詞。

長亭怨慢

井欄外、一枝新探。笑靨紅巾，欲將人挽。曲首叨陪，并肩吟久意零亂。與君同是，長寂寞、無人管。待到落花時，塵和緒、任誰吹碾？　　舞斷。惜光陰漸老，欲語無言還嘆。多情意氣，怎敵這、碧衰紅減。憑高樓、難寄幽思。却歸作、長宵輾轉。縱飲盡餘愁，又被新愁斟滿。

惜紅衣

葉雨飄零，肩頭隕落，滿身蕭索。欲拂還憐，掌中不堪握。風吹滿樹，盡頷首，許誰承諾？難托。亂木交叉，判多情是錯。　　朱欄暫約，豆蔻新盟，歸來總成怍。年年共此寂寞，竟如昨。應知眼前眉上，誰惜額紋如削？只天真還似，窗外一輪冰魄。

念奴嬌 微醉臨江

逆流回溯，競湯湯，千古萬山曾越。逝水如今猶晝夜，看慣青絲白髮。斷櫓沉舟，亡兵折戟，多少英雄骨。一江猶壯，難賒吾輩年月。　惜此短缺人生，才成頓悟，轉眼行將滅。喚友平山詩佐酒，醉罷終成淒切。夢自蒼茫，詩成狼藉，恨不心如鐵。回望來處，蘆葦聲已凝噎。

念奴嬌 常陰沙抒懷

抱襟江畔，問東流、多少風雲曾没。舟楫幾番争相越，大夢王朝興滅。枯骨功名，兵戈鐵血，未必真豪杰。一身衣錦，難消白髮如雪。　應是平淡多真，常陰沙渚，最愛深秋桔。結野盟鷗閑逝水，難負眼前風月。翡翠花蔬，琉璃瓦榭，好景因誰設？蘆葦灘寂，風情不與人説。

滿庭芳 高郵懷古

帆滿樓船，鞍生塵土，過往名利一場。鼓樓聲破，湖浪拍滄桑。多少幽思難寄，隨雲遠、今古相忘。空留這，秋風荒草，古塔立斜陽。　彷徨，無處覓，繫舟楊柳，佐酒文章。嘆殘花低首，也拜秦郎。幾樹芭蕉攢信，寫不盡、千古情長。莫輕説，金風玉露，深掩别離傷。

宴山亭 杏花

棋罷書閑，雨微院深，天色同春將晚。魚飲水凉，燕啄紅殘，零落風光誰管。坐憶紛紜，人與事、無心勾還。深淺，有杏花嫣紅，怯如初見。　清絶又到黄昏，把鈴聲調作，相思河畔。花信如期，人約輕負，開口已成嘘嘆。呵手存温，熨不直、眉彎愁捲。輕念，斯一季，爲誰絢爛。

高陽臺

風冷心慵，都來向聚，梅間一點閑愁。阡陌相從，斷欄錦瑟春秋。繁華落盡真如水，無語凝、一任東流。指間弦、抹諳獨孤，何始方休。　攢心枕上千般願，再如今重省，斷緒無頭。仔細尋來，無非病裏揚州。男兒有泪誰傾道，恨難酬、更上層樓。樓高處、人去何從，點點沙鷗。

賀新郎

委與樊籠久，怕文章、無辜沾得，衫塵衣垢。從此江陵無詩客，冷落隋堤烟柳。君記否、去年時候？莫道形骸今依舊，看桃花、幾度東風後，竟如我、一般瘦。　天箋水墨難書就，忍對這、一地殘英，滿庭風驟。海角天涯同寂寞，每以良辰勸酒。玉簾内、更誰相守？鏡裏端詳空鯉對，許來年、再執紅酥手。一語盡，濕襦袖。

永遇樂 登閱江樓

風獵殘英，江翻雲影，王氣東溢。危攬山河，遠收天郭，縱把金陵脉。故都猶在，六朝難覓，指點舊宫遺迹。浪堆白、降幡競起，憑樓任吾收拾。　孫吴霸業，太平天夢，賺得青書幾筆。泣血窮生，英雄草莽，不過争民役。興亡皆苦，死生兩誤，百戰是誰功績。空留這、苔磚剩瓦，斜陽古壁。

盛蓮純

網名天一生水，女，一九八〇年三月生。揚州高郵人。現爲揚州文藝創作研究會高郵分會副主任。作品散見於多家報紙刊物。喜古琴，爲高郵古琴協會會員；好藏書，深慕寧波天一閣；愛旅游，少時曾立志踏遍天下山水；於詩詞一道最是鍾情，然數十年隨性不得其法，後受衆師長指導方窺其門徑。

詩二十七首

題海南天下第一樓

看景須登第一樓，雲開胸次自悠游。遠山近水凝成碧，一帶金沙似夢浮。

天涯海角

萬里雲天一綫收，暖風椰樹看潮流。人生到此無從避，已是天涯海盡頭。

偶書

銀燈初上意遲遲，一卷詩書細讀之。讀到無心抬眼望，西窗明月挂疏枝。

無題

書中離恨指間琴，梅雨窺窗濕寸心。放任相思痴到骨，馨香唯向夢中尋。

沈園

照水芙蓉眼底開，層層叠翠上高臺。殷勤楊柳翻新色，不見詩人折取來。

病中有感

病裏唯求好夢長，床前燈影伴茶涼。飢腸偏不從人願，方覺米香勝墨香。

雲臺山紅石峽有題

丹崖千仞起雲平，飛澗清潭入耳輕。頑石已然紅到骨，始知天地有深情。

賀牧荑師妹芳辰

淡蹙烟眉最可憐，眼波流動在誰邊？天公今日知君壽，十萬飛花做酒錢。

送小七

一上栖靈萬慮休，君言悔未嫁揚州。何時再作江南客，把盞春風明月樓。

清水潭度假村

十分月色上蒹葭，幾點流螢欲點茶。魚躍清波驚白鷺，芰荷香帶晚風斜。

賀西風生辰二首

驚才還似識君初，十里春風亦不如。誰與平生觀自在，一窗明月半床書。

蘊藉風流皎月姿，一杯醇酒數行詩。倘佯十丈紅塵裏，人自清流志不移。

端午二首

一卷離騷滿地傷，半城飛絮綠蘿墻。憑窗坐聽風吹雨，猶似聲聲説楚王。

到今猶説楚宮腰，誰把華章慰寂寥？天地不知時世變，端陽依舊雨瀟瀟。

揚州三首

綴玉連珠未費詞，坐花載月數行詩。平山堂上江淮客，倚醉春風笑忘機。
隋柳春風錦障遮，誰憐蜀岡玉鈎斜。當年多少宮人泪，開作揚州萬樹花。
無雙月色浸高樓，芍藥瓊花看不休。騎鶴雲天君莫問，柳烟深處是揚州。

游湖

淼淼湖天一綫收，烹茶煮蟹自悠游。澄波也被斜陽染，淡著胭脂送遠舟。

探梅

眼前春意尚零星，草色楊枝未肯青。忽忽暗香生鼻底，滿坡梅樹正亭亭。

有題

城郭疏林静，天邊夕照紅。河波蕭寺柳，蘆雪驛樓風。杯淺堪堪醉，愁深漠漠空。流光行未已，湖月老漁翁。

歲末感懷

經年春意晚，玉曆自難持。北有梧桐木，南無鴛鳳池。往來飛燕子，酬唱落花詩。君謂心如月，緣何總見疑？

寄琴社游學諸師友

江淮烟水別，游學上南山。俯瞰千峰碧，旁搜萬象閑。調琴松壑下，寄興白雲間。一曲清音裏，紛紛暮鳥還。

雪中瘦西湖

朔風偏着意，一夜點妝成。波坼琉璃界，枝交白玉莖。虬梅紅欲裂，修竹翠猶貞。廿四橋邊雪，盈盈入水輕。

界首蘆葦蕩濕地公園

千里湖光灧，秋蟾瀉水銀。波摇蘆上雪，風動柳邊人。長嘯抒胸臆，微醺忘苦辛。借他山水色，滌我世間塵。

午後偶題

閑裏光陰人易老，琴音一曲幾徘徊。指間意氣誠多累，心上流年不必裁。半樹梅花窮變量，五天文字費疑猜。斜欄遥看飛波處，湖外風雲踏浪來。

游神居山

寶殿飛檐玳瑁梁，蕭然無語挂斜陽。一池蘆雪秋風冷，幾處霜聲落葉黄。丹鼎沉埋休問道，梓宫遷落笑封王。靈山會得人來意，故起青嵐繞碧篁。

有感

送遠飛鴻隻影單，無端寥落怕秋寒。漫天黄葉經霜冷，半捲詩書看菊殘。燈下樓臺添徙倚，雨中心事見闌珊。如今空念當年月，未曉餘生共誰安。

詞十二首

憶江南

江南好，秋雁没重霄。小院黄花雲抹月，長街燈火柳依橋。霜冷客吹簫。

憶江南

微霜渡，結社在平山。造物長嘶秋意瘦，詞人不覺墨花寒。心意總相關。

采桑子　重陽

秋光無限憑欄意，菊冷東墻，月淡西厢，持蟹誰同醉羽觴？　西風吹散深閨夢，殘夜微涼，一枕流光，不斷相思只斷腸。

訴衷情令　訪紅葉不遇

登高未見一枝紅，袖得滿山風。青峰隱隱連江面，霧鎖大江東。　山徑上，小亭中，送飛鴻。秋心相伴，携手相從，暮鼓晨鐘。

眼兒媚

猶記湖邊看斜陽，共捻柳花黃。回橋九曲，晴風四野，梅雪飛香。　而今斟酒西窗下，何處可思量？燈前舊字，雲端新月，總斷情腸。

生查子

寒盡覺春生，緑上池邊樹。江南錦綉時，蝶約花前住。　風逐暗香飛，誰在情深處。猶怕委芳塵，紅英落如雨。

菩薩蠻　桂花

秋光怯露青苔舊，半開金蕊寒香瘦。月色浸瓊英，催人涼意生。　梢頭風不定，浮玉抱枝冷。新桂正堪憐，花前輕拂弦。

唐多令　記夢

燈下對清樽，眼中多笑痕。嘆世間，添對痴人。未剖相思何忍去？花間雨，落紛紛。　離夢最銷魂，耳邊字字真。這挂牽，原是蘭因。只恨不如風和月，時相見，伴晨昏。

蝶戀花

簾外花飛眉上意，怕却相思，偏被相思累。百結愁腸何處寄？孤燈剪影成雙字。　君去自憐顏色异。屈指黃昏，總把歸程計。計到深閨幽夢裏，相看猶是分離地。

看花回　游古運河有感

十里隋堤二月天，桃李妍妍。嫩芽輕吐丁香舌。錦綫長、淡罥春烟，畫船分碧水，漫拂清弦。　柳葉橋横柳眼邊，人自無言。坐花奄忽成追憶，這芳心、又得誰憐？一時春去也，誤了流年。

芰荷香　游林坑

入桃源，看霞飛萬壑，竹翠千山。小樓重叠，枕得溪水潺潺。誰家桃李，半倚在，青石橋邊。小徑曲曲彎彎，無人到處，雲自閑閑。　斜倚凉亭望落月，有二三摯友，一澗清泉。輕歌酌酒，人生如此當歡。中宵曲散，誰又能，今世周全。幾縷憾意眉邊，修篁滴露，霧濕欄杆。

高陽臺

傘上飛花，指尖過雨，長街信步閑閑。小鎮幽懷，苔痕舊迹曾諳。昔時最愛春光好，嘆春光，漸下眉彎。羡如今，穠李夭桃，猶斗嬋娟。　驅車指點當年路，看泠波弄柳，麥浪堆烟。庭院深深，隔墻緑蕪蔬園。誰家阿母鄉音對，縱相親，却是無言。轉歸途，回首杳杳，霧失雲天。

張朝民

別署上方山民、北湖閑人。一九八〇年十二月生，江蘇揚州人，中學教師。散淡爲人，清淡爲詩，偶涉網絡，很少入群。每每塗鴉，則怡然自樂，近年來始學填詞。

詩三十七首

送夢言兄之東瀛

此去櫻花開爛漫，雲帆豈作等閑游。囊中携帶琴和筆，洋溢唐風不計酬。

樊川道中

鳥唱蟬吟夾道稠，濃陰十里供清游。槐花簌簌埋幽徑，一葉飄零已是秋。

體檢後得醫囑有感

十年振鐸老風塵，已慣青衫著病身。濩落生涯還禁酒，苦吟長憶謫仙人。

題周博士牡丹

雲護風呵雨露滋，當春乃發牖前枝。凌空但羨非常色，寂寞清寒恐不知。

五亭橋避雨

烏雲不待風雷怒，壓向橋頭勢欲摧。萬斛珍珠盤上濺，游人拾得幾顆回。

病中吟

心爲形役奈何之，常願春寒芳草遲。一自故園風雨後，憂心竟日到花枝。

小酌

香山元九暫相親，握手噫嘘酒十巡。共此西風同感慨，青衫相對忘憂貧。

聞雨師至熟敢作

擷得相思第幾枚，蕭臺言墓共崔嵬。多情最是虞山柳，綰住詩人又一回。

納涼

四面荷風蛙鼓稠，星河耿耿月如鈎。桑麻話後還憂國，争説凉州復益州。

野釣

絲綸落處聚萍花，匝地清陰老樹遮。日午人閑聊縱目，南風陣陣熟枇杷。

訪飛雲堂主人

衣冠簡樸貌尋常，斗室容身市井旁。灼見真知能駭客，嵐烟滿壁墨飛揚。

寄人

與君廿四橋頭别，紅藥凋殘第幾年。莫怨鴻飛消息杳，青衫依舊愧人前。

甲午暮春虹橋修禊

碧柳毵毵拂畫橈，喁喁長幼過虹橋。遥思三百年前事，問月樓頭且聽簫。

游邵伯湖

湖上水連天，茫茫何處邊？叢蘆涵槳影，群鷺亂霞烟。不覺漁歌晚，尤貪野味鮮。重來須載酒，長醉傍鷗眠。

己丑清明

家近猶爲客，年年此事哀。朱痕風雨蝕，青草鼠狐來。一捧添新土，三杯酹舊醅。摩挲墳上樹，記得那時栽。

暮春小酌

招邀二三友，小酌落花時。喧鬧因窗隔，佯狂借酒滋。性孱難濟世，文賤怎療飢？祇合林泉老，相憐有子期。

寄周巍兄

知交長不見，故作暑中游。山水供詩興，琴樽遣别愁。欽君能曠達，愧我學風流。已厭塵間事，雲心許暫留。

夜讀卿雲歌

遥對三秋月，閑吟太古詩。光輝衣上滿，意趣卷中滋。縹緲唐虞日，躊躇甲午時。往來成代謝，皎皎獨如斯。

返鄉

去家三十里，兩月一還鄉。小麥稀疏緑，西風慘淡黄。昏鴉聲寂寂，遷雁意惶惶。疑是生人至，柴門犬欲狂。

車過江陰長江大橋

一虹連兩岸，滚滚萬輪過。海霧迎紅日，江風逗素波。初臨長咏嘯，復到漫蹉跎。不盡東流去，光陰似爛柯。

雜感

蹉跎塵海裏，諸事自難持。一夢殘驚漏，三餐簡信醫。閑來花委地，老去鬢成絲。裘敝宜歸去，纖雲繞槿籬。

過丁伙樸園

聞名十餘載，今始晤風流。樹古龍鱗脱，荷衰翠蓋收。蟬聲送殘暑，花氣逼清秋。况有濠梁樂，吟屐暫可留。

郊行

郊行三四里，親近暮時春。夾道新陰密，連天草色匀。生涯成契闊，風義亦沉淪。踽踽添惆悵，樵歌似出塵。

丙申正月初三與同窗小聚

故鄉逢舊雨，嘉節又新春。握手先憐鬢，銜杯不惜身。飄零隨社燕，談笑滌心塵。往事徒追憶，猶存一念真。

近況兼寄友人

碌碌營生計，惶惶又一秋。每因鐘鬧醒，偶取醉消愁。兀坐雖無味，微吟得自由。結緣千里外，冰雪兩心投。

虎丘

信説千年遺虎蹤，蒼茫唯見塔摩空。生公石畔松濤寂，霸主墳前劍氣雄。瘦竹幽藤須待月，檐鈴梵語自含風。流連不畏蒸炎苦，半在吟中半醉中。

甲午暮春感事

獨上高樓望翠微，滿城烟絮又春歸。靈風繾綣紅消歇，冷雨飄蕭緑合圍。輕許儒冠終自誤，殷憂塵事每相違。杜鵑啼血斜陽裏，願得金戈效一揮。

辛卯暮春日泛舟古運河

郊游倚棹似乘風，泛到中流四望空。海外帆來雲漠漠，堤前柳舞影重重。野蒿碧藻時飛鷺，錦樹浮宫又過龍。白髮漁夫歌水調，興亡感慨古今同。

謝殷老師惠手抄心經一幅

浮雲别後十餘年，幻海時常寄短箋。絳帳春風瞻氣象，閶門秋水憶神仙。憐公潑墨絹猶濕，愧我吟詩味不鮮。但願從兹持聖諦，得魚之樂忘其筌。

甲午國慶節登揚州東關城樓作

東南形勝戍樓雄，千里江淮指顧中。海上潮來音激切，天涯帆去影溟蒙。蒼凉石獸眠秋草，閃爍霓虹動晚空。物理推移誰意會，悠揚短笛散西風。

乙未生辰

塊壘無多氣漸平，流年已慣不心驚。偶然遇酒呵呵笑，特地尋詩踽踽行。静倚蕓窗觀世態，閑開緗帙體人情。堂前仙子冲寒發，贈我清芬一霎凝。

夏日村居

世間名利且由它，避暑東鄉不泛槎。好雨洗塵如有待，清風排闥似曾賒。追凉散後三更月，薅草歸時一擔霞。更擬方言從野老，南山學種故侯瓜。

野釣

前度蓑翁今又來，湖邊鷗鷺莫疑猜。一天新雨飄難住，百畝浮萍漾不開。荇菜成行初入夢，秋風漸老始登臺。子陵但愛春江好，吾輩臨流亦快哉。

觀舊照

紙上青春已泛黃，凝眉相對各神傷。清癯却訝腰肢瘦，葱鬱還憐毛髮長。俯仰十年成老大，躊躇半世是疏狂。青衫不改斯文在，回首初心漸渺茫。

侍先生秋游江南小鎮

先生擊節我吹簫，船過西塘第幾橋。夾岸秋風摇彩旆，一街新火透紅綃。江湖落魄常思杜，壟畝悠閑每憶陶。暫許盤桓三五日，詩須題遍酒須消。

寄友人

幾回含泪讀君詩，仲則前身信不疑。將斷微薪愁月末，難消痼疾損腰肢。西川浪静浮槎釣，北苑梅開倚笛吹。休向江湖嫌寂寞，窮通自古寸心知。

近況答友

南窗新雨北窗風，半在吟中半弈中。燈下開書矜倚馬，枕邊得句耻雕蟲。危枰何必嫌謀拙，蹇運無須怨道窮。知否秋來光景异，一綳水墨寄飛鴻。

詞二十九首

浣溪沙八首

一夜和風急急開，旋遭冷雨委塵埃。陰晴不定運時乖。　瞬息繁華難自主，無邊寂寞易傷懷。胭脂如血倩誰埋。

自是中年感不禁，謀生計拙且閑吟。花開花謝兩驚心。　半日清談酬夙興，一壺好酒滌煩襟。朱弦宛轉有知音。

一曲皮黃酒一杯，醇香妙韵兩相宜。歡娱不覺漏聲稀。　莫笑山人扶月醉，應憐石友踏歌歸。四厢花樹片紅飛。

柳上春歸一綫青，草浮新緑又相迎。晨曦初放海霞明。　却笑桃花空艷艷，還憐鶯語正盈盈。朝來暮往不關情。

天際寒雲化不開，虛階積雪白皚皚。朱欄橋畔久徘徊。　誤認香車空嘆惜，漫尋鴻爪費疑猜。西風未老舊情懷。

咻復摇兮且盡歡，紅包如雨落屏前。絲弦歌舞慰無眠。　減却烟花辭舊歲，飛來短信賀新年。京華自是隔遥天。

斗酒掰螯霎那歡，琉璃燈火照酡顔。醉時容易醒來難。　檢點尚餘衣上漬，思量已忘夢中言。不須憔悴向人前。

蕓窗而外次第紅，斷無浪蝶與狂蜂。繁華俯瞰自從容。自是高標塵世外，偏能練達理情中。一年一度事春風。

清平樂　老街騎游

踏車緩緩，背後紅塵遠。唾咳聞聲人不見，王謝堂前歸燕。爬藤幾度逢春，霉墻風雨留痕。石獸銅環猶在，風吹一地松針。

清平樂

邇來無事，豢游魚數尾，倉鼠一頭，因賦。

可憐魚鼠，肯與人爲伍。唼水吹花星亂吐，閑逐鞦韆曼舞。幽心怕惹纖埃，時常躲進蕭齋。偶共爾曹談笑，往來不許疑猜。

清平樂　拙政園

柳陰蟬唱，朱槿花初放。重倚遠香堂上望，别後紅蕖無恙。徐徐風過田田，游魚驚夢年年。試問鴛鴦何處，芭蕉盼雨階前。

清平樂

庭滋碧蘚，樹老清陰遍。緑葉無心隨蔓遠，數朵黄花隱現。風回一霎新涼，等閑又是秋蟬抱葉，鷺窺光。聊倚軒窗送目，鳴蟬正趁斜陽。

鷓鴣天　游瘦西湖

柳陌桃蹊自在行，黄梅雨過滿天青。逶迤石徑滋紅蘚，繾綣香風落玉英。萍。悠揚小調幾回聽？一湖瘦水今猶在，何處亭橋待月明。

南鄉子　題竹石圖

頑碧兩三竿，根在巉岩怪石間。一侯清風摇瘦影，娟娟。素月分輝劇可憐。粉節遠塵寰，好趁山人杖履閑。約住白雲和野鳥，盤桓。詩遣餘生酒駐顔。

臨江仙　中秋日寄二兄

憶昔三人成對飲，不知不覺微醺。笑談自可滌塵襟。杯盤雖草草，咳唾即斯文。各爲營生多闊别，秋來更易思君。菊花正好月華新。孤吟無秀句，愁起欲沾巾。

臨江仙

久客長安居不易，歸來已是新秋。凉生小院火初收。清風摇白果，抱葉晚蟬稠。十載蹉跎成老大，鄰人相問應羞。無聊重整釣魚鉤。芙蕖香滿岸，斗笠對沙鷗。

鵲踏枝

懊惱愁雲餘幾許。化雪難消，又作廉纖雨。欹枕虚檐聲自苦，曉寒漠漠侵簾幕。迢遞高唐春夢去。舊約新盟，一霎無憑據。獨對瀟瀟移玉柱，呢呢且把相思訴。

蝶戀花

衣染幽香眉黛。淺笑輕顰，都是相思態。別後新愁添舊債，夜長酒困無聊賴。廿四橋邊紅未敗。燈火闌珊，有約何時再。記得當初春靉靆，琴心早許朱欄外。

蝶戀花

寂鎖高樓寒浸户。萬里霜空，依約青娥舞。蟾月盈虧今幾度，迢迢銀漢佳期誤。幻海雙魚沈尺素。悄立蕓窗，到曉斜光注。魂夢不拘離別苦，香車寶馬横塘路。

風入松

一椽茅屋白雲邊，歸隱學陶仙。韶華總被紅塵誤，漫贏得、謠諑喧喧。一任清風批拂，還期野鶴翩翩。天憐寂寞惜芳年，尚許共嬋娟。穠芳暖翠應無數，問平生，只種幽蘭。素手調箏月下，持杯欹卧松前。

淡黄柳

涼蟬暮咽，幽徑桐陰寂。衰草斜陽秋瑟瑟。望裏波光瀲灩。無限西風起蘆荻。謾凝立，難尋舊蹤迹。憶芳景，嘆駒隙。恨簫心却被塵心役。且倚冰欄，閑携樽俎，獨對沙鷗弄笛。

淡黄柳 咏菊

金英玉蕊，爲踐青春諾。雲外栖身長寂寞。駭緑紛紅閲遍，故許襟懷托寒萼。正綽約，幽香蝶難覺。風日好，世情薄。倚蕓窗，静享年華樂。料應更深，客來扶燭，還引壺觴對酌。

洞仙歌

西風幾度，漸袷衣寒透。雨過空庭古藤瘦。蝶翩躚，向晚黄葉飄零，東籬下，燦燦金英争秀。蹉跎成倦客，况是逢秋，脉脉閑情酒邊逗。消息翼捎來，竽栗園收，蒓波老，鱸魚依舊。欲歸去，鄉心却遲疑，正素月侵檐，暮雲籠岫。

滿庭芳

乙未夏，周君偕余游拙政園。是年冬，程君主事其中，攝數幅雪景示余，因賦兼賀程君升遷并寄周君。

四面來香，千條弄碧，憑闌稍駐游蹤。別來詞賦，都説太匆匆。一霎冰封雪坼，荷塘寂，枯葉鳴風。清妍景，幾人見得，唯有自家翁。晨昏巡古苑，鋤蘭種石，絶勝良工。料飛鳥游魚，已是同盟。探得寒梅消息，宜堪付，閑客詩筒。韶光老，重逢應惜，鶯語杏花紅。

滿庭芳

涷雨鳴蓑，霜風灌耳，夜闌寒似潮生。滿街搖旆，直是少人行。坊陌熒光炫麗，坐簫默，漸止歡聲。千窗黯，高樓影綽，寂寞鎖空城。　蹉跎成倦客，十年絳帳，書劍飄零。笑夢迷蕉鹿，兩鬢星星。縱有鱸魚堪膾，陶潛酒，欲醉還醒。年來慣，驅車緩緩，自唱自怡情。

八聲甘州　寄殷偉仁師

記少年負笈渡江來，數載傍湖山。有春嵐逗雨，秋波浣月，俱入吟箋。最愛吾師氣度，瀟灑似坡仙。談笑眉飛舞，吞吐雲烟。　一霎懵騰夢醒，似飄萍泛梗，換了華顛。料陶朱張翰，與我久無緣。遺餘生，清閑絳帳，漫憂思，偶爾墮尊前。還堪慰，燕翎頻寄，妙墨安禪。

八聲甘州

記江南秋雨讀華章，數載慕君狂。漸魚書清賜，春風煮酒，夜話聯床。從此金蘭相惜，琴劍共淒涼。偶寫辛酸句，閑話滄桑。　同閱吟林春色，嘆鶯歌燕舞，樂在斜陽。縱千紅百媚，也難得天香。幸而今，瓊花怒放，眼欲青，國色在維揚。須憐我，興來燒燭，更短更長。

高陽臺　元旦日寄諸兄

陌染青霜，窗迎紅日，晴明已是新年。馬龍車水，客中節序囂喧。閑身獨坐蕭齋裏，漫消磨，象管鑾箋。笑前時，塵事紛蕪，華髮誰憐？　憑欄試問梅消息，正寒來北極，雪滿長安。更待天風，一番吹徹江南。瓊英玉蕊開無數，浮暗香，相約流連。最銷魂，畫裏纔成，又到吟邊。

賀新郎　老父丙申生日

兩鬢蕭蕭矣。嘆年來，眼花如霧，髭生如穗。回首陽關風雪路，識盡人間滋味。漫把酒、邀明月醉。歸老雄心還未已，且鷄豚稼穡隨鄉里。數十載，爲誰累？　今宵吹燭歌聲起。最堪憐，彩衣小子，弄竽爲戲。却笑事親猶待客，膝下承歡能幾？都道是、營營生計。筵散依依難分別，料重逢將近迎新歲。勸飽暖，略相慰。

肖臘梅

網名君心如玉。女，一九八一年十二月生。原籍江蘇漣水，現居揚州，就職於揚州晚報。二〇〇三年畢業於揚州大學中文系，學士學位。性喜婉静，偏愛詩書，以梅花舊館、綺寒軒爲書齋名。二〇〇二年初試寫詩詞，十多年來孜孜以求，不負初心。暇時多參加詩詞雅會，或詩詞唱和，或同題相賦，或分韵而作，但憑韶華過眼，歲以詩書爲念。

詩二十六首

乙未十月初二父親六十壽辰歸家有記三首

恍然纔繞膝，敢憶卅年真。父杖鄉閭老，今朝作壽辰。

長天一望遥，壟上待耕樵。秋冷霜痕外，催人把酒招。

花影任扶疏，歸來唤小魚。最憐頑與笑，何處不牽裾。

偶因一一欲購而不得天予窑蘭花茶盞，也合舊事，但敷爲絶句五首

空尋夢裏蘭清嫵，從此天涯不相見。香冷羅裳月冷心，妝前誰與扶釵鈿？

君説當時誠顧惜，天涯不見又如何。我憐花事隨君遠，争忍重聽易水歌？

當年也共勤學書，欲挽雲羅寫關雎。夢斷江南春已遠，烟霞筆底幾回初？

音信年年不曾寄，楚天千里隔瑶華。春來又作春歸去，望盡斜陽到酒家。

忍作相思獨自愁，那年花事黯心頭。别來不許春含泪，醉眼而今鬢已秋。

七月十一日，九十六歲奶奶遽然逝世，後於爺爺去世十年整，合葬於斯，泪挽之

城南坐老十年塵，城北而今入舊墳。冷暖斜陽共君語，争憐碧落有相聞。

無題兩首

夜雨侵檐遍地寒，芙蓉不見送歸鞍。那時人在秋江上，隔岸蒹葭相對歡。

暄妍萬里霜紅去，誰共詩書度流年？昨日桃花纔過眼，又成舊事不堪憐。

秋日與平山諸友游瘦西湖及平山堂有感三首

紅橋烟冷舊時詩，紛擾游人幾個知。轉過寒汀不成夢，蓼花寂寞枕秋池。

泠泠秋水縈殘碧，又負年華酒半壺。照影芙蓉花正好，雁來不識楚天孤。

遥羡風流同一望，平山韵起蔚成宗。嗣懷千載遺清響，縱寫浮雲到碧峰。

寄懷

流年不堪數，風雨幾晴暄。紅碎裁花影，緑遲扶月痕。綺懷詩已遠，玉勒酒重温。雁過江天外，華燈未掩門。

昨日，九十七歲外婆與楊絳先生同日逝世，謹挽之

影幻如滄海，緇塵隔舊楹。落花愁更遠，欹枕夢何傾。雲停家國恨，泪起風雨聲。空挽音容

外，烟波去一程。

香水

琉璃影何媚，解佩倚清妍。碧冷春猶醉，紅深秋更憐。綺痕侵枕側，香氣過風前。願共花間老，素心自爲仙。

棠湖雅集書成，宴聚江都冶春，同題魚頭賦此

可自棠湖過，北冥千里來？折詩寄雲鏡，枕月待花魁。晦朔天知命，山河劫成灰。炊寒同一醉，擊箸賞奇才。

注 雲鏡，柳生字雲鏡。晦朔，指旦夕。

初春有寄

新蕤碧初染，烟柳拂舊塍。風送春前驛，雨尋花外僧。湖山憑一醉，鴻雁正相譍。長恨湘君遠，誰憐試綺綾？

邵伯湖秋賦

颯颯秋風老，棠湖覽勝來。霜紅波欲染，水闊鷺難猜。羈晚維亭野，騁歌猶楚杯。諸公遺墨在，我輩安可追？

近讀俞陛雲《詩境淺説》，有感唐人五律詩意，也擬寄之

江天風雨過，寥落滿西津。長似孤帆遠，徒添客夢頻。青山憐雁信，古寺隔經輪。白髮不堪醉，流年倍傷神。

登天柱山

七月二十八日，與君登天柱山，山上雲霧繚繞，因風似雨，天地蒼茫；坐索道下山，山下艷陽高照，遠樹滴翠，溪流有聲。

山巔遥極目，千仞立空蒙。雲冷松針露，苔驚石壁風。都云有仙渡，誰得到天宫？飛跨青龍澗，天邊日影紅。

采石磯懷李白

翠渚迎江楚天闊，幽階直上陵幾重。鬢華已换風侵枕，樽俎未消愁在胸。遠謫夜郎詩輾轉，長歸姑孰月從容。仙人笑逐滄波去，卷盡狂濤挽劍龍。

揚州詩詞協會成立三十周年有寄

縱寫風流三十載，平林佇望繼高蹤。舊時聲倚紅橋媚，軫上驪飛白袷雍。看取秋光維共禊，延將世事淡於胸。月華更渡長江去，爲我濯塵振青鋒。

五月八日擬歸，無端抱病未能成行，泣以詩記二首

説好回家在今日，偏偏病起阻歸程。重城望北憶相見，孤榻思親到天明。身苦誰知心更苦，藥傾怎及泪難傾。十年風雨飄零慣，若有他生不遠行。

緣何一病阻歸夢，怪我回家心未誠？想是蒼天懲遠客，不教俗事累親情。燈前白髮睽違久，窗外啼鵑斷續驚。冷暖年年空問候，遥聽父母喚兒名。

詞四十首

搗練子（三首選二）

隨逝水，望江南，記得春風第一簾。遥寫薛箋愁幾許，那時烟雨隔重檐。

從夢裏，過江南，昨夜風吹入綺簾。誰撫斷弦明月外，藕花香冷·疏檐。

如夢令

新入淺藍色水墨印花絲巾，詩以記之。

碧水浣紗紅淺，綺蕚籠烟香遠。痕過楚雲輕，偶與凌波初見。歸雁，歸雁，憐取幾回春半。

浣溪沙 春日同和王漁洋

迤逗春風逐水流，桃花一樹不知秋。多情燕子舊揚州。遠浦歌臺時入夢，平蕪烟柳半凝愁。滿襟明月枕江樓。

載酒江南倚畫橈，深紅淺碧隔溪橋。歌雲輕按幾魂銷。陌送香塵風婉婉，渚隨白鷺舞迢迢。望中多少舊時潮。

裊裊春愁黯幾家，暮烟落盡挽香車。月寒猶透碧窗紗。濁酒成風雲鬢白，遠山無語枕函斜。爲郎珍重寫桐花。

桃源憶故人

新制玫瑰酒，爰以詞記，兼謝莊周所贈泡菜。

胭痕一點紅初透，争似桃花豆蔻。誰與倚梅相候，月冷纖纖手。綺羅人遠音書久，老去年華孱僽。只有相思依舊，不共西風瘦。

秋波媚

烟林翠冷玉生寒，漠漠鎖晴暄。幾回載酒，霜天寥落，都在眉彎。秋來悵望重城外，何事不相關？綺懷已遠，月華空照，千里溪山。

畫堂春

樽前誰許茜羅紅？落花雁影空蒙。鬢隨霜冷去無蹤，烟水一重重。倚棹還聽曲散，抛書又對塵慵。當時人在舊簾櫳，殘碧上眉峰。

和韻柳生《畫堂春》

江南新買緑羅裙，眉梢似染香痕。燭紅宜笑也宜嗔，都是銷魂。　今夕共花一醉，流年細與君論。家山不羡五湖春，烟水前塵。

西江月

乙未春暮與諸友相聚賦此，并寄柳生。

雲共春風喚酒，香沉鸞字扶箋。樓臺正候紅蕤前，依約玉簫聲慢。　曲盡離塵驚起，雁來芳信空傳。綺羅才著月猶寒，花事已隨人遠。

折花令

一月二十五日微雨，約無聲音樂廳欣賞笛子演奏會，并於明月湖邊偶折寒梅以做梅花酒。今以《折花令》一闋記之。

驀地香横，寒汀雨過韶華媚。剪一影、梅花契。緗染凍痕新，玉屏聲起。　寂寞誰暖？年年不向春含蕊。憑寄與、征塵外。綺夢又天涯，芳醪十二。

注　玉屏，借指笛子。

踏莎行　重陽

雲過寒汀，霜驚斷雁，客懷寥落秋江畔。都緣蘆白泪痕紅，廿年已隔家山遠。　黯黯長亭，疏疏菊盞，而今誰共新醅滿？一階香冷恨愁多，茱萸猶怯扶花鈿。

臨江仙兩首

冰絃弄徹幽蘭引，泠泠都作清愁。歌塵吹散入秦樓。烟空韵遠，誰與和箜篌？　文君已許當壚月，韶華不爲封侯。長安何處覓行舟？湖山一枕，老去是滄洲。

幽絃一曲琴心亂，無端喚起春愁。看花覓雨怯鶯儔。惛惛巷陌，都是舊時游。　紅箋欲寫如何寄，宿酲初醒南樓。誰扶玉腕下簾鈎？雲羅小字，幾度泪痕休。

攤破南鄉子　寄春水

昨日，春水贈我梅花以做梅花酒，今酒未成，詞先寄，聊作謝意。

春信一何遲，雲山外、惆悵羅衣。巡檐遍索梅花影，東風幾叠，分明夢裏，遥寄幽姿。

也學弄新醅，偏擬就、多少情思。吟魂都伴香痕老，匀紅點緑，樓臺十二，不負清卮。

淡黃柳

平山雅集分韵得『葉』，寫此調本意并寄柳生。

纖腰一抹，慵對桃花睫。夢醒春寒烟水闊。迤逗紅裳綉屧，看盡韶華也攀折。　送舟楫，多情未銷歇。説相許，兩心契。任雕欄十二飛殘葉。總把風流，向人深綰，空惹啼痕切切。

風入松

春寒不散冷江陂，何處燕雙飛？海棠月上紅偏早，憶初見、烟雨霏微。綺陌幾多芳信，東風可解情思？　舊年花釀莫相違，素手作新炊。停停笑向檀郎倚，待明朝、買個胭脂？香入藤蘿凝碧，影扶鸞鏡成詩。

碧牡丹

雨打胭脂冷，花落相思永。寂寞流光，但送雲帆烟艇。枕膩紅蕤，依約傷春令。素箋誰寄哀郢？　夢無定，老去人醉醒，襟痕那時游騁。萬里關山，占斷幾回風景。待問而今，争似文園病。明朝空掃芳徑。

被花惱　何園憶舊

濛濛雨過曲欄東，苔影石階凝碧。最是紅蕖錦鴛出。雲山岫冷，烟波蕊動，迤逗江南笛。憑游冶，趁芳懷，爲誰相憶初相識？　妝懶殢人嬌，争媚年華綺窗側。愁鬢漸老，未挽連娟，染就青絲白。嘆天涯幾轉一襟閑，向何處、商量舊消息？任紙帳，夢裏香痕風寂寂。

錦堂春慢

二〇〇二年四月末與君蘭州一晤，二〇一四年四月二十六日，南京重逢，整十二年之久，數千里相隔，無以寄懷，付詞一闋。

春染秦淮，疏疏雨細，啼鶯不解風斜。陌上寒侵遠碧，綺萼誰家？憐取烟波數點，故人消息天涯。共扁舟幾渡，最是重逢，對影難賒。　遥説蘭州初見，嘆關山一夢，千里塵沙。舊字鸞箋何在，白髮些些。酒冷長亭歸又，正半曲、歌斷紅牙。惆悵樓臺十二，且把流年，珍重桃花。

宴清都

十月二十六、二十七兩日，畢業十年相聚揚州感懷。

把酒揚州路。烟波冷、半亭猶在秋渚。誰家花事，苔侵巷陌，岸留砧杵。霜紅不待浮生，倩一世、湖山作主。叙舊夢、意氣當年，風流俯仰千古。　而今白髮依稀，韶華幾轉，歌遍金縷。江天萬里，襟懷老去，把盟鷗誤。重來篆痕何處，醉眼望、雲横遠浦。正夕陽、未解思量，江淹别賦。

陌上花

十一月十六日，游竹西公園，見殘敗荒蕪之景，有賦。

韶華已冷，疏風吹徹，竹西深處。斷碧殘紅，摇落舊時芳渚。石階未掃苔痕重，不見玉鞍金輅。嘆音塵漸杳，昆丘臺圮，倩誰留住？　隔江雲影過，長天秋遠，雁字而今歸去。陌上猶香，黯盡美人簫鼓。尋樽怕到題詩壁，寂寞年年霜樹。總無情、最是滄波千里，月明三五。

滿庭芳　憶昔湘西與故人别

秋日相逢，襟前離别，再難千里重來。斜陽征轡，泪濕了桃腮。縱使有心留住，湘江遠、怎赴樓臺？空問遍，廿四風信，都化作塵埃。　情懷。從此後，將花收拾，把酒安排。偶憶君容顔，十二霜階。挽斷越羅幾幅，誰憐取、鬢上雲釵？遲遲月，楚天遥望，漸冷一孤齋。

天香

應莊周之約，十七日得游小盤谷。今以小詞一闋，謹謝莊周，兼寄同游諸師友。

别館塵驚，舊題詩冷，依約藤蘿花溆。翠減紅消，水流雲在，檻外繁華分付。九峰猶仁，但爲了、烟霞相許。遥想佳人錦瑟，尋到暗香深處。　只恨丹青無據，幾回眸、那時砧杵。空把鴛懷抛却，綺愁留住。沽酒橋頭問渡，未銷歇、春風第一賦。撩亂斜陽，誰扶醉路？

水龍吟

借春水如藍句『一枝且下瑶臺，江南正值冬時候』，賦成此闋，詠梅兼憶舊，并寄春水如藍。

爲誰謫下瑶臺，江南只合春消受。繁華盡歇，汀寒水淺，翛然遠岫。香染疏柯，影扶孤鶴，竹扉初透。引情懷幾叠，風流無數，斜陽外、琴聲舊。　唯有看花人瘦，綰雲鬟、無端僝僽。溪山不度，空傳芳信，天涯知否？夜共嬋娟，滿斟緑醑，且聽長漏。問羅浮一夢，幾生修得，與君相守？

長亭怨慢

漸疏却、夭桃繁杏。客裏春深，弄花誰應？宛轉重檐，舊巢雙燕伴孤影。海棠消息，添幾許、瀟湘病。縱寫向紅箋，寄不到、那時歸艇。　薄命。更韶華老去，心事已如蓬梗。江天悵望，夢斷處、遠山遥徑。剩一醉、付與今朝，枕清泪、廣寒愁醒。正十二樓臺，依約芒蘿風冷。

水調歌頭兩首

今與無住閑話半日，唤起情思多少，歸而得詞兩闋，并步晚晴韵。

偏趁斜陽冷，送我到長亭。芙蓉初墜江渚，猶勝楚雲輕。漸失西風消息，何處蒹葭十二，寂寞倚銀瓶。多少舊時泪，莫道結新盟。　檻外事，花下夢，酒中名。紅羅帳隔，流年未老是飄零。記得嬌鬟輕挽，争奈相思無分，不敢問今生。誰似君家好？眉與遠山平。

已是隔年外，諳盡短長亭。梅花何處歸夢，無語泪痕輕。空剩襟塵幾許，想見烟波十里，爲我入銀瓶。不作多情看，不敢與君盟。　暗沉香，疏弄影，本無名。胭脂未著，慨慨風月且飄零。低唤雲羅小字，縱使天涯相見，兩兩亦愁生。怕説少年事，一樣意難平。

滿江紅

借董橋《故事》一書敷成此詞，懷念二十世紀初那段絶色歲月。

翠玉簪頭，是多少、憐花舊事。春心染、文君香筒，綺窗夢裏。梅影剔紅明月冷，黛痕入畫烟波媚。最銷魂、別館弄雲鬟，琴聲碎。　說相識，初有意。云作主，頻爲寄。笑催妝詩句，苎蘿風起。溥雪情懷依晚渚，念青消息留山寺。佳人老，問嫵婉檀郎，忘還未？

八聲甘州

憶江南何處覓歸舟，爲我到錢塘？正櫻桃紅熟，薜蘿香透，鴛瓦含章。借取五湖烟水，雁字引天長。昨夜襟塵散，聽徹宮商。　都是那時舊夢，嘆浣紗人遠，寥落吴茳。縱清風喚酒，識幾許詩狂？楚雲冷、寒砧鬢影，隔流年、總不抵相忘。溪山外、浮華望極，一棹斜陽。

金菊對芙蓉

雁隔衡陽，車過薊北，楚天多少重城。看韶華幾轉，勛業何輕。羈魂空念樓蘭月，圓與缺、千古寒仍。玉門關外，斷紅殘碧，盡付蒼冥。　白髮不問歸程，任龍吟劍冷，踏雪雲横。夢裏思量遍，夢也無憑。愴然怕向西風醉，總難禁、畫角聲聲。浮生安在，江山依舊，獨自銷凝。

三姝媚

偶見一旗袍，紫羅蘭色，襟前綴蝴蝶數只。甚愛，歸而賦之。

凌波誰屬意，嘆輕紗流霞，越羅沉水。綺夢無端，正柳腰慵扶，步摇聲碎。惱煞春風，唤蛺蝶、竊香偷媚。何處相逢，只合江南，隔簾人在。　惆悵偏憐此際，若隱隱妝樓，舊時環佩。硯筆呵雲，把胭脂顔色，畫屏初試。緑萼詩成，又付了、斷腸花事。幾度憑欄遥望，檀郎歸未？

醉蓬萊

零落國學講座相約分韵得『會』。

又笙歌散盡，醉眼浮空，夜寒如水。待引離觴，數苔痕征轡。此去忘機，暫來分韵，更寄懷雙鯉。縱隔新晴，堪尋舊夢，與何人會？　但把流光，著意消磨，辨月凝愁，賭書成穪。滄海年年，看暮歡朝泪。出岫雲孤，不問春暖，問萼華開未？紙帳風沉，紅羅香染，結梅花契。

醉蓬萊

十一月二十七日，與平山諸友及馬鞍山詩友游采石磯并當塗李白墓，懷古思今，歸寄此調。

看宣城遺迹，牛渚詩蹤，往來舟楫。殘照千年，挽當時豪杰。斷石苔深，寒汀鷗遠，對一痕山月。功起文初，澤分武末，興亡都歇。我輩重游，那堪行色，慣把紛繁，遺成奇崛。太白樓前，有落花銜蝶。擊節歌酣，濁酒斟盡，説建安風骨。睥睨緇塵，消磨紅袖，江天遼闊。

掃花游

新入桂花茶與桂花露酒，漫付清詞一闋。

嫩黄倚碧，正萬里清秋，著香多少。蕊珠罥繞，把西風挼碎，向人一笑。佩冷羅衣，陌上更憐鬟小。晚雲悄，問寂寞廣寒，素娥安好？　心事空窈窕，任緑醑斟愁，朱弦催老。夢魂不到，擬鸞箋十二，月華深禱。墜影連娟，占斷孤鴻懷抱。恨霜早，待誰吟、掃花長調？

霜花腴

丙申十月初六，與平山諸友賞花宴集，分韵得『空』。

借秋一影，向故人，箋傳廿四芳蹤。籬菊清妍，水雲悠邈，歌吹隔岸香濃。絳烟暖融，覓翠痕、相和相從。把流年、踏過長亭，晚砧無語認歸鴻。　回首畫堂深處，蕊珠歡盡散，斷字横空。霜酒愁多，緇塵情薄，嗟餘十二眉峰。抱襟未同，更綺寒、斜入簾櫳。寄明朝、待雪重來，掃花眠遠鐘。

西吴曲　夜聽《駝鈴》有感

憶長纓載酒恣意，任流年嘯傲五陵外。對霜天曉角，戎軒憑血爲誓。萬里征塵，酬壯志、封侯能幾？但换得千古斜陽，説鳳闕數朝興廢。玉關人老，寥落又西風，悲吟一襟劍氣。跨逝水。薊門烟樹蒼蒼，旌旗遥望，暮雪樓頭徙倚。離亭催去，寂寞唱徹《駝鈴》，寒碧已無言，明月送歸騎。

拜星月慢

露曉侵寒，烟暝殢夢，寥落長天如水。斷渚雲閑，任蘋風吹倚。嘆秋至，歲歲、瓊樓遥阻歸信，玉杵空憐晴翠。雁字無言，有情思千里。數清宵、老去何堪泪。待回首、散入愁紅綺。才覺海棠春暖，又芙蓉摇墜。更銷凝、酒冷桂花外。而今後、誰與屐痕媚？歌婉晚、廿四橋頭，正霜華滿地。

瑶華

見柳生《瑶華》詞，感而依韵同賦。

愁雲倚郭，冷雨欺襟，遍芳華寥落。秋鴻去遠，遥悵望、未抵西風情薄。巡檐十二，憶霜信、長亭曾約。總難禁、烟水重重，隔了舊時眉萼。　　相思占斷流年，恨楚佩空留，箋字成昨。簪衣在影，寒碧外、誰把前塵拋却？故人不見，負綺夢、江南弦朔。又雪來、剩與梅花，换取幾回孤酌。

編後記

近年來，中華古典詩詞的傳播和發展步入一個嶄新階段，隨之在創作領域也發生着翻天覆地的變化。在以網絡論壇、博客、微信公衆號及衆多自媒體爲主導的平臺上，詩詞創作呈幾何式涌現，已經勢不可阻。同時紙媒體也大量增加了古典詩詞刊登的分量。尤其是隨着《關於實施中華優秀傳統文化傳承發展工程的意見》的頒布，詩詞發展可謂得天時地利人和之便，其前景不可限量。當下，揚州舊體詩詞同樣進入一個快速發展通道。以緑楊詩社青年會員爲主體的平山詩社、平山清韵網更是其中的佼佼者。平山詩社建於二〇一〇年八月，是由蔣茂軍、邵鶴庭、周冠鈞等多位揚州中青年詩友爲主發起成立的網絡詩社。隨後注册成立了『平山清韵』文化網站（psqy.net）。平山詩社以平山清韵網爲平臺，廣泛開展舊體詩詞的創作、研究和交流。詩社的宗旨以傳承歐陽修六一風神爲己任，弘揚和發展揚州舊體詩詞文化。八年來，平山清韵網得到快速成長，全國各地詩友紛至沓來，在網站注册的詩友達到二千餘人，發表詩詞作品兩萬多篇。平山清韵在網絡詩詞界的影響力與日俱增。網站每年都要舉辦若干次交流活動，并自費編印詩詞作品集贈送作者，得到詩友的好評。此書就是在這樣一個背景下産生的。

本書入選作者大多爲揚州人氏，少數是多年在揚州工作并已融入揚州的外地人員，共有二十七人。其中男性二十人，女性七人。年齡最大爲六十二歲，最小的爲三十六歲，年紀普遍都在五十歲以下。本書作者按年齒大小排列，長者居前。他們是揚州舊體詩詞創作群體的骨幹力量。作者來自各行各業，有老師、公務員、法官、記者、工程師、銀行職員、企業主管、媒體人等，還有建築師、公交司機、自由職業人員，等等。但無一例外都是愛詩者。這些作者大多涉足舊體詩詞多年，有的從上學時代就開始習詩，對詩詞的格律、用韵、意境、情感等處理可謂駕輕就熟。這些作者中，有不少人在全國網絡詩詞界有一定的知名度和影響力，并擔任過各種詩社的負責人和網絡詩壇的版主，對揚州詩詞創作的宣傳也發揮着不可替代的作用。

本書共選録詩詞一千九百零六首，其中詩一千零二十三首，詞八百八十三首。編選時精益求精，好中選優。有的作者創作上千首，只選録一百餘首。作爲編者，有時會感到一種遺憾和無奈，那就是有不少好的作品，由於數量所限，不能編入書中。我們在反復斟酌、權衡之後，最終只能割愛。當然，不足也是一種美，也許以後會有更好的選集産生。通覽這個選本，可以看出揚州當下詩詞創作的水平、質量和高度，也可以看出揚州舊體詩詞發展的現狀、脉絡和未來。

堅持以質取勝，量質并重。這是本書在選録過程中確定的最基本原則。在具體編選中，則堅持『五重』，即重格律、重意境、重情感、重藝術、重立意，做到文質相符，力求選出最能代表作者水平的作品。如果按照内容分，這些詩詞又大略可以分爲風物之觀、家國之感、游賞之情、人文之懷、酬酢之交等。古人説『物不平則鳴』，這些詩詞都是心聲的反映，大多言之有物，以情動人，情景交融。編選注意了新事新聲，注意『接地氣』和詩詞的教化意義，盡量避免滿紙『嗟愁嘆怨』的小我情結。

尤爲可貴的是，作者們對揚州風物、人文保持着高度密切的關注。在編選的詩詞中，有不少詩詞是着眼於寫揚州風物、人文的，它們文辭優美，情感飽滿，以詩人特有的視角觀察和描繪風景，抒發情懷。可以説，這些詩詞是作者心迹的流露。這就是眼前景，當下事。作爲一個生活在揚州的詩人，揚州的美，是創作的源泉和靈感，詩詞就是詩人對於揚州的貢獻。

本書定名爲《風神自照》，乃承接古賢之意。風神是指『六一風神』，表明作者有自覺擔當的責任和意識。揚州自古爲詩詞文化和發展的重鎮。我們這一代習詩者，要義無反顧地舉起這面旗幟，讓當代揚州詩詞更加繁榮燦爛。

能完成這本詩詞集的編選，首先必須感謝緑楊詩社的支持，同時，要感謝各位作者在較短的時間内初選出自己中意的篇目，然後由編者進行深度篩選，最後再進行個別斟酌取捨。特別感謝金陵李静鳳女士能爲此選集作序，使本書增色多矣。

『事非經過不知難』。詩詞創作博大精深，對詩詞的追求也永無止境。這是每個習詩者應有的態度。由於時間倉促和編者水平有限，此選本肯定會有不少錯漏，相信作者和閲者能够識别，并原諒編者的不足。

四月東風，春花婀娜，願以此書獻給每一個愛詩者、學詩者。如果能從書中窺一斑而知全豹，觀一葉而知森林，也不枉編者的一番苦心了。

周冠鈞

二〇一七年四月